洪淑苓著

牛郎織女研究

臺灣學生書局印行

本書獲得
行政院國科會七十六學年度第三期
人文及社會科學類研究獎助，
謹此
誌謝。

曾序

近年我從中國古典戲劇走入俗文學和民俗技藝的研究，一方面是因爲俗文學和民俗技藝對於戲劇的形成與發展有密切的關係；一方面則是因爲俗文學無不「滿心而發，肆口而成」，最能流露民族眞聲，爲傳統文學之母，而民俗技藝則涵蘊豐厚的民族意識思想與情感，爲民族文化的根源。雖然它們一直被士大夫者流鄙視爲「不登大雅之堂」，但是在學術的苑囿裏，它們有如榛狉方啓，只要稍事耕耘，則必能綻開奇花、結成異果，其成就或者不下於皓首窮經，爲聖賢立言。

也因此我在台灣大學中文系開有「俗文學概論」的課程；我所指導的研究生中，對於俗文學研究有興趣者，也就以此爲範疇，擇其具有學術意義者，作爲博碩士論文的題目，其研究成果，往往能發前人所未發，言前人所未言，爲學術別開境界，而洪淑苓則是其中最著成績的一位。

洪淑苓以「牛郎織女研究」爲她的碩士論文，我當初所以給她這個題目，是因爲牛郎織女具有神話、傳說、民間故事的多重意義，其內涵除了具備俗文學的一般特質外，更與民情風俗有密切的關係，倘能作縱橫兩層面的深入探討，不止能有許多創發，而且可以嘗試樹立民間故事研究的典範。而淑苓以她明慧的資質和勤勉的探求，終於能不教人失望；也因此她能以最優異的成績獲得碩士學位，並因此考入博士班進修，而且在競爭激烈中，爲系裏的教授們所肯定，選爲助教；從此淑苓當百尺竿頭更進一步，好好的走上學術的研究路途。

我要借用胡適之先生的一句話來勉勵淑苓，那就是：爲學當如金字塔，要能博大要能高。所以淑苓應當對於基礎學問多下些功夫，趁著現在年富力強多沈潛經史考據，多思考子學論說，多涉獵中外文學。以此而從事俗文學研究，必能爲俗文學在學術上建立其地位、肯定其價值，以此而發揮創作長才，也必能寫出言之有物、格高韻逸的現代文學。以淑苓的好學敏求與明達聰慧，必然有水到渠成、爐火純青的一天。

在這裏要特別感謝學生書局，接受我的推薦，在淑苓稿成之際就答應爲她出這本書，使淑苓省却許多事，並且省下許多錢。而這本書若有大謬之處，則都是我這個指導教授才疏學淺所致，尚祈方家指正。

中華民國七十六年八月廿八日　曾永義序於臺大長興街宿舍

牛郎織女研究 目次

▲書影••

①西安出土的漢代石雕像
左為織女，右為牽牛
（取自張光直譯，Han Civilization，一九八二年，耶魯大學，頁二四）

②河鼓（卽牽牛）、織女及牛宿、女宿參考圖
（取自陳遵嬀，中國天文學史，頁一〇〇、一〇二）

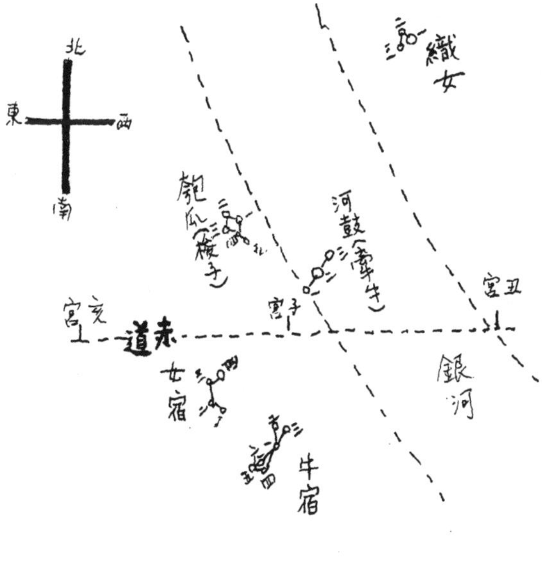

③東漢武梁石室畫像「董永行孝」
（取自王昶，金石萃編，頁三六八）

④北齊孝子傳畫像：董永耕作、董永遇仙圖
（取自川口久雄，敦煌本變文，董永變文と我が國說話文學，東方學第七期，頁一二）

⑤日本摩睺羅迦像——奈良興福寺之摩睺羅迦像

（取自傅芸子，宋元時代的「磨喝樂」之一考察　支那佛教史學二卷四號，頁五）

⑥、⑦日人所藏宋代摩睺羅像

（取自小林太市郎，七夕と摩睺羅，支那佛教史學四卷四號，頁三一、三三）

⑧「七娘媽」像

（取自劉文三，臺灣神像藝術，頁七〇）

第一章　緒論

第一節　研究緣起與方法

牛郎織女故事源遠流長，早在西元前八世紀的詩經大東篇詩句裡已有胎息。其後經漢、魏、兩晉朝詩人歌詠議論，及庶民百姓附會增飾，至南北朝已顯現了具體的神話故事內容，並且形成七夕乞巧的風俗。隋唐以下，故事的新內容正在醞釀當中：在唐宋人的詩詞裏，已可見到「鵲橋」和原來的神話故事結合；其他相關的傳說故事也紛紛而起。而唐宋兩朝的七夕風俗，尤蔚爲大觀。此後，故事經庶民百姓口耳相傳，添加了新奇有趣的內容；小說家、劇作家亦曾取其本事爲題材，加以敷演。迄今我們所知的牛郎織女故事，已經比兩晉南北朝的神話內容更豐富，而且因流傳地區、或講述者之不同，有所變化差異。

二、三千年來，牛郎織女一直活在我們心中。由地方戲曲之搬演此劇目、新興的現代藝術電影、電視，亦曾攝製影片演出，以及坊間舉目可見的童話故事、民間故事書籍，乃至商業界倡七夕爲「中國的情人節」，囑咐有情男女互贈禮物等等，凡此種種，皆說明了牛郎織女故事實爲我民族文化之珍貴結晶，不以時代變動而削減其受喜愛的魅力。

然而隨著研究民間文學的風氣蔚起，同樣以愛情故事爲題材的孟姜女故事、王昭君故事、白蛇故事、楊貴妃故事、梁祝故事等，先後已有專門論著，僅此牛郎織女故事，雖有中日學者的單篇論文，卻未曾有專書研究。筆者平日除古典文學之外，對民間文學，例如神話、傳說及民間故事等，亦頗爲喜好。民國七十三年底，承曾師永義推薦，爲某出版社撰寫「牛郎織女故事」一書。曾師並附帶提及，此可爲碩士論文之研究，蓋其主題於俗文學範圍內，牽涉甚廣，值得研究，惜未曾受學者之重視云云，乃種下本論文之根因。七十四年五月，承曾師不棄，慨允爲碩士論文指導先生，始以「牛郎織女研究」爲題，著手研究。

研究期間，曾多方涉獵原始資料與前人論文。相關的資料，種類甚多，舉凡神話、傳說、民間故事、民俗、地方戲曲、說唱曲藝，以及文人創作的詩、詞、曲、小說、戲劇等等，無所不容，可見其主題之影響深廣；而前人的研究，多偏重於神話之起源與形成，或考述七夕風俗之嬗遞，於其他資料少有涉及。至如今人努力搜錄的各地民間故事，研究者多偏向主題之探討，對於相關的情節要素之演進研究，亦有所欠缺。因此更覺得曾師之前言，實有先見之明。

面對如此繁複的資料，首先必須確定研究的角度、方向。曾師嘗提示：民間故事之研究，不獨探討其故事演變的脈絡，對於相關的問題也應加以討論，例如董永故事與牛郎織女故事即有相當密切的關係，宜深入研究二者互相交流感染的情形；又如七夕風俗之形成，與牛郎織女故事的關係如何，也應加以分析。諸如此類，綜合起來，方能呈現具體的研究成果，提升俗文學研究的境界。

有鑑於此，筆者在擬寫大綱時，即欲由此而揣摩一套合適的研究方法。筆者必須先聲明的是，由於牛郎織女故事受學者重視較遲，因此在某些方面資料的搜集仍嫌不足，例如古典戲曲資料殘佚不全，地方戲曲尚未廣泛收錄，民間故事之采錄也不夠，故筆者的研究，嚴格說來只是呈現了現階段的研究成果。但若能由此而揣摩一套研究方法，不但滿足本論文的需要，也提供後繼者一個踏脚石，而肯定了本論文的價値。

由於強調方法的建立，故本章第二節即開始論述神話、傳說與民間故事的界義，藉此而釐清以下各章的研究範圍。第二章到第五章，由其標題即可顯示研究的角度，玆簡述如下：

第二章牛郎織女之神話與傳說——本章主要是探討故事在神話階段的發展情形，先推論其形成背景淵源，再探索其形成過程，以確定神話故事的具體內容。接着對故事的內容加以分析，尋覓其可能再觸發展延的基因，由此而歸納出南北朝以後各種傳說故事的類型。

第三章牛郎織女傳說之主流——董永故事——待其神話漸興，各類相關傳說也相伴而生。其中魏晉人所記載的董永孝行傳說，因述及織女下凡之事，故與牛郎織女故事最爲密切；董永亦可說是「人間第一個牛郎」，有了他的故事，天上的牛郎星宿才變成人間的牽牛牧童。故本章首先就董永傳說事迹加以考述，次對董永故事說唱文學的成就，加以評定：其中人物的塑造及情節之增添，對牛郎織女故事有所影響。末則分析董永故事與牛郎織女故事的關係。

第四章牛郎織女民間故事之析論——此可說是本文重心，承前面的論述，筆者首先從神話、傳說的內容，及相關背景因素，尋找可能再觸發孳乳的基因線索，由此而掌握促使民間故事內容成熟的契機，待將故事分類之後，乃據此而分析其內容。其次，將故事內容區分為若干共通的情節要素，加以討論比較，並與神話、傳說作系統的聯屬，以明其發展演進的脈絡。最後以小說戲曲與之比較，由此而肯定民間故事乃牛郎織女故事之精華所在。

第五章有關七夕風俗之考述——主要是針對各種七夕風俗，與牛郎織女故事有相互關係的，或有特殊意義的，方加以探討。例如唐朝宮廷乞巧，有凸顯牛郎織女為司愛之神的意義；臺閩地區的「七娘媽」信仰，有民俗學及文學兩方面的意義，因此將之納入本文，以作為研究方法之補充。

最後第六章為結論，除了試將本文的研究間架作成圖表之外，也企圖從其他相關文學的範圍，延伸本文研究的觸角，故分別從對古典文學之滋養，與對俗文學之反哺兩方面探討。藉此相關成果之呈現，作為本文之結尾。

第二節　神話、傳說與民間故事的界義

牛郎織女故事，迭經庶民百姓口耳相傳，到以文字寫定為止，其實已歷經神話、傳說，以及民間故事的階段。在這三個階段中，故事的中心主題或許不變，但內容却由簡而繁，愈加豐富而多變化。以往學者的研究，由於不曾劃定各階段的界限，故即使同樣討論「故事之形成」，最後推斷所得的具體內容卻不盡相同。因此，唯有確定牛郎織女故事在神話階段、傳說階段，或者民間故事裡的面貌為何，才能清楚地看出這個文學主題的演進情形。故筆者首先將這三個

階段的範疇釐清，一方面論述其定義，一方面將兩兩之間的界限加以區別——此「定義」加「界限」，即筆者所謂之「界義」，界義確立之後，方得以藉之檢證牛郎織女故事在各個階段所必需的特質與要素，作爲研究其故事演進情形的理論基礎。

一、神話、傳說與民間故事之分類標準

以口頭傳述爲主的民間文學，在人類學、民族學上亦是個相當重要的研究課題。我國人類學者唐美君在「口語文學之採集」一文中說：民族學上，口語文學一詞乃指神話、傳說、民間故事、諺語、謎語，以及其他不以文字爲媒介，而以口述爲傳播手段之文學；而且口語文學之研究及定義之討論，常以神話、傳說及民間故事爲中心❶。他還介紹了美國學者伯司康氏（William R. Bascom）對神話、傳說及民間故事所訂定的分類標準：

> 彼（指伯司康氏）以當地人對該種口語文學之信仰與否、所持態度、該口語文學本身內容之時間及空間背景等四項為區分之標準。神話之標準乃說者與聽者，皆認其內容為真實者，以神聖之態度視之者。神話所述內容之時間背景屬於遠古，空間為另一世界，或與現實世界不同之世界。……傳說亦以說者聽者信以為真為辨類標準之一，但不如神話之被視為神聖；內容之時間背景為近代，空間為現實世界。……民間故事之標準最為簡單，無神話與傳說之特性，其內容皆被認為虛構，內容之時空背景不受限

制。

這四項區分的標準，唐美君製作了一個簡表，使人一目了然：

類別＼標準	信仰	態度	時間	空間
神話	事實	神聖	遠古	另一世界或不同世界
傳說	事實	世俗	近代	現實世界
民間故事	虛構	世俗	任何時間	任何地方

伯司康氏的分類標準甚爲簡潔扼要，以下就參考這個分類標準，分別探討神話、傳說與民間故事的界義。

二、神話之界義

關於神話的定義，學者討論頗多。例如：周氏中國小說史略，第二篇「神話與傳說」曾言：

昔者初民，見天地萬物，變異不常，其諸現象，又出于人力所能以上，則自造衆說以解釋之：凡所解釋今謂之神話。神話大抵以一「神格」為中樞，又推演為敘說，而于所敍說之神、之事，又從而信仰而敬畏之。

周氏此說，包含了幾個要點：㈠神話之起源，乃是由於原始初民對天地萬物的好奇心；㈡神話之內容，即爲解釋天地萬物之現象；㈢神話之主角，乃一具有「神格」之人物；㈣神話之形式，是屬於敍說的，而且我們也可據此推論是一代一代傳承的；㈤人對神話的態度是相信確有其事，而且抱著敬畏之心。

周氏之後，玄珠中國神話研究第一章「幾個基本問題」中，認爲神話「是各民族在上古時代（或原始時代）的生活和思想產物。神話所述者，是『神們的行事』，但是這些『神們』不是憑空跳出來的，而是原始人民的生活狀況和心理狀況之必然的產物。」這定義大約等同於周氏說法的㈠神話之起源，乃是原始初民的生活狀況和心理狀況之反映，而「心理狀況」，我們可總名之爲「好奇心」；以及㈢神話之主角，玄珠稱爲「神們」，即周氏之「神格」。

此外，袁珂中國古代神話的前言中，也認爲「神話的產生源於人們對於大自然所發生的各種現象……產生了巨大的驚奇的感覺。驚奇而得不到解釋，於是以爲它們都是有靈魂的東西，叫它們做神。……這就是所謂萬物有靈論。從這些蒙昧的觀念中，產生了原始神話和原始宗敎。」袁珂的說法，亦不出周氏的要點㈠神話之起源，乃是由於人們對大自然之各種現象，產生驚奇；以及㈢神話之主角，是有靈魂的東西，也就是「神」。

歷來我國學者對於神話的定義，大抵不出周氏之論。而我們尚可參考人類學者對神話的研究，使神話的定義更充實。林惠祥神話論第一章「神話的性質與解釋」，認爲各民族的神話皆有共通的性質：

甲、表面的通性

(1)神話是傳承的，他們發生於很古的時代，即所謂「神話時代」，其後在民衆中一代一代的傳下來，至於遺失了他們的起源。

(2)是敍述的，神話像歷史或故事一樣敍述一件事情的始末。

(3)是實在的，在民衆中神話是被信爲確實的紀事，不像寓言或小說的屬於假託。

乙、內部的通性

(1)說明性——神話的發生是要說明宇宙間各種事物的起因與性質。

(2)人格化——神話中的主人翁，不論是神靈或植、動、無生物，都是當做有人性的，其心理與行爲都像人一樣，這是由於生氣主義（Animism）的信仰，因信萬物皆有精靈，故擬想其性格如人類。

(3)野蠻的要素——神話是原始心理的產物，其所含性質在文明人觀之常覺不合理；其實他們都是原始社會生活的反映，不是沒有理由的。

林氏將各民族神話的共通性質分爲表面的通性與內部的通性，所述各特點與周氏之要點比較，大致相合，但乙項⑵人格化，則可作爲周氏㈢神話之主角的補充，蓋神話之主角雖具有「神格」，但因神話爲人的心理之反映，將「神」擬人化，以敍述其行事，應是十分合理的推測。

如此一來，我們配合前面所舉的分類標準，神話一詞所涵蓋的界義是：

㈠神話之起源，乃是原始初民的心理狀況之反映。此心理狀況可歸結爲好奇、信仰與敬畏，由此而影響到人對於神話，相信確有其事，並且視爲神聖；二者又可能導引出信仰與崇拜之行爲。眞實性與神聖性，是神話與傳說、民間故事相異的特質。

㈡神話之內容，以解釋天地萬物之現象居多。其主角是具有「神格」之人物，而且有擬人化的事件；其活動的舞台，乃在遠古時代，不同於現實世界的另一個空間。神格、擬人化事件、遠古時代、非現實空間，是神話與傳說、民間故事相異的特質。

㈢神話之形式，是代代相傳，以「敍說」的方式流傳。此敍述形式，是我們判定神話的必要條件之一；也就是說，神話之源頭也許在後世遺佚，但當我們尋獲其敍述形式——通常是經由文字紀錄，或寫定，即可判定此則神話已形成，而且是後世系列故事的基型。

此外，神話尚必須和仙話有所區別。仙話的主要特點，也是它與神話之間最大的區別：仙話是講究煉丹求道，修心養性，以個人享受、利己主義爲前提；而神話則是無所爲、無特定目的之祈求❷。

三、傳說之界義

至於傳說，可依其內容區分爲若干類❸。其中承襲神話而來的，和神話有先後之關係，諸家亦早已論及。例如：前引周氏之書有言：

> 迨神話演進，則為中樞者漸近于人性，凡所敘述，今謂之傳說。傳說之所道，或為神性之人，或為古英雄，其奇才異能神勇，為凡人所不及。

周氏之說極簡略，概只針對主角人物性格之轉變，由神話中之「神格」，轉化爲「漸近人性」，即是傳說。這一點亦爲其他學者採納。所謂「漸近人性」，也就是譚達先中國神話研究所說的：

> 神話的主人公是神，或半人半神，他的狀貌、才能、功業，具有誇張怪異因素，充滿浪漫主義色彩；傳說的主人公則是人，他的狀貌、才能、功業，雖具有想像虛構的因素，可以具有較多的浪漫主義色彩，但是更接近人間。

「更接近人間」即等同於「漸近人性」，這句話其實包含兩個層面：㈠是指主角人物之性格由「神格」而轉化爲「人格」，此「人格」則應具有人的典型性與理想性；㈡是指主角人物的活動事件，隨著文明的進步，漸排斥去神話中樸野的成份，而代以較合理的人情味的構想與安排。這兩個層面可總名之爲「人間化」。

傳說的人物與事件之「人間化」，使得傳說具有兩個特徵：㈠是具有一定的可信性，由於「人間化」的人物與事件所構想出來的內容常是「眞人假事」或「假人眞事」，所以傳說或多或少也反映了一些眞實的現象，而使人信以爲眞；㈡是傳奇性，傳說的主角人物猶帶有「異能神勇」的浪漫色彩，以及部分虛構想像的情節，使得傳說內容揉和了眞實感與離奇感，「人間化」之外，又隱含著「超人間」的意味，此尤有益於刻畫理想的人物❹。

「人間化」、可信性與傳奇性，可說是傳說的三個主要特徵。再配合前面所舉的分類標準，我們可以爲傳說建立的界義是：

㈠傳說之起源，乃是接收了神話的內容爲基型，就其中的人物形象、事件情節加以增衍變化，並賦予新的現實意義；這經過變化的「眞人假事」或「假人眞事」，則予人一定的可信度。而傳說與神話之間，往往也有基本的線索關係可尋。

㈡傳說之內容，主角人物、活動事件都趨於「人間化」，也就是說主角人物逐漸成爲現實生活中有代表性的典型人物；或者依據人對現實生活的理想願望，塑造出理想中的人物。而且人也會模擬現實生活狀況，去安排、構想事件與情節，使一切都按照生活邏輯去發展。因此傳說的故事舞台，應該是近代的、現實界的；此亦爲傳說與神話之最大區別。

㈢傳說之形式，仍採敍述式，代代相傳。但此點與神話之不同，乃在於神話的創作有一定的榮枯期，亦即待神話的具體內容呈現，以文字記載下來之後，神話即成爲後世系列故事的「基型」，本身不再產生變化。而傳說因爲有「現實意義」之加入，使得傳說可能因時代、社會之不同，雖然承自同一神話基型，卻有不同類型的傳說產生。

當然，傳說隨時代、社會而不斷增衍的特性，愈到後代，可能就又和民間故事有部分重疊，很難截然劃分。因此還必須再討論「民間故事之界義」，傳說的界義才能更清晰。

四、民間故事之界義

我國學者對民間故事的注意，大多致力於資料搜集與分類研究，對於民間故事一詞所指涉的內涵意義，反而沒有比較明確的界定。據民國初年，鍾敬文所作的「中國民間故事型式表」看，民間故事的種類繁多，而且各類的內容也相當豐富。而筆者以爲，基本上民間故事幾乎是像文學創作一樣，由一般民衆根據既有的知識，以日常生活爲題材，拿現實中匿名的人物當主角，編理出故事。有學者以爲這是「反映傳統生活的故事」❺，「傳統生活」的範圍可能太過狹隘，不如說是反映庶民百姓的日常生活；舉凡生、老、病、死、衣、食、住、行，各方面所觸及的細節，都可能創造出樸素、有趣的故事，傳達出庶民百姓對生活的理想、情感、信念，以及價值觀。這樣的民間故事，其內容應有三項特色：㈠主角是平凡的庶民百姓，沒有確實、特定的姓名，可能是張三、李四，或者只是「有一個人」、「有個做什麼的人」，他也沒有什麼神奇能力，就是一個平平凡凡的小人物；㈡題材多取自日常生活的大小事件；㈢不同的地方，可能產生同類型的故事。這可能是因爲取自同一個神話、傳說，或者由於某種生活情境的類似。這些同類型的故事，其情節要素——主角、作爲背景的事物，以及事件❻，可能有所轉變，但主題思想卻不容易改變。

以這三項特色和前述傳說界義來比較，再配合前面所舉的分類標準，我們可以嘗試爲民間故事下界義：

㈠民間故事之起源，有的取材於民間日常生活，有的則取材於古近神話或傳說。就後者而言，它可能徵用神話或傳說的主角，或者事件。但傳說可能居於中介位置，因爲傳說的「人間化」特徵，有助於民間故事之直接取材，表現出與日常生活有關的故事內容。

㈡民間故事之內容，由於主角人物之不確定，所以故事的舞台時間可近可遠，空間也無所限制。而傳說中的人物往往有特定的姓名、身份，以及行事，此與民間故事迥然不同。

㈢以神話爲基型的傳說，因時因地而有不同類型的傳說；但民間故事經過傳說之「人間化」的特性之轉化，卻滙聚成某個類型故事，只不過其中的情節要素有所變更。此外，不同類型的民間故事也可能互相感染合流，使得某一類型的故事，又有不同型式的子目故事。

五、牛郎織女的神話、傳說與民間故事之區別

根據以上對神話、傳說，以及民間故事所做的界義，我們再來爲牛郎織女故事在不同的範疇內，設定若干必要的判別條件。

牛郎織女故事在神話階段中，應該以「牽牛織女」的名目來代表❼，它應包括下面幾個要素：㈠牽牛、織女都被當作「神」看待，受到地上的人崇敬；㈡神話之內容解釋了牽牛、織女星名的涵義，以及特殊的相對峙的天文位置；㈢故事的時空是遠古時代，崇高的天上；㈣神話之源頭已不可考，但等到有「敍述一件事情之始末」的文字記載出現，就算完成了神話的創作，建立了基型。

與牛郎織女故事有關的傳說，因其所承接的要素不同，故傳說的類型也不同。但這些傳說應具備下列要素中的幾項：㈠主角人物是牛郎或織女，但已逐漸成爲典型人物；㈡活動事件與神話基型有若干線索關係，但是在近代的、現實的世界進行；㈢傳說本身有其發展，若干情節也可能反過來滋養神話基型，爲相關的民間故事開啓新機。

至於民間故事，隨著各地民風之不同，情節要素也有所差異，但應有下列幾種情況：㈠主角人物不特定叫做什麼，但其身份、性格則近似牛郎或織女；㈡故事之時空不定，但背景事物往往有各地的風土特色；㈢部分情節可能與其他民間故事合流，但不隨意改變其一貫之主題。

牛郎織女故事，由神話、傳說，到民間故事，主題一脈相傳，彷彿一棵樹有強勁的根與莖；而各階段不同的故事面貌，則有如繁密的枝與葉。運用神話、傳說，以及民間故事的區別標準，是要更清楚的尋找前後階段銜接聯繫的痕跡，以便樹立其軀幹；而且對於各階段的相關作品，也深入探討，以便安其枝葉。如此，方能凸顯文苑中，這棵大樹的姿影與地位。另，附帶說明一點，行文中凡用「牛郎織女故事」者，係泛稱此文學主題；而「神話」或「神話故事」，以及「傳說」或「傳說故事」者，皆分別指稱神話，以及傳說階段的故事內容；用「民間故事」者，則指近人搜錄所得的故事內容。

註解

❶ 唐美君此文，見李亦園編，文化人類學選讀，民國六六年，食貨出版社。參該書頁二四九：「民族學上folklore一詞乃指神話、傳說、故事、諺語、謎語，以及其他不以文字爲媒介而以口述爲傳播手段之文學。」及頁二五〇：「從研究之內容，伯氏（卽伯司康氏）分口語文學爲二類：一爲可演講者（彼稱爲prose narrative），另一爲不可講演者（彼稱之爲other form）。第一類分爲故事（folktale）、神話（myth）及傳說（legend）三種。第二類則主要包括諺語、謎語等。實則口語文學之研究及定義之討論，常以故事、神話及傳說爲中心。」又，由於故事一詞，英文用的是folktale，而不是story，卽是我們所謂的民間故事，故本文此處將folktale一律改譯爲民間故事。

❷ 袁珂，神話故事新編：「這類仙話……其思想是荒誕的，其實質是利己的、個人主義的。」又譚達先，中國神話研究：「仙話的主要特點，是宣傳了戰國後的神仙思想，稍後還宣傳了漢以後的道教思想。講求摒除穀食，修心養性，以個人享受、利己主義爲前提。」二說俱見「中國古代神話甲編三種」，里仁出版社，譚書頁廿九。

❸ 例如容肇祖「傳說的分析」一文卽分爲㈠有依據的：⑴歷史中的傳說，⑵地方上的傳說；㈡沒依據的：⑴小說或寓言中的傳說，⑵地方上的傳說。收於「迷信與傳說」中山大學民俗叢書册二。

❹ 此處參考李子賢「試論神話與傳說的區別」一文第三節，論傳說特徵有三：㈠具有一定的歷史性，㈡具有一定的可信性，㈢具有傳奇性。㈠項係針對歷史事件、歷史人物之傳說而言，非本文所欲討論之類別，故只取㈡㈢；但㈠中，有「眞人假事」與「假人眞事」這兩項因素，筆者以爲亦是傳說具有可信性之原因，

故納於本文此處㈠項之內容。文載於山茶雜誌，民國七十三年三月。

❺ 此定義見段寶林，中國民間文學概論，第三章「民間故事」。段氏認爲「傳統生活故事是狹義的民間故事」，但就其分類來看：㈠長工與地主的故事，㈡官和民的故事，㈢勞動故事，㈣家庭故事，㈤愛情故事，則立論觀點頗偏頗。事實上就鍾敬文所分析之「中國民間故事型式表」（見收於北京大學民俗叢書冊十七）來看，也不只這五類。故本文不取其定義。段書，民國七十年，北京大學出版。

❻ 情節單元（motifs）原譯母題。本爲民俗學者湯姆森（Stith Thompson）在民間故事（The Folktale）一書中提出的觀念，謂民間故事可分爲「類型」（type）與母題二類：類型爲一「有獨立存在的傳承故事」，這些故事有時或「可與其他故事一起講述」；母題則爲「故事中最小的因素，此種因素在傳統中有延續下去的力量。」而母題又可分爲三種：㈠故事的主角，㈡爲情節背景中的某些事項，㈢事件。事件佔了母題的大部分，且能單獨存在。一個類型可能只有一個母題，也可能有許多母題。見原書頁四一五—四一六。民國六十六年，加州大學再版，中文譯釋參考張光直「中國創世神話之分析與古史研究」一文，收於民族學研究所集刊八，民國四十八年；及陳鵬翔「主題學研究與中國文學」一文，見收於陳鵬翔主編，主題學研究論文集，民國七十二年，東大圖書公司。本文此處不採「母題」之譯，乃因其詞易於混淆：母題讓人有母、子，亦卽正、副，本、末之聯想，而依其所包括之三類，應是情節中之重要事項，故從金榮華先生之譯爲「情節單元」。

❼ 例如譚達先卽認爲，「牽牛織女」乃早期產生的解釋和說明兩個星辰方位不同的自然神話，與民間傳說的「牛郎織女」不同。而在後文的研究中，我們也會發現，在神話階段，人們所稱的是牽牛和織女。見註❷譚達先，頁廿一。

第二章　牛郎織女之神話與傳說

牛郎織女故事自周代至魏晉南北朝，可說是其神話故事的建立期，其名稱實應正名爲牽牛織女神話。此神話之產生時代已不可考，故至多只能從相關的背景因素探求其形成根源，此即本章第一節所論。至第二節進入神話故事形成過程的探討，並確定其具體內容爲荊楚歲時記所載：「天河之東有織女，……責令歸河東，唯每年七月七日夜，渡河一會。」而將「喜鵲搭橋」的情節，劃定爲傳說階段的故事內容。待此神話內容確定後，第三節乃著手分析其中的情節與人物之演進；並歸納南北朝以後的相關傳說故事爲若干類型，以便進入下一章傳說的主流之討論。

第一節　神話形成的背景

神話之產生，有人類共通的心靈投射，也有不同的民族文化之反映。牽牛織女神話屬於星座神話，星象之於人類，有十分密切的關係。無論是航海、游牧、或是農耕民族，都必須依靠星象的標識，來辨認方向和季節。因此，對星象注意、好奇，而構想出動人的神話，乃是人類共通心靈的表現。然位於銀河岸的這兩顆大星，在我國被想像成一對恩愛而不得相聚的耕夫與織婦；在希臘民族則不曾有關聯：牽牛星是天鷹座的主星，而織女則是天琴座的主星；天鷹爲天帝宙斯所使喚，天琴座則源於奧菲斯和他妻子尤麗迪絲的愛情故事❶。同一位置的星星，不同內容的神話想像，應是出於中西民族文化的不同。

所以，自然天象與人文社會，實是探索星座神話、牽牛織女故事起源的兩大因素。歷來學者的討論，大約也是朝這兩個方向著手。但隨著神話學理論的進步，部分學者也嘗試以原始信仰與宗教儀式的角度，來探索牽牛織女神話的起源。筆者以爲，傳統的研究，是從實際的自然天象知識，以及人文社會狀況來推想，是屬於具象層面的；而原始信仰與宗教儀式之研究，則是提供一個抽象層面的思考。因此，我們現在要探討牽牛織女神話之背景淵源，應該是由自然天象與人文社會兩個方向出發；在這兩個區域內，又分別從具象與抽象層面入手。利用這縱橫交織的研究方法，將使結論更具說服力。

一、牽牛織女星如何吸引人的注意

天上的星象怎樣吸引人的注意？筆者以爲大約是源於神話心理之反映，以及實際天文知識之應用。而在天文知識形成以前，日月星辰的運行與遞移，必然已經引起原始初民的好奇心；這種原始的心理狀況，即是筆者所謂的「神話心理」，在前章「神話之界義」已經將之歸結爲好奇、信仰與崇拜。下面將更進一步說明。

晝夜的變化是最明顯的，於是有關日與月的神話最爲普遍；而四季的更迭，也啓發了星座神話。透視日月星辰神話所反映出來的神話心理，應有間接與直接兩種。間接的心理反映，乃是源於「泛靈信仰」❷，前引袁珂中國古代神話緒論說「這就是萬物有靈論」，意思與此相近。由於原始初民對天地萬物好奇，尤其是神奇多變化的風、雨、雷、電，日、月、星辰等，人一方面試圖解說它們的神奇性，另一方面也不禁發出讚歎，甚至產生敬畏之心，以爲「他們都是神」，由此而產生信仰與崇拜，而且藉各種巫術行爲、宗教儀式來傳達。因此，「泛靈信仰」可說是大多數神話之起源的心理反映；也可以說是喚起人對牽牛織女星注意的間接因素。

至於人對星辰的注意，直接的力量則是來自於人對星辰的崇拜心理。據林景蘇中國古代神話中人神關係之研究提到：

> 星辰崇拜發生的起源，可歸結為二：一者是直接對星辰的自然崇拜，將星體的自然特性配合實用性，如夜間照明，指引方向等，把對人類生活的作用當作星辰的神性加以崇拜。另者是由人類對星體的神秘，引發出幻想而產生的信仰，此種卽是將星辰當社會神崇拜❸。

無論是自然屬性或社會屬性的崇拜，都促使星體在人心中具備一「神格」。星體與神產生關聯，更有益於直接刺激神話之想像，而神話的「神聖性」也相伴而生。

我國人對星辰的崇拜，起源甚早。殷人的祭祀中，已有祀鳥星、火星等星神的記載❹。可見在殷代以前，我國原始初民對星辰必然也有好奇、崇拜的心理，而後才以具體的祭祀行動表達。流傳至今的星座神話雖然不多，但從許多星座名稱之奇巧，如天狼、狗國、天乳等，亦可窺見這種神話心理之殘跡。牽牛織女神話，也應該有這種普遍的神話心理—泛靈信仰與星辰崇拜之心理反映。

這種神話心理延伸到後來，由於天文知識發達，自然屬性的神格就逐漸消褪，轉爲社會神崇拜。春秋戰國以後興盛起來的星占術，以及後代史書天文志所表現的祭祀觀念，即是以星象的變化，來貞測人事的吉凶。史記天官書說「牽牛爲犧牲」，「織女，天女孫也」，此便是將牽牛織女兩星的社會屬性的神格，作了開創性的說明。其後星經、晉書天文志所云「牽牛主關梁」、「織女主瓜果絲帛珍寶」等語，此一系統的發展，可說是於故事之外，一脈相承的原始宗教信仰的觀念的表現。故人對自然天象之神話心理反映，在最初是喚起人對牽牛織女星的注意，而延伸到後來，則又長期吸引住人對此二星的關注。

除了崇拜信仰的心理，人對星辰的注意，當然也是來自於實際天象的觀察。

我國天文學上，有所謂四象二十八宿：即是以四象劃分天空區域，在每個區域內有特定的星宿，共二十八座。這二十八宿大約都是以北極附近的北斗七星爲準，沿著黃道（或說是赤道）附近分布，所定之位置，即成爲「日出某星，爲某月令」的參考位置❺。現在我們所說的二十八宿中，和牽牛星、織女星有複雜關係的，是牛宿與女宿。但牛宿、女宿只是簡稱，通常都被叫做牽牛、婺女（或作須女）。

最早出現牽牛、織女星名的是詩經小雅大東篇，推測大約作於西周幽厲王之間。毛傳、鄭箋對詩中牽牛、織女的天文位置都沒有解釋。唯史記天官書載「牽牛爲犧牲」，及「織女，天女孫也」，而且另有一星名河鼓。因爲詩經「睆彼牽牛，不以服箱」指的是一頭拉車的牛，而「牽牛爲犧牲」之語，也說明牽牛之名，是和祭祀用的牲牛有關；因此後人每以爲詩經的「牽牛」，指的就是廿八宿中「其狀如牛」❻的牛宿，也就是漢以後，天文上所稱的「牽牛」❼。

（爲避免混淆，下文凡黃道上之「牽牛」，皆稱牛宿，銀河岸的那顆牛郎星，則稱河鼓。）

但是牛宿位於黃道附近，與銀河相距稍遠，更不與織女星宿隔河相對峙。也就是說，被後人叫做牽牛的牛宿，依其天文位置看，並不是神話、傳說故事中，那個和織女相戀而分離的牛郎。這其中混淆的情形可能有二：

(一)就詩經意旨看，織女星宿和牽牛星宿不一定相關，只是各取其「有名無實」的特性來諷諭。則詩中的牽牛星宿，就未必是銀河岸的河鼓星宿，而是「其狀如牛」的牛宿。神話之產生，只是由於人對織女、牽牛之星名產生聯想，因而想像二者像人間的男女一樣互相戀慕。如此則牽牛之名，就不僅由一條牲牛人格化爲牽牛的牧童，而且位置也從黃道附近，偷偷搬到銀河岸，成爲今天我們說的牛郎星，方師鐸刨根兒集「牽牛織女」一文，即作此推測❽。

(二)就詩經的語序看，在「維天有漢」之後，連舉織女、牽牛二星，則二星與銀河必有關聯。那麼後世牛郎織女故事的想像根據，仍是就詩經所提供的星名及位置而來。但銀河岸的那顆星在史記中，不被稱爲「牽牛」，而是河鼓，按爾雅「河鼓之謂牽牛」來推測，極可能在爾雅時代（戰國）以前，河鼓星一星二名，它可能有另一個名稱叫牽牛；但後來在天文學上，把牽牛星名送給了牛宿，故它只留存河鼓之名；而在民間依然被叫做牽牛星或牛郎星。由於這樣的轉折，所以爾雅才特別解釋「河鼓之謂牽牛」。則後世神話中的牽牛，只是人格化爲牧童，其天文位置並不變。高平子史記天官書今註即有此看法❾。

比較這兩種情形何者較合理，筆者認爲可以藉天文學上的推測來判別。

首先，詩經這首詩中星象的敍述順序是天漢、織女、牽牛、啓明、長庚、天畢、箕、斗，這幾個星座，都是天空中極明亮的大星，極易辨認；不可能唯獨牽牛星是指光度較暗的牛宿。也就是說，天空中與織女同樣引人注目的，是銀河岸的河鼓——它才是神話的男主角牽牛星，而不是黃道附近的牛宿。日人新城新藏亦以爲，最早受人注意的，是河鼓與織女，二者甚且可能是最初二十八宿中對應於牛宿、女宿名目下所指的星座。後來因觀測知識更精確，二十八宿經過整理，劃定黃道附近的星宿爲準，於是偏離黃道的河鼓、織女被刪除，而其名目則被位於黃道上、光度較暗的星宿所取代，就叫做牽牛、婺女（或須女）。他推測整理的時間是在春秋末葉，乃至戰國時代❿。

若新城新藏的推論可以成立，那麼在春秋中葉之前人對牛宿、女宿的觀念，一直就是銀河兩岸的那兩顆大星，而且就像詩經所稱的，叫做牽牛、織女；尚未有牛宿、女宿之名。等到二十八宿名與位置確定後，牽牛、織女已不屬於二十八宿，但其名稱仍被借用到新的星宿上，稱牽牛、婺女（須女），而簡稱爲牛宿、女宿。但織女仍保有原名，而牽牛就只剩下河鼓一名了。這項推測，牽牛星名的轉變，在時代上，與爾雅釋「河鼓之謂牽牛」是十分接近的。陳遵嬀中國天文學史亦贊同此說⓫。

這項天文知識的推論，使得牽牛、織女星的位置，由詩經到東漢古詩，以及後代民間故事，成一系統發展下來；只有「牽牛」的義涵在轉變，天文位置不變動。天文學上的這種觀察知識，簡化牽牛星演變的情形，也確立詩經小雅大東篇在牛郎織女的故事裡的啓蒙地位。

二、牽牛織女星名的內涵意義

古人爲何把銀河岸的兩顆大星叫做牽牛星和織女星，原因恐怕很難確定，但牽牛、織女兩星名的內涵意義，我們卻可嘗試詮釋。

牽牛的「牽」字，甲骨文、金文未見明確記載，說文釋爲「引前也」。而左傳僖公三十三年有「唯是脯資餼牽竭矣」句，杜預注「牲生曰牽」。可見說文所釋乃引申意，其原意應就是牲畜。牽牛，即是指一頭活的牛。至於織女的「織」字，從糸，說文釋爲「治絲也」，意思非常明確；織女即意味著一個織絲的女子。牛與絲織業，都和農業文化有相當大的關聯；則推測兩星的命名內涵，可由實際農業社會狀況，來了解牛隻和絲織在日常生活中的重要性，以及從其他相關的神話故事或原始信仰，來發掘古人對二者的情感折射。

牛和我國民族有著深遠密切的關係和情感。

在考古上已經可以證實：殷商時代，牛已是常見的家畜，有水牛和旱牛，數量也相當多⓬。這些牛隻，在日常生活裡的用途，除了用作貞卜、犧牲之外，也有可能是作爲主要的副食，以及拖載貨物、幫助農耕的家畜⓭。甲骨文尚有王親自巡視牛欄之記載⓮，可見牛在日常生活中的重要性。至周代，亦設有牧人之官⓯。而春秋中葉以後，鐵器之發明、犂具之改良，牛耕之有無乃成爲國力貧富之要因⓰。

牛與農業文化之關聯，還可以從神話想像中看出：

信史以前，有所謂三皇五帝時代。其中神農氏無疑是居於承先啓後的位置。在歷史傳說中，他是黃帝之前的一個帝王（或說是部落領袖），而且是中國農業的開創者。在神話中，他被塑造成「人身牛首」的神奇人物，他所統轄的部落，即是以牛爲圖騰⓱。可見牛和農業文化的相關性，人把對牛的情感巧妙地投射於神話想像，用神話來強化牛在人心目中的形象。

如此，在人文社會的發展中，人對牛，無論是現實生活，或神話想像，都有著密切的關係與深厚的情感。這股動力，讓古人把「牽牛」拿來做爲星座名。但是這中間還有一個催化的關鍵，那就是前文「星辰崇拜」所談到「社會屬性」的崇拜心理，試觀史記天官書解釋星名牽牛說：

牽牛為犧牲。

這句話可說是把人與牛深厚的情感，從世俗的日常生活，提升到宗教的、神聖的領域，以供人信仰，崇拜。事實上，從殷人大量用牛骨爲卜材料，以及用牛當祭祀犧牲來看，牛的確寄託了某種原始宗教信仰。因此，牽牛星名的內涵，與原始宗教信仰應有淵源關係。王孝廉、中村喬兩位學者，皆以「牽牛爲犧牲」爲據點，對牽牛星名的原始信仰作一番論析——

王孝廉「牽牛織女傳說的研究」、「牽牛與古代農耕信仰」一節所做的結語是：

> 由上述牛在古代農耕信仰中所占的地位和中國古代以白色的牡牛為祭祀大地農神犧牲的記載，由史記天官書解釋星名牽牛是為「犧牲」的證據，因此我推想在成為星名以前的牽牛是古代中國農耕信仰中被視為穀物神化身的神聖動物，牽牛星名的原始當就是一匹祭祀大地所用的白色牡牛，也就是說在牽牛做為天上的星名以前，古代中國已經先有了這種農耕信仰。因此當他們看到天上的幾顆星星「其狀如牛」的時候，就很自然地把天上閃亮的白色星星和大地上的白色牽牛連想在一起，由此而以牽牛做為那幾顆星座的名稱⑱。

中村喬「牽牛織女私論及關於乞巧」一文的結論是：

> 牽牛、織女二星的名稱都是把人間的河水祭祀投影到天上的。二星與天河三位一體，我們應該重視二星與河的關係。今考慮在河水祭祀儀禮中的牽牛織女的角色：如「牽」

字所示，牽牛是犧牲，被供給河神；織女是嫁給河神的女人，「織女」的意思就是：「織神衣的女人」。河水祭祀是禱告豐收的。又，二星在天河的兩岸相對著，約在農作物的生長時到收穫期的晚上，出現於天空。於是，發生了二星與收穫這個觀念之間的關係。後來，因為河水祭祀本為人們禱告豐收的祭祀，所以古人把它投影到天上。象徵河水祭祀的犧牲牛與嫁給河神的女人也被視為二星，到此才出現牽牛、織女二星。因此，這二星本來有與河神同樣的性格，就是說，是禱告豐收的信仰的對象⑲。

王孝廉認爲，古代農耕信仰中，祭祀社稷神，即穀物神是爲了祈求豐年。而牽牛被當做是穀物神的化身，以祭祀大地，從現在仍殘存的「打春」儀式，或「迎春」儀式，都可得到證明。換句話說，牽牛星名的內涵意義即是「穀物神之化身」，人因爲崇敬穀物神，而將那幾顆「其狀如牛」的星星命爲牽牛。至於中村喬的看法，基本上是因爲河水與農業文化有密切關聯，欲求豐收，必得祭祀河神；而牽牛本是祭河神之犧牲牛，織女本是嫁給河神、爲神織衣的女人——地面上的河神、牽牛和織女三個觀念一齊反映到天上的銀河與銀河岸的兩顆大星，於是才有牽牛星、織女星之名出現。而牽牛、織女因是祭祀河神之祭祀品，二者也逐漸具有「河神的性格」，亦成爲禱告豐收的對象。也就是說，牽牛星名的內涵意義近於「河神之化身」。

無論是穀物神或河神的化身，二者皆屬於地祇，在殷周二代，這方面的祭祀頗盛。但我們知道，崇尚鬼神的殷人，其祭祀對象很廣，天神、地祇、人鬼皆有，而通常都是以有雨、無雨爲關心的內容[20]。雨量之適宜，本來就關係著農作物的收成。因此可以說不管那一類的祭祀，最終目的都是祈求豐收。後來祝禱的對象與內容個別聯屬，才形成不同的神格系統。就穀物神與河神來比較，我們必須問：在神格系統觀念的發展下，何者愈來愈接近豐收的神格，成爲祈求五穀豐登的對象？無疑的，是穀物神，即社稷之神，這由殷周人對建社的重視，以及社稷祭祀之隆重可窺一斑[21]。而河神在這方面的功能似乎愈來愈淡化，卻另外發展出自已獨特的神格：在神話中，河伯馮夷的形象被清晰地描繪出來[22]，在後代傳說中，河神每每又化爲蛟龍[23]；在這種情形下，河神和牽牛的關係已經愈來愈遠，若說牽牛爲河神之化身，恐怕不容易取信於人。

但王孝廉的結語，尚有部份待修正。王孝廉的推論過程，十分謹嚴，但過分強調「白色的牡牛」，且以之作爲與白色閃亮的星光聯想的依據，並不妥當。若據禮記檀弓篇「夏牲尚玄，殷商白，周尚赤」之記載[24]，那麼顯然「白色的牡牛」之說，在周代是不能成立的。何況，就連「殷尚白」之說，也大有問題；尚白之說，乃是戰國以後，受陰陽五行思想影響而創立的[25]。如果說星名也是由於星光和毛色有關聯，就未免牽強。而且最早出現的牽牛星名，指的就是銀河岸的河鼓星，不是黃道附近「其狀如牛」的牛宿（見前段天文知識所論）。牽牛星名和星宿的形狀之間的關係，目前我們可說還找不到確切的說明。

因此，筆者將牽牛星名的內涵意義修正爲：就像史記天官書說「牽牛爲犧牲」、晉書天文志云「牽牛爲犧牲之主」，牽牛對古人的重大、神聖意義，乃在於用它當作犧牲，以祈求豐收。牽牛星所具有的神格，是代表著穀物神；它的命名內涵，寄託了祈求豐收、酬謝豐年的思想。

織女星名，明白顯示著與絲織有關；亦即與蠶、桑有關。

我國是世界上蠶絲業的發祥地，境內的宜蠶桑區，更是非常遼濶，大約現在的華北地區、四川地區、及長江中下游的吳楚之地，在春秋時代都已有採桑、育蠶、織絲的活動記錄㉖。甚至在殷商時代，考古上就已經發掘了蠶繭及綾絹絲帛等絲織品殘骸；殷人更有祭蠶神之擧㉗。

蠶桑供給了經濟需要，人對二者的倚賴，自是不必贅言。而由殷代已有蠶神祭祀看來，人對蠶桑的情感，也由日常生活的倚賴，提升到神聖的、宗教的境地。也許在神話的想像中，我們比較容易尋找到這種情感的投射：植桑有桑木神的信仰，育蠶也有蠶神的信仰；這也是我們對織女星名的內涵意義，可能有的兩種推想——

王孝廉「牽牛織女傳說的研究」、「織女與帝女之桑」一節以爲織女是桑木神，其結語說：

> 由以上這些推察，織女在成為星名以前的原始意義當是農耕信仰中被視為神聖樹木桑樹的桑神，或許也就是原始的母神，形成這種以織女為桑神的信仰是和古代農耕社會中無數的婦女以桑蠶紡織為主要工作的實際勞動生活有關的。也就是說在人間大地上先有了以織女為桑神的信仰，然後結合了天文現象的觀察而形成了織女星的星名㉘。

姚寶瑄「牛郎織女傳說源於崑崙神話考」一文中，曾討論「織女星」稱名的感情基礎與來源，雖沒有明確指出織女星名的原始信仰，但從他追本溯源至嫘祖來看，應該暗示著織女星名的原始信仰就是蠶神：

我國養蠶繅絲源於有史以前，傳說最早發明推廣育蠶技術的是黃帝的元妃西陵氏女嫘祖。「嫘祖」之名最早見於大戴禮帝系篇，史記五帝本紀中。至南北朝後期的北周（西元五五七—五八一年）仍有「以太牢親祭，進奠先蠶西陵氏神」的風俗。……嫘祖是神話與傳說中，或者說是紡織歷史上第一個所謂的「織女」。……漢書儀曰：「春桑生，而皇后親桑於苑中，于蠶室養蠶千薄之上，祠以中牢羊豕。今蠶神曰苑窳婦人、寓氏公主，凡二神。」可知古時所祭蠶神有二。據古書記載：「苑窳婦人」卽「先蠶」的婦女，卽上文中黃帝元妃西陵氏之女嫘祖。有隋書禮儀志所記佐證：「以太牢親祭，進奠先蠶西陵氏神」。只是後世祭蠶神時，又帶上了蠶的生活習慣與形狀等，才稱「苑窳婦人」。而「寓氏公主」卽「禺氏公主」，乃先蠶者西陵氏婦人之女兒（或後代），是最早從其母紡織的女子㉙。

此外，前引中村喬「牽牛織女私論及關於乞巧」一文當中則以織女星名和河神祭祀有關，織女爲「織神衣之女人」，且有著河神的性格。河神祭祀之說，筆者不加以採納，但「織女爲織神衣之女人」之解，似乎可以再予探討。

王孝廉、姚寶瑄兩位學者的結語，背後各有一套理論支持㉚，實不容輕易推翻。但筆者比較贊成姚寶瑄所暗示的蠶神信仰——至於是否爲嫘祖，筆者仍存疑；對於王孝廉的桑神信仰，有若干疑點和辨正。

王孝廉的推論過程，有幾個要點：㈠桑樹在古代可叫做「若木」，若木的「若」字原始的字形是一個披著長頭髮跪著的女人形象（註見藤堂明保「漢字と文化」頁二二五），這應是和古代人的桑木信仰有關而形成的字形；㈡山海經海外北經：「歐絲之野，在大跡東，有一女子跪據樹歐絲。三桑無枝，在歐絲東，其木長百仞，無枝。」，這個「跪而歐絲」的女子當是原始神話中的桑神，也應該就爲若字披長髮跪著的女人形象。後世傳說黃帝殺蚩尤以後，有蠶神獻絲，蠶神相傳是一個人馬戀愛的悲劇少女；㈢山海經中山經：「又東五十里曰宣山，淪水出焉，東南流注于視水，其中多蛟，其上有桑焉，大五十尺，其枝四衢，其葉大尺餘，赤理黃華青柎，名曰帝女之桑。」依郭璞注此桑所以名爲帝女之桑是由於「帝女主桑」的緣故，也就是說司桑的女神是爲「帝女」，而做爲星名和牽牛織女傳說中的織女，在各記載中也正是「天帝之女」。這三個要點，筆者以爲尚有商榷之處：

㈠若木見山海經大荒北經：「大荒之中，有衡石山、九陰山、洞野之山，上有赤樹、青葉、赤花，名曰若木。」郝懿行云：「若，說文六作叒，云『日初出東方暘谷所登博桑，叒，木也，象形。』」

查說文「若」字，共有兩處：一在卷一艸部，作[illegible]，許愼云：「从艸右。右，手也。」段玉裁注曰：「此會意。毛傳曰：若，順也，於雙聲假借也。」㉛這個「若」字，恐怕和山海經裡的「若木」無關。另一「若」字在叒部，作叒，許愼云：「日初出東方湯谷所登榑桑，桑木也。象形，凡桑之屬皆从桑。」㉜此即郝懿行所引者，也應是山海經裡的「若」木之「若」的原形，意謂桑，與甲骨文「桑」字上頭的[illegible]形相近㉝，本意就是桑。如此看來，此「若」字如何和「披著長髮跪著的女人」聯想在一起，實令人費解。而王孝廉引日人藤堂明保的說法，也未見詳細說明。故筆者認爲，「若木」只是桑木，和織女信仰的推論無關。

㈡山海經海外北經這則「跪據樹歐絲女子」的神話，所據之木誠是桑木無疑，但能夠「歐絲」，除了蠶（蠶神）的聯想，似無更合理的解釋㉞。而王孝廉因前㈠的「若木」爲桑木，且「若」字形爲「披著長髮跪著的女人」，推測桑木和女人有關，再加上這個「跪據樹歐絲」的女子，於是推斷這個歐絲女子「當是原始神話中的桑神，也應該就爲若字披長髮跪著的女人形象」，又說：「後世傳說黃帝殺蚩尤以後，有蠶神獻絲，蠶神相傳是一個人馬戀愛的悲劇少女。」

顯然王孝廉認爲這個歐絲女子是原始桑木神，而蠶神另有其人。

但「跪據樹歐絲女子」神話，以往亦有學者認爲即是蠶神神話。例如，玄珠中國神話研究第六章「自然界的神話及其他」，即以爲「關於蠶的神話，此爲最古，然而也最簡陋㉟」。鄭清茂先生關於桑樹的神話與傳說第三章「蠶桑祭儀與迷信」，亦說「這裡『跪據樹歐絲』的一女子，可能就是蠶神。蠶神都是由女性擔任的。古今記載，幾無例外㊱。」這二位學者都認爲，「跪據樹歐絲」的女子，應是古代蠶神神話。故王孝廉所謂「人馬相戀的悲劇少女」（馬頭娘），應是後代的蠶神傳說，與此並不衝突。然而，蠶、桑本來就密切不可分，要進一步證明織女星名和何者有關，則需進入第㈢點的討論。

㈢山海經中山經「帝女之桑」這則神話記載，由於帝女的身份與織女是「天女孫」的身份完全對等，因此若是能圓滿詮釋「帝女之桑」的信仰，則織女星名的涵義也就可以得到結論。

按晉郭璞注此則文字曰：「婦女主蠶，故以名桑」，清郝懿行箋亦云：「言噉桑而吐絲，蓋蠶類也」，可見二者都認爲這則神話和「蠶類」有密切關係。「婦」字若從鈴木虎雄之說，以爲是「帝」字之誤㊲，則「帝女之桑」的命名，乃是因「帝女主蠶」的原故，「主蠶」者不爲蠶神而爲何？筆者認爲郭璞和郝懿行的意思即是說，因爲這個帝女是蠶神，而蠶以桑葉爲食，和桑樹密切相關，所以她所倚據的樹，就叫做「帝女之桑」。「蠶神」爲因，「帝女之桑」爲果；這則神話其實說明了古人賦予帝女爲蠶神的原始信仰。

如是，結合第㈡點「跪據樹歐絲女子」乃古代蠶神，此則「帝女之桑」象徵「帝女爲蠶神」的原始信仰，與絲織業有直接而密切關係的，應是原始蠶神信仰，而不是桑木神。而「織女」之名，意味著「織絲的女人」，織女的身份——天女孫、天帝之子，又與蠶神「帝女」對等，則織女所象徵的內涵意義，也應和原始蠶神信仰有關。

但後代的蠶神傳說，卻是「一個人馬戀愛的悲劇少女」，以蠶頭和馬頭形似，而名蠶爲「馬頭娘」㊳，與「織女」毫不相涉。且「織女」星名之出現，已經是個「人」的形象，和「歐絲女子」也相去甚遠。顯然把織女和原始蠶神信仰聯結在一起，也有點牽強，但其中略有曲折之處。

筆者認爲，在最初，人驚訝於蠶能吐絲，是神秘奇異的動物，於是對蠶產生了原始的崇拜與信仰，也創造了山海經裡「跪據樹歐絲女子」和「帝女之桑」的相關神話。但人對蠶的想像，又逐漸分成兩方面，一方面是就其形體去揣想，於是和馬頭聯想在一起，逐漸形成人馬悲戀、馬頭娘的傳說㊴。另一方面是對蠶吐出來的絲讚歎不已，而將注意力轉到絲織品上。由殷人已有綢、綾、絹等絲織品來看，紡織技術在彼時已經十分發達，當然也會有專門織絲之女子出現。於是人漸漸將注意力移轉到絲織品，甚至紡織的女子身上。由蠶到蠶絲，再到絲織品、紡織的女子，這裡，中村喬所謂「織神衣的女人」便承接上來了。因爲人已經注意到紡織的人，於是把「織女」之名安置到星座上去，而星又有「神格」，則織女的工作，自然是爲天神織衣了。爲天神織衣的工作是何等神聖、其功厥偉！於是後來地上的女子，才要向天上的織女祈求賜予女紅之巧。

原始蠶神信仰下，這兩方面分岐的想像，可能在殷周之際已經開始，所以織女星名雖隱含著原始蠶神的信仰，但織女星名之出現，則其內涵意義已經發展到「織神衣之天女」的程度，其神格接近「女紅之神」的信仰；也代表了後代「主瓜果絲帛珍寶」的社會神崇拜的雛形觀念。

以上所論，係就牽牛織女神話之背景，作一番探索。所得結論，即是用來說明牽牛、織女二星如何喚起人的注意，並對它們產生信仰與崇拜；以及企圖詮釋二星星名的內涵意義。這對下一節神話形成之脈絡，算是奠定一些基礎。

第二節　神話形成的脈絡

民國二十六年，歐陽飛雲在逸經雜誌三十九期發表「牛郎織女故事之演變」，文末結論故事之演變過程有五個時期：

㈠胚胎：帶有兩性名辭的星名發現。

㈡雛形：織女渡河與牛、女相會。

㈢具體：結婚後廢弛工作被限制會期。

㈣進化：雜以理想主義描寫而生枝添葉。

㈤脫形：以見不到（天上）進而為見得到（人間）的言情故事。

歐陽飛雲這篇文章可說是國人研究牛郎織女故事的先河，尤其以生物進化的過程來譬喻故事演變的過程，不能不說是十分巧妙而切當，後繼者的研究，大致也是以這幾個時期為劃分標準。但這五個時期，其實涵蓋了神話、傳說，與民間故事，只能算是概略性的劃分，對於後來多采多姿的民間故事，尤其不能盡道其興味。其次，這五個時期只是定型的觀念，歐陽飛雲並沒有說明兩兩之間的連接關係，也就是說他沒有把故事演變的規則演示出來。

筆者以為，如第一章神話、傳說以及民間的故事之界義所論，牛郎織女故事在神話階段，有其演變的情形，待神話內容具體呈現後，又成為後代傳說或民間故事的基型。所以討論此神話之形成，大約是等於探討歐陽飛雲所列舉的胚胎期、雛形期與具體期。至於其間的演變規則，依照民國六十九年，曾師永義說俗文學中「從西施說到梁祝」一文，對民間故事的演變所提出的一個重要觀念：

民間故事的基型，可以說都非常的簡陋。可是基型之中，都含藏著易於聯想的「基因」，這種「基因」，經由人們的觸發，便會孳乳，由是再「緣飾」、再「附會」，便會更滋長，更蔓延。……而孳乳展延的因素，則大抵有兩個來源和四條線索。兩個來源是：文人學士的賦詠和議論，庶民百姓的說唱和誇飾；四條線索是民族的共同性、時代的意義、地方的色彩、文學間的感染與合流。

所謂易於聯想的基因，即是前後兩時期之間的相關因素。找出基因，就能夠疏通發展的脈絡。而基因的觸發，則有賴於外力的推動、催化——兩個源頭、四條線索就是這股動力。基因以及基因的觸發，可說是故事演變的重要規則。

以下即按「胚胎」、「雛形」、「形成」三時期，探討故事在神話階段——應正名為牽牛織女神話的形成過程，並以基因觸發的規則為輔助的方法。

一、胚胎期：先秦時代含藏的基因

牽牛織女神話在最初的發展，可說是毫無形迹可尋。我們至多只能探討其背景淵源（見前

第一節），推測其中含藏的基因。而現今我們所能看到的相關文獻，大抵是先秦的的幾項記載：

㈠詩經小雅大東篇

維天有漢，監亦有光。跂彼織女，終日七襄。雖則七襄，不成報章，睆彼牽牛，不以服箱。

按毛傳：大東刺亂也。東國困於役而傷於財，譚大夫作是詩以告焉。箋云：織女有織名爾，駕則有西無東，不如人織，相反相成文章。……以，用也；牽牛不可用於牝服之箱也。正義曰：言雖則終日歷七辰，有西而無東，不成織法，報反之文章也。言織之用緯，一來一反，是報成章。今織女之星，駕則有西而無東，不見倒反，是有名無實也。又睆然而明者，彼牽牛之星也，雖則有牽牛，而不見牽牛以用於牝服之箱也。

詩中說織女星一夜七移，只有西向而無來回，不像人用織布機，梭子一來一往，不能織出文采交錯的布帛來；牽牛星雖有牽牛之名，卻不能夠負起拉大車廂的任務。即是以星名的有名無實，來諷刺西周貴族橫徵暴斂。從這首詩，我們看不出牽牛和織女有什麼關聯，但在銀河（天漢）之後，緊接著將兩星並提，顯示著牽牛織女兩星和銀河的關係密切。而銀河、織女、牽牛乃是構成神話的三個最基本的因素，則詩之敍述，無疑爲後來的神話建立了架構。並且織女

「不成報章」，牽牛「不以服箱」的「怠工」情形，也成爲神話情節想像的一條線索。

(二)大戴禮、夏小正

> **七月，漢案戶，初昏，織女正東向。**

清人俞正燮癸巳存稿「七夕考」一則曾解釋說：「蓋七月時，日在角，初昏漢直，則牽牛居東，織女正，則必東向。」這雖然純是天文現象的說明，但七月時，織女星東向牽牛星的現象觀察，或正是後來織女七月七日渡河會牽牛的情節之想像基礎。

此外，墨子雜守篇云「亭三隅，織女之」，乃云織女星宿的三星如三角亭柱，純粹以星形爲喻，對神話之形成，應無任何關聯。但亦可知，先秦古人對織女星的熟悉。

詩小雅大東篇與大載禮夏小正的記載，雖然還看不出牽牛織女神話的內容，但二者卻含藏著以後可以孳乳延展的基因，彷彿還在孕育中的胚胎，雖不成形，卻已經具有活動的生命力。易重廉「牛郎織女故事敍論」一文，即以爲大東篇結合天漢、織女、牽牛三個基本因素，是牛郎織女故事的濫觴；夏小正之記載，則是產生以愛情爲中心的故事的契機[40]。

若再加上第二節探討背景淵源所得的結論，我們可以說在先秦時代，神話胚胎期所含藏的基因是：

㈠天漢、織女、牽牛三個要素的結合，是故事架構的基礎。
㈡「不成報章」、「不以服箱」的想像，是故事情節的線索。
㈢「織女正東向」的觀察，以及推斷詩經的牽牛星位於銀河岸，是織女渡河會牽牛的暗示。
㈣星辰崇拜賦予兩星「神格」，使故事具有神聖性。
㈤星名的內涵意義，與農業文化密切相關。在長期觀察之後，逐漸把人文社會和天文現象攝合，從而想像二星和人間的男女一樣，也有相思相戀的故事。

二、雛形期：漢魏時代人形化與離別象徵的發展

從表面上看來，牽牛星和織女星，本就有不平行的發展：由詩經到史記，牽牛是一頭牲牛，而織女已經是「天之女孫」、一個明確的女性形象。因此織女每每成爲後代文人歌詠中的戀慕對象，而牽牛星則不見相等的發展。

漢初淮南子俶眞訓云：

> 若夫真人，則……臣雷公，役夸父，妾宓妃，妻織女……

此處織女與雷公、夸父、宓妃等神話人物並提，可見入漢以後，織女星已經充分顯現其「神格」，成爲人想像中的一位女神。稍後的史記天官書亦云「織女，天女孫也」，此則賦予織女尊

貴的身份地位，是以成爲人間戀慕的對象。直到後漢王逸九思哀歲第八：「就傳說兮騎龍，與織女兮合婚」㊶以神遊仙界，譬喻自我的情志，也是將織女當作思慕寄託的對象，後代一些與織女戀愛的傳說故事，也是承此系統而來。

但是另一方面，織女仍然和牽牛保持關聯。文選班固西都賦云：

集乎豫章之宇，臨乎昆明之池，左牽牛而右織女，似雲漢之無涯。

李善注曰：「三輔黃圖：上林有豫章觀，漢書：武帝發謫吏穿昆明池。漢宮闕疏：昆明池有二石人，牽牛織女象。」呂延濟注曰：「豫章，舘名也。言集此舘，武帝鑿昆明池作牽牛織女於左右，以象天河，言廣大猶雲漢無涯際。」

張衡西京賦亦云：

豫章珍館揭焉，中峙牽牛立其左，織女處其右。日月於是乎出入，象扶桑與濛汜。

按班固、張衡所吟詠的昆明池，係指西漢時在長安的昆明池。此池見史記平準書：「越欲與漢用船戰，遂大修昆明池。」又見漢書武帝紀：「元狩三年，發謫吏穿昆明池」，而臣瓚注：「西南夷傳，有越雟昆明國，有滇池，方四百里，漢使求身毒國，而爲昆明所閉，令欲伐之故作昆明池象之，以習水戰，周圍四十里。」昆明池原係為軍事演習之用，而且是「以習水戰」，那麼以牽牛、織女分列左右，象徵雲漢（即銀河）的景象，應是極為可信。今考古學者亦已在漢代昆明池遺地，發掘兩座石像，認為這就是班固、張衡所說的牽牛、織女像㊷。

但武帝鑿昆明池固屬史實，這兩個石像建造的時間，仍無法肯定就在當時㊸。不過我們可以肯定的是，至遲在東漢班固時代，應該是已經設置。這就包含了兩個非凡的意義：那就是牽牛首度以人形出現，不再是詩經裡「不以服箱」的牲牛，這應是漢代社會，普遍以牛耕田，「人」和「牛」結合，「牽牛郎」為庶民習見，故將之反映到故事裡㊹；其次，牽牛和織女在天象上仍相提並論，且和銀河三者結合在一起。這對人形的牽牛織女像，當是神話想像的依附所在，神話故事逐漸有了雛形出現。

「人形化」是牽牛織女神話由胚胎期進入雛形期的一個關鍵。至此牽牛、織女才有對等的地位，不是熠熠的明星，也不是一牛一女，而是兩個像世上男女一樣的形軀，但他們不是凡人，而是神：例如，春秋運斗樞曰：「牽牛，神名略」，春秋元命苞曰「織女之為言，神女也㊺」；可見入漢朝以後，人將這兩顆星奉為星神，但又以人的形象、行事來想像他們。這裡，我們可以看出胚胎期所含藏的基因㈠、㈣、㈤，都已經慢慢展延，到了東漢末，由於社會長期變亂的歷史因素之觸發，在民間詩人的筆下，便出現了古詩十九首裡「迢迢牽牛星」那樣的詠歎：

迢迢牽牛星，皎皎河漢女。纖纖出素手，札札弄機杼。終日不成章，涕泣零如雨，河漢清且淺，相去復幾許。盈盈一水間，脈脈不得語。

離別相思是古詩十九首常見的主題，這首詩基本上是以銀河、牽牛星、織女星的天文現象爲準，把人間男女分離的哀怨之情投射到天象去。以織女爲吟詠的角度，並非偶然，曹植詠織女㊻亦有相同的同情心態。值得注意的是，這首詩取譬的重點乃在於「盈盈一水間，默默不得語」，原來牽牛和織女分離的痛苦原因，是因爲浩浩的銀河阻隔！胚胎期含藏的原因㈠銀河、織女和牽牛三者的結合關係，在這裡已經孳乳出如此悲苦動人的情節。這首詩出自民間詩人之吟詠，可見這樣的想像已經十分普遍，爲大家所熟悉。因此文人學士，吟詠閨中思婦，也要以牽牛織女爲喩。試看曹丕燕歌行：

明月皎皎照我床，星漢西流夜未央，牽牛織女遙相望，爾獨何辜限河梁。

這首詩取譬的重點也在於「牽牛織女遙相望，爾獨何辜限河梁」，與「迢迢牽牛星」詩一致。可見在東漢末，人對牽牛織女星的想像，已經進展到是隔著銀河不能相會的一對男女。這可以說是「人形化」之後，眞正顯現了牽牛織女故事的雛形。

但嚴格說來，這雛形故事的推論並沒有符合「神話是敍述的」這個通性，眞正的、具體的牽牛織女神話還在醞釀當中。然而還有一個層面值得探討：這兩首詩取譬角度的一致，對於牽牛織女神話的研究，有何意義、功能？按牽牛、織女二星，以及銀河，在詩中顯然是作爲譬喻，將三者特殊的相對位置，譬喻爲隔河相望的男女，賦予「離別」的象徵意義，這對後來故事的形成有極重要的功用。

象徵，是神話思想不可缺乏的重要因素。用象徵來解說神話，可以表達一些永恆的概念，使神話的涵義加深、加廣。因牽牛、織女二星的天文位置而興起「離別」的象徵意義，可說是東漢末社會動亂不安的反映，另一方面亦是古今以來，彼此相思之情人的最佳心理寫照。牽牛織女神話之所以能夠源遠流長，實有賴於這個象徵意義的發掘。因此我們可以推想詩背後可能流傳的故事內容，但亦應重視詩所直接提供給我們的訊息——「離別」的象徵意義的形成。

自漢至魏，牽牛織女神話的發展進入雛形期，雛形期的牽牛、織女已經是兩個人格化的星神，而由於他們所處的相對位置，人已逐漸附會了「相思離別的男女」的想像。這個想像的重要貢獻在於二星象徵意義的呈顯。

三、形成期：魏晋時代相會之說與梁朝故事的寫定

牽牛織女神話的具體內容，在曹魏之際漸現曙光。文選曹植洛神賦李善注引曹植九詠注曰：

> 曹植九詠注：牽牛爲夫，織女爲婦。織女、牽牛之星，各處河之傍，七月七日乃得一會。

按曹植九詠有云「臨回風兮浮漢渚，目牽牛兮眺織女。交有際兮會有期，嗟痛吾兮來不時」，蓋以牽牛織女交會有期，而已身獨不得君上之垂憐爲歎。而洛神賦此處本文是「歎匏瓜之無匹，詠牽牛之獨處」，則是以獨處的牽牛自喩爲不得寵愛的孤臣。因此李善所引之九詠注文，「牽牛爲夫，織女爲婦」雖未必肯定爲曹魏時代之說法，但牽牛織女「交有際兮會有期」的想像，可能已經逐漸興起。

至晉代，雖猶不見正面記載，但卻可從文人的詩詠及民間的神仙傳說這兩方面入手去推測。荊楚歲時記曾引「傅玄擬天問曰：七月七日牽牛織女會於天河」，按傅玄（西元二一七—二七八年）爲晉初人，這則佚文應相當可靠，因傅玄另有「擬四愁詩四首」㊼，有詩句「牽牛織女期在秋」，可見傅玄對牽牛織女的想像，已經不是漢魏之際的「爾獨何辜限河梁」的離別狀態，而是有一年一度的秋期佳會。

自曹植到傅玄，牽牛織女相會之說，已逐漸明朗。雖然晉人李充的「七月七日」詩猶云「河廣尙可越，怨此漢無梁」，但特別題名「七月七日」，或許正是他對已經興起的牛女七月七日相會之說，從另一個角度抒發感懷。而且另有蘇彥的「七月七日詠織女」詩，內容也說織女車駕渡河來相會。次由劉宋的詩人多有「七月七日夜詠牛女」等詩歌題詠看來，從晉人開始附會牽牛織女七月七日相會的想像，已廣爲流傳，而且在當天也有禳星盛會㊽。

這可說是胚胎期含藏的基因㈢織女正東向，已得到孳乳、展延。其次要討論的是，他們怎樣演變成「牽牛爲夫，織女爲婦」？民間的仙話傳說應是一個重要的推動力量。神仙思想是魏晉筆記小說的主流，其故事以神仙生活爲題材，以祈福求壽爲主題，本應和神話涇渭分明，但它對神仙生活的想像，卻促進了牽牛織女神話的成熟。晉張華博物志曰：

舊說云，天河與海通，近世有人居海渚者，年年八月有浮槎去來不知期。人有奇志，立飛閣於槎上，多齎糧，乘槎而去。十餘日中猶觀星月日辰。自後茫茫忽忽，亦不覺晝夜。去十餘日，奄至一處，有城郭狀，屋舍甚嚴，遙望宮中多織婦（荊楚歲時記引作「遙望宮中有織婦」），見一丈夫牽牛渚次飲之。牽牛人乃驚問曰：「何由至此？」此人具說來意。並問：「此是何處？」答曰：「君還至蜀郡訪嚴君平則知之。」竟不上岸。因還如期。後至蜀問君平，曰：「某年月日，有客星犯牽牛宿。」計年月正是此人到天河時也。

這是一則神仙色彩濃厚的故事記載，其中說見「織婦」與「牽牛丈夫」，雖未指明就是織女和牽牛，但是民間開始對天上的宮廷好奇，並且揣度那裡面也有織衣的婦人，以及牽牛飲水的丈夫，則已儼然是人間男耕女織的生活寫照了。這對「牽牛爲夫，織女爲婦」的說法，可說具有催化的作用，到南朝梁吳均的續齊諧記「桂陽城武丁故事」㊾，就強調了「七月七日織女渡河暫詣牽牛」、「至今猶云織女嫁牽牛」，牽牛織女是夫婦的說法，至此確定。

此外，博物志所載天河與海通，以及人可上天宮的傳說，亦應是後代民間故事中，人間牛郎追上天宮尋找織女的情節想像來源。

牽牛織女神話進入南北朝之後，已經呼之欲出。梁朝七夕乞巧風氣特盛，宗懍的荊楚歲時記更是集大成者，把傳玄、張華的記載收集，並補輯晉周處風土記「七月七日，二星神當會」的七夕風俗。最重要的是，還記錄了兩個不同內容的故事：

嘗見道書云：牽牛娶織女，借天帝錢下禮，久不還，被驅在營室中㊿。

天河之東有織女，天帝之子也。年年機杼勞役，織成雲錦天衣。天帝憐其獨處，許嫁河西牽牛郎。嫁後遂廢織袵。天帝怒，責令歸河東，唯每年七月七日夜，渡河一會(51)。

所引道書，不知成於何時，但「借錢不還」的解說，可能並不為大多數人接受，所以這則故事也隨著道書遺佚而失傳。而「嫁後廢織」的解說，正是胚胎期含藏的基因(二)「不成報章」的孳乳，廣為人接受，故同時代任昉的述異記，也有相同記載(52)。

這則「嫁後廢織」的故事，即是牽牛織女神話具體內容的寫定。（至於我們所熟悉的鵲橋，應是屬於傳說的範圍，將在下一節第一段第四項討論。）由胚胎、雛形到形成期，牽牛織女神話可說已經有了骨、血、肉的內容，而這個具體的神話典型故事，亦將成為後世傳說、民間故事的基型。此外，在雛形期與形成期又潛藏了新的基因，例如雛形期中，「織女成為人間戀慕的對象」這個要素；形成期中，「天河與海通，人可上天宮」這個要素，以及「如何渡河相會」等，都是可以再觸發的基因，這些在傳說或民間故事中將可找到發展的相關情形。

第三節　神話典型與傳說基型

牽牛織女神話的具體內容經寫定之後，神話故事的典型已告確立。其內容係在敍述牽牛織女的愛情故事，其主題意義則在於歌詠愛情之永恆不渝。然而相同主題的故事並不就此戛然而止，相反的，它又循著基因觸發的原則，繼續發展、茁壯。本節所要探討的，即是神話典型確立之後，又孳乳出新的傳說故事，其中轉化、傳遞的關鍵因素，以及區分傳說故事的類型，以作爲本章討論神話與傳說所得結果，下一章「傳說的主流」之開啓。

一、神話典型的情節結構探討

神話典型和後代傳說之間的關係，必須依靠典型中的情節要素53來判斷。如果一個傳說繼承了神話典型中的若干要素，我們才可以說，這個神話是這個傳說的基型。也就是必須先將神話典型中的情節要素分析清楚，再配合基因的觸發，才能尋找神話到傳說之間的脈絡關係。然而上節之討論，側重於神話形成的歷史過程，對情節演進所觸及的相關問題則較簡略。但當我們將牽牛織女神話典型，按情節要素——人物、事件、背景事物，區分而得織女、牽牛郎、天帝、結婚、分離、七夕相會、銀河等幾個名詞與動詞時，我們將發現，事實上有若干情節要素是有其演進過程的，而不是現成觀念的借用。因此這些情節要素之形成，其實正像一個有機體的結構，隨時代、環境不斷演進、運作；這方面的研究，即是本文此處所謂情節結構之探討。

首先討論「織女」觀念的演進：在詩經裡，織女是「終日七襄，不成報章」，虛有其名的星宿，這個角度可說是影響了日後詩歌、神話中的織女形象。古詩「終日不成章，涕泣零如雨」及荊楚歲時記「嫁後，遂廢織紝」，概由此而來。也就是說，儘管織女被想像成貴爲天帝之女，能夠織成雲錦天衣，最後仍擺脫不去「不成報章」的陰影。但人對織女的態度，卻有極大的轉變，在詩經裡是苛責的、諷諫的，在古詩以後，卻是同情的、愛憐的。後人同情織女因思念情人，而有「涕泣零如雨」的浪漫想像：泠泠閃耀的星光，不正像含淚的眼睛嗎？又同情她因執著於情愛而荒廢女紅，所以有渡河相會的情節附會。因此，織女在「不成報章」的反襯下，反而成爲痴心多情的女性典型。這個形象，在傳說與民間故事中，尤其顯明。

第二，「牽牛」觀念：在胚胎期，它只是一隻「不以服箱」的牽牛，但到了雛形期第一階段，它卻已經具有人的形軀；到形成時期的神仙傳說中，它已經成爲「牽牛之丈夫」，而最後終於成爲與織女匹配的河西牽牛郎；進入民間故事，又成爲人間的牛郎。牽牛的人形化，是個相當重要的關鍵，加速推動神話的形成。推究牽牛之所以由穀物神信仰的牲牛，而演變爲牽牛之丈夫，概由於農業技術之改良，以及社會經濟結構之變更。殷周時代，雖已有農耕，但只是運用簡單的農具耜、耒，以人力爲主。春秋戰國之後，鐵器的製造，使得犂具改善，仰仗獸力——尤其是牛來耕作，耕田效率大增。到了漢代更是「三人耦耕」，對牛的依賴愈重，人和牛的關係也由祭祀轉爲日常生活之用。而春秋戰國天下崩亂，封建制度瓦解，私人可擁有土地，整個社會經濟結構改變；直到漢朝，耕牛與耕田的人逐漸成爲日常熟悉的景象[54]，於是「牽牛丈夫」才凸顯出他的地位，成為故事的另一個主角。而他的牛，卻在民間故事中，又被人重視，重新塑造形象。

第三，「天帝」的觀念：在殷代，天或帝只是祈福禳災之神，至周代，始轉為可以發怒施威的「人格神」。漢代史記天官書云「織女，天女孫也」，這個「天」的意義也是十分概念化的。或許要到魏晉仙道思想興起，甚至唐宋道教勢力興盛之後，「天帝」的觀念才逐漸統一、具體化，成為神仙界裡的領袖，也主宰人間的一切，此即後世所謂的玉皇大帝。但史記「天女孫」的解釋，到了晉志已成「天女」，這就促成了天帝在牽牛織女神話的出現。這個天帝在神話中，只是個慈祥——憐其獨處、而家規甚嚴——怒，責令歸河東——的父親，並不是直接拆散姻緣的魔手。時代愈後，人對牽牛織女同情愈深，於是天帝便被塑造成阻斷幸福之路的惡神。在傳說與民間故事中，天帝的角色又有演變為西王母或人間大富翁的情形。

第四，「銀河」觀念：根據日本學者的研究，「銀河」當是地上河流觀念的投射，而且在我國境內，只有漢水是南北向，與天上的銀河一致，故銀河大概就是漢水的替代[55]。這項推論，大抵為大部分學者所接受。但我們還要討論的是，「渡河」的想像內容到底如何？

按傅玄擬天問云：「七月七日牽牛織女會於天河」，似乎不曾對如何渡河有所懷疑。在此之前，雖然有白氏六帖引淮南子佚文「烏鵲塡河以渡織女」，但此佚文不可靠，恐是唐宋人僞造，前人已辨之[56]。又有風俗通佚文「織女七夕當渡河，役鵲為橋」，此佚文首見唐韓鄂歲華紀麗引，至清佩文韻府夕字下則引作風俗記。風俗通為風俗通義之簡稱，為東漢應劭所撰。若果如此，則牽牛織女渡河之說就應提早到東漢以前，但由前引古詩十九首，曹丕燕歌行，甚至蔡邕青衣賦都說「悲彼牛女，隔於河漢」，可見東漢時代人對此二星的想像，還是停留在分離狀態。

由晉南北朝的詩，或許可看出魏晉興起相會說之後，對渡河相會的想像：

時來嘉慶集，整駕巾玉箱。
金翠耀華輜，軿輳散流芳。
釋轡紫微庭，解衿碧琳堂。（晉、蘇彥、七月七日詠織女）

芝駕肅河陰，容裔泛星道。（宋、謝莊、七夕夜詠牛女應制）

紈綺無報章，河漢有駿軛。（宋、謝靈運、七夕詠牛女）

弄杼不成藻，聳轡騖前蹤。（宋、謝惠連、七月七日夜詠牛女）

由上舉諸詩句，可知詩人對織女渡河的想像，大都是以爲織女既是星神，應也有輕車駿馬，自由馳駛過銀河去會牽牛；銀河就彷彿是天上的道路一樣，來去無礙。把銀河想像成道路，是人類普遍的神話心理[57]，而且這種想像也見於唐人的詩句中：

天街七襄轉，閣道二神過。

（唐、杜審言、七夕）

星橋百枝動，雲路七襄飛。

（唐、張文恭、七夕）

天街、閣道、星橋、雲路這四個名詞足可說明，人最初對織女渡河，根本就不以爲困難，所以也無需任何憑藉。而且據荊楚歲時記所記載的神話故事，亦不曾提及「役鵲爲橋」，整個神話的內容已經完備，故知至梁爲止，鵲橋之說應未盛行。

然而人的想像力是不可限制的。當人抬頭望見那耀眼的銀河帶，彷彿如浩瀚煙波，於是便又附會了「精衞塡海」[58]的想像和感歎，然後才興起鵲鳥塡河的傳說：

不辭精衞苦，河流未可塡。

（梁、范雲、望織女）

倩語雕陵鵲，塡河未可飛。

（梁、庾肩吾、七夕）

梁朝文人的這兩首詩，在思想邏輯上必然有所關聯。因爲曾有精衞鳥塡海的故事，所以人才會想像使役鵲鳥去塡河，以鋪造出大道，讓織女的車駕渡過。因此，「役鵲爲橋」的傳說，恐怕還在「烏鵲塡河」之後，試看唐人詩云：

> 槎來人浮海，橋渡鵲塡河。（唐、李嶠、奉和七夕宴兩儀殿應制）
>
> 奔龍爭渡月，飛鵲巧塡河。（唐、宋之問、牛女）
>
> 今夜河水隔，龍駕車轅鵲塡石。（唐、王建、七夕曲）

可見烏鵲塡河的傳說經梁朝文士之發端，到唐朝才明言「鵲塡河」、「鵲塡石」。此應是白氏六帖引淮南子佚文，僞託之依據。至於「役鵲爲橋」，或是涉及民間語源之解釋，例如宋羅願爾雅翼釋鳥曰：

> 涉秋七日，鵲首無故皆禿。相傳是日，河鼓與織女會于漢東，役烏鵲爲梁以渡，故毛皆脫去。

羅願所記，當是唐宋之間的傳說，例如唐蘇頲七夕詩云「竊觀棲烏至，疑向鵲橋過」，宋詞亦有「鵲橋仙」59詞牌。

由「銀河」觀念而引發的鵲橋傳說，在演變的過程當中其實應包含這三個轉變：車駕渡河，烏鵲塡河及役鵲爲橋。但這要到民間故事才得見其具體內容。

第五，「結婚」、「離別」、「七夕相會」的觀念：這一組相關的情節要素，其實是以「離別」爲主幹，分處銀河兩岸的牽牛星和織女星，它們的天文位置，使人興起「離別」情境的詠歎，這個象徵意義的蘊含，使得在東漢末離亂的社會裡，詩人以二星對峙來比喻人世乖隔。因感慨別離之苦，自然就會有團聚的想望。所幸入晉以後，晉初尚有短暫的太平歲月，而南朝政權遞移，於民間生活影響極微，於是晉張華的博物志才記下「織婦與牽牛丈夫」的傳說故事，宛若一處和諧寧靜的世外桃源；詩人的筆下也吟出七夕相會的歡樂景象，到南朝，便自然寫定成婚的故事內容。但仍保持離別而相會，則可見離別的象徵意義不可被抹煞，於是轉而將離別的痛苦，想像成期待團聚的喜悅，牽牛織女因而成爲恩愛不逾的愛情福星。至於離別的原因，在民間故事中，有各式各樣的解釋；相會的情景，亦有不同程度的描寫。而七夕風俗更富有我國民俗特色；這些將在以後的章節詳細討論。

二、神話轉化爲傳說之線索及傳說之類型

傳說故事以神話典型爲其基型，則二者之間的線索關係可從三方面找尋：一是神話典型中

所包含的情節單元，其中若干項將爲傳說所承繼；二是神話在形成過程中所含藏的各種基因，也可能再度觸發，孳乳延展；三是經由神話的界義與傳說的界義，兩方面比對異同。這三點在前文中皆已詳細討論過，此不贅述，僅將所得傳說資料，根據這三方面的線索追尋，區分爲幾個類型：

㈠地方風物傳說：這類型的傳說通常記載很簡單，例如支機石、仙女泉、織女廟等古蹟遺迹的記載[60]，其詳細內容已不可考，唯一可確定的是織女曾經下凡來，故事的舞台由天上轉移到現實界這一點。這類型的傳說，大約要配合民間故事的演述，方知其詳。

㈡鵲橋傳說：鵲與牽牛織女神話的關係，前文情節要素之討論已談到，在傳說過程中，先是「烏鵲塡河」，後才是「役鵲爲橋」。鵲橋傳說在唐朝興起，宋以後更是大盛。從詩人的詩詞中，我們可以推測，鵲或許是出於善心，才搭橋讓織女渡河；而到了後代民間故事，則以爲是鵲傳錯日期，把「七日」說成「七夕」，因此被處罰去搭橋，而致踐踏成禿頭。至於爲何選定鵲鳥呢？孫續恩「牛郎織女神話故事三題」曾有詳論[61]。而鵲橋傳說與㈠地方風物傳說一樣，也要在民間故事裡才能見到詳細內容；這兩類傳說，再加上「天河與海通」的基因觸發，大約就形成了民間故事的架構，後當詳論。

㈢遇仙傳說：這類傳說概由於「織女爲人間戀慕對象」的基因觸發，其中又可分爲兩個小類。

1. 郭翰型

這型的故事，可說只是戀慕織女這個女神的美貌，純粹渲染人神之間的情愛，內容雖浪漫綺豔，卻荒誕不經，並無重大意義，至多只是遊仙之學的末緒。茲略引其文以見：

太原郭翰，少簡貴有清標……早孤，獨處，當盛暑乘月臥庭中……見有人冉冉而下，直至翰前，乃一少女也……女微笑曰：吾天上織女也，久無主對，而佳期阻曠，幽怨盈懷。上帝賜命遊人間，仰慕清風，願託神契……乃攜手昇堂，解衣共臥……自後日日皆來。……因為翰指列宿分位，盡詳紀度，時人不悟者，翰遂洞知之。後將至七夕，忽不復來。經數夕方至。翰問曰：相見樂乎？笑而對曰：天上那比人間，正以感遇當爾，非有他故也。……經一年，忽於一夕，顏色悽惻，涕流交下，執翰手曰：帝命有程，便可永訣，遂嗚咽不自勝。……以七寶枕一留贈，言明年某日，當有書相問。翰答以玉環一雙。便履空而去，迴顧招手，良久方滅。翰思之成疾，未嘗暫忘。明年至期，果使前者使女，將書函致翰。……詩曰：河漢雖云闊，三秋尚有期。情人終已矣，良會更何時。又曰……。并有酬贈詩二首，詩曰：人世將天上，由來不可期，誰知一迴顧，交作兩相思。又曰……。是年，太史奏織女星無光。翰思不已，凡人間麗色，不復措意。復以繼嗣大義須婚，強娶程氏女。……翰後官至侍御史而卒。

（出《靈怪集》。見《太平廣記》卷六十八）

又，神仙感遇傳載有姚氏三子故事，也是記凡人與織女通婚，而且把婺女、須女這個和織女有關聯的星宿，一化爲二，（詳參前文天文星象的觀察），連織女共三人，成爲三姊妹，以匹配姚生之子與外甥二人。其內容大約敍述唐御史姚生，罷官居于蒲州左邑，子與外甥三人皆頑嚚不肖。姚生因而命令三人至條山之陽，閉門讀書。一日，姚之子於室中見一小豚，順手以鎭尺擊之，豚負傷急去。翌日卻有「年可三十餘，風姿閑整」的婦人來訪，且欲以三女匹配三人。又命宣父、周尚父敎之，二子乃成文武全才。後姚生遣家僮饋糧至，頗怪其事，以爲山中鬼魅。三子俱以詳告。有碩儒知之，謂姚生曰：「吾見織女、婺女、須女星皆無光，是三女星降下人間，將福三子。今泄天機，三子免禍幸矣。」果然，三子歸山之後，婦人以湯飲三子，既飲而昏頑如舊[62]。

2. 董永型

這型故事，戀慕的是織女的神通才能，因而有織女下凡來幫助孝子忠臣的傳說。有董永故事，說的是天帝因憐恤董永孝行，因而令織女下凡來，假意與之成婚，織縑以助之償債，而後期限一到，即返回天庭[63]。又有郭子儀傳說，說的是郭子儀從軍初期，某年七月七日於銀州遇織女，因祈賜富貴壽考，後果遂願。郭子儀於大曆年間病中話此事[64]。其中又以董永傳說最盛，後來又有獨特發展之趨勢，附庸蔚爲大國，並且反過來，滋潤牛郎織女民間故事，可說是牛郎織女的故事在傳說階段的重要支流，以下第三章，我們就要進入「傳說的主流——董永的故事」之研究。

註解

❶ 傳說在遠古希臘東北方的塞洛斯，有傑出的音樂家奧菲斯，乃音樂與詩歌之神阿波羅的兒子。奧菲斯擅彈七弦琴，他的琴聲，使森林中的蜘蛛停止結網，蜜蜂停止採蜜，蝴蝶和小鳥也停止飛翔，甚至猛獸也靜臥下來。後來，他的琴聲終於感動森林中的一位女神尤麗廸絲，於是兩人相愛而結婚。不幸在婚禮完畢，回家的途中，尤麗廸絲踩到一條毒蛇，被咬了一口，中毒而亡。傷心的奧菲斯決心到冥府裡尋找愛妻，他的癡心終於感動冥王普魯，答應讓他帶尤麗廸絲回人世，但囑咐他決不可以中途回頭看。奧菲斯一路前行，但在踏向人世土地的剎那，卻忍不住回頭尋找尤麗廸絲。他一回頭，只聽到一聲慘叫，尤麗廸絲又墮入深深的冥府裡去。奧菲斯悔恨萬分，終於哀傷過度，與世長辭。天神宙斯非常同情他，就把他彈過的七弦琴，升到天上，變成「天琴星座」，天琴星座中最亮的一顆星，就是我國所稱的織女星。

❷ 泛靈信仰（Animism）：由英國人類學家泰勒（Edward B.Tylor）於一八七一年提出，以為人類最初的信仰對象是「精靈」（Spirits），精靈便是「生氣」或靈魂；自然界的人，萬物，鬼魂都是精靈的一種。或譯為「生氣主義」。參見林惠祥，文化人類學，商務印書館；及陳國鈞，文化人類學，三民書局。

❸ 林景蘇，中國古代神話中人神關係之研究，民國七五年，高雄師範學院國文所碩士論文，頁一五五。

❹ 見董作賓「中國古代文化的認識」一文：「有星神，如『新星』、『薪大星』、『卬鳥星』，新卯皆祭名。」收於韓復智編，中國通史論文選輯上，民國七十三年九月，南天書局增訂版頁一三三。又胡厚宣「殷代之天神崇拜」一文：「武丁時卜辭中屢見星名，又有祭祀大星、火星之記載，武乙、文丁時又祭大星，皆可見殷人對於星神之崇拜。」收於甲骨學商史論叢上，民國六十二年，大通書局，頁三三。

❺ 參考陳遵嬀，中國天文學史，第三編星象第八章四象及第十章二十八宿所述。民國七十四年，明文書局。

❻ 爾雅義疏引牟廷相曰「牛宿其狀如牛」。又，下文爾雅時代，從新城新藏之說，約當西元四百年，即戰國時。

❼ 例如，禮記月令：「季春之月，旦，日在牽牛中」，星經：「牽牛……日月五星經行於此」，天文學上的

❽「牽牛」，都是指南方的牛宿，唯有這個位置，才能以日出來判斷季節，日月五星才會經過。方師鐸：「漢代以前的牽牛織女，多指廿八宿中的牛、女二宿。……漢以後，才慢慢偷樑換柱，把牛宿近旁的『河鼓』大星，稱爲『牽牛』；更把『婺女』三星外的最明亮的一顆星，特別提升出來，以便與漢南的牽牛相對，而稱之爲織女。」見刨根兒集，民國五十四年，文星書店，頁八六。按方文此處已有一明顯錯誤，卽婺女爲四星（石氏星經稱：女四星在牛東北），織女才是三星；史記「婺女，其北織女」係就星座位置而言，而非指織女是婺女星宿裡最亮的一顆。

❾高平子：「按河鼓與牽牛，古今多混淆。河鼓三星於西圖爲天鷹座之$\alpha\beta\gamma$三星中，大星α，光一等，兩旁略小，其形顯著。最古當是以爲候時之標準，原亦有牽牛之稱。（後世俗名牛郎）後因觀測稍精，知冬至太陽實近今之牛宿，故以牛宿代河鼓爲牽牛。」見史記天官書今註，民國五十四年，臺灣書店，頁廿五。

❿新城新藏：「比較下，後代所設立之牛、女、虛三宿，係沿黃道不甚顯著之星象，此恐於設定當初，今日所稱河鼓、織女、瓠瓜之星，原各爲牛、女、虛宿。惟厥後似在或時，改良整理之時，遂變爲黃道方面之星象焉。……卽有以河鼓與牽牛因訓音而轉訛之說，夫恐當整理之時，以同星之同音異字之名稱，分離爲二星之名者歟。……夫恐當初設定二十八宿之時，務須以顯著之星象爲標準點。故所撰之星象自然散及黃道之南北，頗無規則。厥後因天文觀象之進步，以及緣由於歲差之變動等，自然勢必採用黃道附近之星象。更因如牛、女、虛三宿，特遠離黃道，故於春秋末葉，乃至戰國時代之間，曾經一次整理後，遂致有如上之形象者歟。」見沈璿翻譯，東洋天文學史研究，民國十八年，商務印書館，頁二六七。

⓫見註❺引陳書，第八章第三節二十八宿的演變，陳氏所述與新城新藏近似。

⓬此類論文研究頗多，例如黃乃隆，中國農業發展史：「商族飼養的家畜爲數頗多，城子崖所發掘的動物遺骨計有牛、羊、犬、豕、馬、兔、獐、鹿、麋等九種，恐都是當時主要的家畜。出土的卜辭也有刻於牛骨之上的。」頁一六五。又如李濟「中國上古史之重建工作及其問題」一文：「最足以證明中國新時代有牛的牛肩胛骨。……（河南）安陽的獸骨，在畢博士文章發表的前後，送請德日進和楊鐘健兩位先生鑑定。

鑒定的結果，證明不但有牛有羊，在安陽附近還有很多的水牛和新種的殷羊；這種水牛和殷羊，已有古生物標本證明，完全是在華北完成其豢伏的；牠們在華北，都有未經豢伏的更新統時代的老祖宗發現。」見中國通史論文選輯，頁九。又，張秉權「祭祀卜辭中的犧牲」一文：「有些卜辭，對於牛的毛色，也特加注明，例如……黃牛，……犂牛，犂牛是雜色或黑色的牛，也就是犂田的水牛，……幽牛，也是黑色的牛……白牛。根據古生物學家楊鐘健氏的分析，他認爲在安陽殷虛所出土的牛骨中，就有著兩種不同的牛，一種是生活在田野中的牛 Bos Exiguns Mats；一種是不大習慣於山地或田野生活，而性喜池沼的聖水牛 Bubalus Mephistopheles Cow 。」見史語所集刊第三十八期，民五十七年十一月，頁一八七。此外，牛之數量，由卜辭中所記百牛，三百牛，千牛之數量（參見前引張文），亦可得知其數量之多，畜養規模之大。

⓭ 同註⓬張秉權：「從祭祀犧牲的種類上看，殷人用得最多的，最常見的是一些牛羊豕犬，大概他們生活中的主要副食，也就是這些牲畜。至少他們的貴族生活，平時都靠這些東西來佐餐的。其中牛和羊，又被稱爲牢或宰，可見那些動物，已經被關進了牢閑之中，成了家畜，他們已經不是原始的野獸了。並且「牛」和「勿（物）」字，已經結合而成爲「勿牛」字；「犬」和「耒」字，已經結合而成爲「耒犬」字，可見牛和犬，不但已成家畜，而且已經是幫助農耕的家畜了。」頁二二九。又，易繫辭：「服牛乘馬」，書傳：「肇牽牛，遠服賈。」

⓮ 同註⓬引張秉權：「殷王對於這些畜牲的關切，也可以從卜辭中看得出來的，譬如他常親自或派人到那裡去視察：（例五八三）貞：王往省牛？貞：勿往省牛？貞：㞢牛百？（前三・二三・三）。（例五八四）丁卯卜，留貞：王往省牛？（前三・二三・二）。（例八五五）丙午卜，宂貞：（乎）省牛于多奠？貞：勿乎省牛于多奠？（丙編三五三）。（例五八六）貞：乎省尃牛？（丙編一二六）。」頁二二六。

⓯ 周禮地官司徒有牧人之官，鄭玄注：「牧人，養牲於野田者。」又有牛人之官，鄭注：「主牧公家之牛者。」

⑯ 天野元之助「中華農業史概論」一文：「戰國時代，由於鐵製農具（犂、鍬、鎌等）的出現，而使耕田加深，除草可以經常施行，刈禾也迅速而且容易，因此提高了勞動的生產性能，並引起了單位收穫量的增大。當時的農業經營，若以『孟子』、『管子』等所述的，以一百畝（一・九 ha ）爲標準，用手工勞動的農業作爲一般現象，則我們可以認爲當時已從集體的共同經營，轉移到個別的零細經營，並且從春秋時代的中葉以後，牛鼻開始嵌環，而將牛自「宗廟之犧」改用於『爲畎畝之勤』（『國語』晉語第十五）。又由於設計了牛耕具的犂，而促使了農作業的效率化以及耕作面積的推廣，同時更由於牛犂的有無，而造成經營規模的不均等，並且開始走向階層化的時期。……譬如「且秦以牛田水通糧」（『戰國策校注』趙策卷六），終於造成了秦人的『任其所耕，不限多少，數年之間，國富兵强，天下無敵。』歷史結果。（『通典』食貨一）。」見中國農業史論集，民國六十八年，商務印書館，頁二。

⑰ 史記三皇本紀：「炎帝神農氏……人身牛首……始敎耕，故號神農氏。」又，黃乃隆編著，中國農業發展史古代之部，第二編第二章「農業的萌芽」，論神農氏時，卽以爲「神農氏以牛爲圖騰」，詳見該書頁一〇一、一〇二；黃氏之論概源於徐亮之，中國史前史話下編二「細石器、紅陶與羌狄文化」，認爲神農氏以牛爲圖騰，詳見徐書，民國六三年，華正書局，頁一六四—一九六。

⑱ 見收於古添洪、陳慧樺編著：從比較神話到文學，民國七十二年，東大圖書公司，頁一八六—二三八。本文此處所引，見頁一九四。

⑲ 見收於日本立命館文學第四三九、四四〇、四四一號，民國七十年（日本昭和五十七年），立命館大學人文學會出版，頁二八二—三〇九。本文此處所引見頁三一〇結論。譯文乃商請日籍同學古田島洋介先生幫忙譯寫，謹此誌謝。該文題目原作：牽牛織女私論および乞巧について。

⑳ 卜辭有「尞河岳，有從雨」，「其又尞土，有雨。」等記載；又周禮春官宗伯：「以血祭祭社稷……以貍沈祭山林川澤。」至於以求雨爲祭祀之內容，按前引董作賓之文，以爲天神上帝的五種權能之一便是命令下雨；又據孫叡徹從甲骨卜辭來研討殷商的祭祀，在討論祭祀上帝、雲、土、山、川、先祖等，都有關於

祈雨之祭祀，詳參孫書，民國六九年，臺大中文碩士論文。這是因爲雨是農業社會的命脈，故凡祭祀多以祈雨爲內容。但據張秉權說，殷代尚未以雨爲專門祭祀對象；可說到周禮春官宗伯才有「燎祀司中司命觀師雨師」的記載。

㉑ 詳見凌純聲「中國古代社之源流」一文，見收於民族學研究所集刊十七、十八期，民國五十三年。

㉒ 山海經海內北經：「從極之淵深三百仞，維冰夷恒都焉。冰夷人面，乘雨龍。」郭璞注：「冰夷，馮夷也。淮南云：『馮夷得道，以潛大川。』卽河伯也。穆天子傳所謂『河伯無夷』者，竹書作馮夷，字或作冰。」按河伯蓋古黃河水神，其神話淵源甚古，殷卜辭「尞于河」之祀，卽祭此河伯馮夷。但河伯在神話中，乃一浪蕩風流之反面形象人物，詳見袁珂山海經校注頁三一七、三一八。袁珂引莊子人間世「牛之白顙者」則、史記滑稽列傳西門豹傳「河伯娶婦」傳說及楚辭天問「帝降夷羿」則爲例證；此亦爲日人中村喬所引證，以爲這些是河神祭祀與牽牛犧牲、織女織神衣有關的記載。但筆者以爲袁珂之說較合理，因爲在神話系統中，河神的形象既已被塑造成暴虐風流之人物，與掌豐收神格的關係較遠，不如穀物神之切近。

㉓ 詳參黃芝崗，中國的水神，北京大學民俗叢書册九十三。

㉔ 禮記檀弓上：「夏后氏尚黑：大事斂用昏，戎事乘驪，牲用玄。殷人尚白：大事斂用日中，戎事乘翰，牲用白。周人尚赤：大事斂用日出，戎事乘騵，牲用騂。」

㉕ 參考黃然偉，殷禮考實，民國五十六年，臺大文史叢刊。其緒論云：「但我們根據祭祀卜辭考之，殷人所用祭祀犧牲的顏色，除白色者外，尚有用黃、黑、赤色多種；而且殷人用黑色犧牲祭祀的機會，較之用白色牲尤多。因此，故書所謂殷牲尚白的話是不確的。殷人尚白之說，是戰國以後，學者受陰陽五行思想影響而創立的一種荒誕不經的學說。」

㉖ 參考趙雅書「蠶絲業之起源」一文，見中華農業史論集，民國六八年，商務印書館。

㉗ 卜辭：「蠶示三牢，八月。」後上二八・六。胡厚宜以爲蠶示就是殷代的蠶神名。見「殷代的蠶桑和絲織」，收於文物第十一期，民國六十一年。

㉘ 同註⑱頁二〇一。

㉙ 見姚寶瑄，「牛郎織女傳說源於崑崙神話考」，載「民間論壇」，民國七四年四月號，頁一七——一九。

㉚ 王孝廉以「樹木信仰」的原始宗教儀禮為立論根據。姚寶瑄則極力闡明牛郎織女神話源於崑崙之地，而黃帝嫘祖乃崑崙山、祈連山一帶的苗族始祖。故強調織女與蠶神信仰有關，而蠶神就是嫘祖。

㉛ 段玉裁，說文解字注。民國七二年，漢京文化公司，頁四三。

㉜ 同註㉛，頁二七二。

㉝ 參見羅振玉，殷墟書契考釋：「曰桑，[illegible]，象桑形，許書作[illegible]，从叒，殆由[illegible]而譌。」民國七十年，藝文印書館，頁三六。

㉞ 例如郝懿行，山海經箋疏：「言噉桑而吐絲，蓋蠶類也。」民國七一年，中華書局，頁第八——四。

㉟ 玄珠，中國神話研究，民國七一年，里仁書局，中國古代神話甲編三種，頁七五。

㊱ 鄭清茂先生，關於桑樹的神話與傳說，民國四八年，臺大中文所碩士論文，頁五三。

㊲ 見王孝廉引鈴木虎雄「關於桑樹的傳說」一文，載支那學第一卷第九號。

㊳ 晉干寶搜神記卷十四有「蠶馬故事」一則，述少女因父遠離，乃誓曰有尋回父者，卽嫁之。其家中馬兒代為尋回，少女毀約，馬遭其父射殺。後馬皮捲女而去，乃化為蠶。後人俗謂蠶為「馬頭娘」。

㊴ 鄭清茂先生「關於桑樹的傳說與神話」認為：「這個故事（指搜神記蠶馬故事）解釋蠶與桑的來源，非常有趣。……不過，這個傳說也並非毫無根據，憑空杜撰的。荀子賦篇詠蠶已有『此夫身女好而頭馬首者與？』的話，可見最遲在戰國時代，已有蠶馬連結在一起的思想，而這種思想也許來自蠶頭與馬頭的相似。」同註㊱，頁五五。

㊵ 易重廉「牛郎織女敍論」，載楚風十一期。

㊶ 王逸之文，下二句為：「舉天罼兮掩邪，轂天弧兮射姦」，洪興祖注曰傳說、織女、天罼、天弧皆星宿名。見楚辭注六種，民國六七年，世界書局，頁二〇三。王逸蓋將這些星宿視為星神，成為神話人物。

㊷ 見顧鐵符「西安附近所見的西漢石雕藝術」，載文物參考資料第十一期，民國四十四年。

㊸ 例如皮述民「牛郎織女神話的形成」一文，卽懷疑「這兩個石像建造的時間，也還不能確定，因爲武帝時重濬昆明池如係爲的教習水戰，當不會有工夫把它佈置成遊覽勝地的模樣，顯見得石像是較後時代的裝飾。」載南洋學報第五期，民國六十年。按皮氏之論，原本猶懷疑昆明池邊是否眞有二石人像——但今有考古文物可證明；然其設置時代與原因，則尚須斟酌。前註考古報導，係以班固賦李善注作爲年代考證依據，以爲卽設於武帝時代。此以皮氏之言核之，則未可盡信。故筆者退一步認爲，至遲在班固時，已有二石像。

㊹ 關於牛在我國人生活中的作用，由殷代以牛爲犧牲，或拖載貨物，至春秋中葉以後，才有可能以牛耕田，但要到漢代才普遍。而戰國以後，私有土地制度逐漸形成，農業也轉爲個人零細經營的型態；筆者認爲在這兩種情形下，人和牛的關係，已趨於平常而親密，而且人役使牛，「人」的地位甚至比較凸出，因此才能取代詩經中的「牽牛」，和織女對等。有關農業與經濟制度，參考周金聲，中國經濟史，民國四十六年，自印出版。

㊺ 以上二緯書據漢學堂叢書本，通緯逸書考春秋類。

㊻ 曹植「詠織女」：「西北有織婦，綺縞何繽紛。明晨秉機杼，日昃不成文。太息終長夜，悲嘯入青雲，妾身守空閨，良人行從軍。」見文選，卷廿九，民國七一年，華正書局，頁四一六。

㊼ 見玉台新詠，卷九。漢京文化公司，頁四五〇。

㊽ 詳見佩文齋詠物詩選，七夕類，有謝靈運「七夕詠牛女」，謝惠連「七夕七日夜詠牛女」等，晉南北朝七夕詩多首。又，荆楚歲時記引晉人周處風土記說，七月七日夜，祀河鼓、織女，言此二星神當會。

㊾ 詳見齊諧記，顧氏文房小說本，民國四八年，新興書局，頁二三七—二三八。

㊿ 又見太平御覽，卷三十一，引日緯書曰：牽牛星，荆州呼爲河鼓，主關梁。織女星主瓜果，嘗見道書云：「牽牛娶織女，取天帝錢二萬備禮，久而未還，被驅在營室是也。」民國四八年，新興書局，頁二七〇。

51 今本荆楚歲時記不載此故事，見佩文韻府尤韻牽牛引用之。歷來學者皆引用無疑。孫續恩「牛郎織女神話

52 任昉述異記見明代張鼎思，瑯琊代醉篇，卷一。此據羅永麟，試論牛郎織女，載民間文學集刊二，民國四七年。

53 見註第一章註❻。

54 見註㊹。

55 見前引王孝廉之文「二、傳說的內容檢討 1.天河」，介紹日人出石誠彥、森三樹三郎之說法。

56 例如范寧「牛郎織女故事的演變」一文：「關於『烏鵲填河』，歲華紀麗引注風俗通說，「織女七夕當渡河，使鵲爲橋』，今本風俗通不載，而佩文韻府入聲十一陌七夕下引此作風俗記，因此是否應劭文字，可疑。又新義錄五十三引『容齋隨筆謂白居易六帖引烏鵲填河事出淮南子，而今本無之。』堅瓠補集卷三鵲橋條謂淮南子或爲淮南萬畢術，也無佐證。只有梁庾肩吾七夕詩說：『寄語雕陵鵲，填河未可飛。』算是比較可靠的最早記載。」載文學遺產增刊一輯，民國四十六年。又前引王孝廉之文亦以爲：「因此我不能不懷疑唐宋間的白氏六帖所引的這段文字是後人假託淮南子的僞造。如果在淮南子時代已經有了如此具體完整的牽牛織女傳說，那麼和淮南子約等於同時代的史記、石氏星經等書就不可能完全抹殺這個傳說而仍以牽牛爲祭祀的神牛。另外一個使我不能相信淮南子時代傳說已經如此具體形成的原因是今本淮南子有另一段關於織女的記載說……妾宓妃，妻織女……如果白氏六帖所引的眞是淮南子的佚文，那麼這裡的關於『妻織女』的記載就不可能單說織女而絲毫不提到牽牛。」

57 林惠祥，神話論：「天上星群合成的一條長帶，常被想像爲天上的道路。如巴須陀人說是『神的路』；與印人說是『精魂的路』；北美土人也說是『生命主宰的路』……。我國人稱之爲銀河，也是將他當做道路一樣。」民國六十八年，商務印書館，頁四三。

58 山海經，北山經：「又北二百里，曰發鳩之山，……有鳥焉，其狀如烏，文首、白喙、赤足，名曰精衛，其鳴自詨。是炎帝少女名曰女娃，女娃游于東海，溺而不返，故爲精衛，常銜西山之木石，以堙于東海。」

59 詞譜云：「有兩體，五十六字者始自歐陽修，因詞中有鵲迎橋路接天津句，取爲調名。……八十八字者始自柳永，樂章集注歇指調。」見辭海鵲橋仙下引。民國六九年，中華書局新版，頁五○二四。

60 宋陳元靚，歲時廣記載：藝苑雌黃云：今成都嚴眞觀有一石呼爲支機石，此支機石相傳係張騫浮槎上天宮，見織女，女取搘機石與騫。又，唐徐堅中吳紀聞：「崐山縣東三十六里，地名黃姑。古老相傳云，嘗有織女、牽牛星降于此地，織女以金篦劃河，河水湧溢，牽牛因不得渡。今廟之西有水名百沸河。……祠中舊列二像……今獨織女存焉。禱祈之間，靈跡甚著，每遇七夕，皆合錢爲青苗所收之多寡，持環珓問之，無毫釐不驗，一方甚敬之，舊有廟記，今不復存焉。」又，新甯縣志，江甯府志亦有織女廟古蹟。

61 孫續恩認爲，選定烏鵲塡河，一方面是古代神話的一個藝術構思的傳統，與崇拜鳥的原始宗教觀念有關係；另一方面則是由於烏鵲，卽喜鵲有很好的建築技能，而又是吉祥的象徵。鵲有三個自然天性，一是善於相察築巢地點，二是懂得方位，三是巢中安櫟；鵲又篤於愛情，雌雄相隨。烏鵲具有這麼多美德，以它來搭配牛女神話故事，是最理想的。詳見該文，載民間文學論壇，民國七十四年四月。

62 詳見太平廣記，卷六十五「姚氏三子」。民國六七年，文史哲出版社，頁四○二。

63 詳見晉干寶，搜神記，及下一章詳論。

64 出神仙感遇傳，見太平廣記，卷十九「郭子儀」。同註52，頁一三二。

第三章　牛郎織女傳說主流——董永故事

以牽牛織女神話爲故事基型的傳說中，董永故事是一大主流。

董永是民間二十四孝故事的人物之一，有關他的事迹傳說，自然是以孝名彰顯，但由於傳說中，天帝命織女下凡幫助董永織縑償債，這就可以說是董永傳說，係受「織女爲世人戀慕對象」的基因觸發。而且最初的傳說——也就是董永故事的基型，亦承繼牽牛織女神話典型的若干情節要素：織女、天帝、結婚及分離。另一方面，若以敦煌石室所見的董永行孝變文來看，以傭耕爲生的董永與織女成婚，或許正是牛郎織女故事的舞台由天上搬到人間，河西牽牛郎成爲人間牛郎的濫觴；而董永之子董仲尋母的事件，係與六朝毛衣女故事合流，也導引了民間故事裡，牛郎河邊窺浴偸衣的情節，且河中戲水的除織女外，尚有衆仙女陪伴，也暗示了七仙女的人物增飾。由此可見董永故事與牛郎織女故事的密切關係。

其次，由主題意義來看，董永故事著重董永孝行，以及董仲尋母等的親情倫理主題，這也影響到牛郎織女民間故事的主題表現，一方面給故事注入新的社會時代意義，另一方面也間接影響到後世的七夕習俗：董水故事的戲曲、說唱文學中，「仙姬送子」每成爲重要齣目，就是親情倫理主題的影響，而東南沿海一帶，以織女、七仙女爲七娘媽神，於七夕祭拜乞子，應是受此間接或直接影響所致。

固然，董永故事有其自身的發展脈絡，自成體系，但它與牛郎織女故事的密切則不容忽視，故本文將董永故事納入討論。本章的研究方式，一則探索董永故事本身的發展，二則仔細討論董永故事與牛郎織女故事的相互關係。

第一節　董永事迹傳說考

董永其人，史傳未見記載。漢書功臣表雖有「董永」同姓名者，其人爲高昌壯侯董忠之曾孫，於東漢光武帝建武二年五月紹封，封地在千乘郡。但此董永非彼董永，是十分明顯的。無論如何，千乘郡高昌侯國的侯爺，決不可能淪落到傳說中「賣身葬父」的困境；況且若果其孝行如此顯著，以兩漢力倡孝廉舉士，帝王多追謚「孝」字廟號，則史傳亦應加以稱頌才是。

董永，這個民間口耳相傳，因孝行而留名千古的小人物，他的事迹流傳，正如鄭樵通志樂略所說的「稗官之流，其理只在唇舌間，而其事亦有記載」；❶口耳相傳是另一種形式的記載，藉此而欲抒發的「理」字，無非就是要訴說民族心靈的共同願望，褒揚一個理想的人格典型；孝順的董永正符合這個要求。以下卽開始探討董永事迹傳說的歷史過程。

董永傳說故事，在董永行孝變文中，已有相當完整、豐富的敍述，因此筆者擬以唐代爲限，先條列唐代及唐代以前的相關資料於下：

㈠東漢武梁祠畫像

㈡曹植靈芝篇
㈢干寶搜神記
㈣舊題劉向孝子圖（或謂傳）
㈤敦煌石室諸項資料

一、東漢桓帝時事迹已流傳至外地

董永孝行事迹，最早見於東漢武梁祠石室（今山東省嘉祥縣）畫像（書影三）畫像不知建於何年，但由同室武梁碑立於桓帝元嘉元年（西元一五一年）❷證之，則畫像年代亦當去此不遠。其內容，近人謝海平曾云：

> 武梁祠第二石第二層第三段繪董永之事，其圖畫一人坐鹿車（筆者按：鹿車即轆車，小車也，見法苑珠林卷六十六引釋），左手扶鳩杖，右手直前，卽董永之父；鹿車後倚一樹，有一小兒，攀却上，左一人向左立，回首顧永父，左肩有一器，以右手執其蓋，卽董永。其上一人橫空，為織女；左上蹲一獸。榜題二段，一段二字，云「永父」；一六字，云「董永，千乘人也。」……至武梁壁畫中之攀樹小兒，未知是否卽變文中之董仲。❸

按圖畫不同於文字敘述，我們僅能從有限的圖像去揣測其中的內容。以右引謝海平的考述文字而言，「攀樹小兒」疑爲董仲（卽變文中董永之子）恐怕非也。蓋唐代變文以前的資料，未見傳說董永與織女育有兒女，此乃變文所增益。而圖畫中最肯定的，就是有註明文字的永父及董永二人。「其上一人橫空，爲織女」則係謝海平之推測。但若以曹植靈芝篇已說「神女爲秉機」，則此項推測亦是十分可能成立。故由此得知，董永孝行至少在東漢桓帝元嘉年之前，已經流傳。而其具體內容，或許已包括事奉父親至孝，以及織女下凡相助二事。

但這畫像還提供了另一個値得探討的問題：

畫像上題董永爲千乘人，而武梁祠遺址在今山東嘉祥縣，該縣至宋代始立爲鎭，金人乃置縣，故址在今濟寧縣西❹。依地圖位置判斷，該縣在兩漢時應屬兗州轄區；千乘初爲郡、縣名，至東漢屬青州。兗州和青州兩地，是有相當距離的，其中尙矗立著泰山。空間上的隔阻，必然影響到傳播的時間。也就是說，董永傳說的興起，必然遠在事迹入畫——桓帝元嘉年之前，更遠在事迹流傳至兗州——比事迹入畫之前更早。

查漢書、後漢書兩書地理志，千乘地名有所沿革：漢初分齊郡爲四郡，千乘郡爲其一，統有十五縣：千乘、樂安、高昌、高宛……等❺。至東漢和帝永元七年（西元九五年）將郡改國，千乘名樂安國，領有九城：千乘、臨濟、樂安……等。故知「千乘」一名，在漢代可能有三義：千乘郡、千乘縣，或千乘城，而其分界點在東漢和帝永元七年❻。

位於兗州地區的武氏家族，稱董永爲「千乘人」，究竟是指郡、縣，或城名呢？這將關係到董永孝行的興起時間。由前文得知，千乘郡改制，到武梁祠建立，約有五、六十年之久（西元九五—一五一年），武氏家族應有所知。而且在彼時，千乘已經是「千乘城」之義。但如果說武氏家族逕以董永爲青州樂安國的「千乘城」之人，則不太可能。因爲董永孝行在千乘之地興起，向外流傳到兗州，已有時空的阻隔，當地居民不可能精確知道董永的詳細里籍。而且一個民間小人物事迹的崛起，在人們口耳相傳之下，應該是把他隸屬於較大的行政區域，即可與流傳地有主客之別。故武梁祠「董永千乘人也」實是沿用傳說中的說法，泛稱千乘郡爲「千乘」。此「千乘」即是東漢和帝改制後的「樂安國」。因此筆者推測，武梁祠畫像題「董永千乘人也」，意味著董永孝行之興起，應在千乘郡改制之前，故云千乘（郡），而非樂安（國）人。

又，千乘郡之改制，距東漢光武帝已有六、七十年之久（西元廿五—九五年），若董永孝行在此期間興起，則董永可能是東漢初年的人，或者更早，是兩漢之際，千乘郡，即今山東博興縣附近人氏，其孝行傳說興起，應在東漢和帝之前；開始向外流傳，則至遲在東漢桓帝之前。至於其內容的敘述，則有賴於曹植靈芝篇。

二、魏晉南北朝對傳說事迹的附會

曹植靈芝篇云：

董永遭家貧，父老財無遺，舉假以供養，傭作致甘肥，責（債）家填門至，不知用何歸；天靈感至德，神女為秉機❼。

曹植所述，重點有二：一是無力償債，上天感其孝德，故派遣「神女」下凡，秉機杼、織絲帛，助償債。這個「神女」，能夠秉機杼，則應是織女無疑。董永遇織女，可說是傳說故事的重心，於此始藉曹植之筆，明白記敍。至南北朝時代，屢成為石棺畫像之題材❽，且織女在圖畫中的地位已逐漸顯著，不像武梁祠畫像那麼曖昧，難以肯定。圖畫所截取的情節，正說明了織女下凡相助的傳說為人津津樂道，因為這隱含了「善有善報」的因果思想。

然而，曹植靈芝篇並無「賣身葬父」或「貸錢葬父」之敍述，自干寶搜神記以後諸書，方特別強調，而且是感動織女下凡的先決因素。王重民即以為「賣身葬父」，應從「傭作致甘肥」句演繹而來❾。以下試重新推斷其論點：

我們可以就曹植靈芝篇所述，繪一條簡單的發展線索，推演其可能的發展情形——

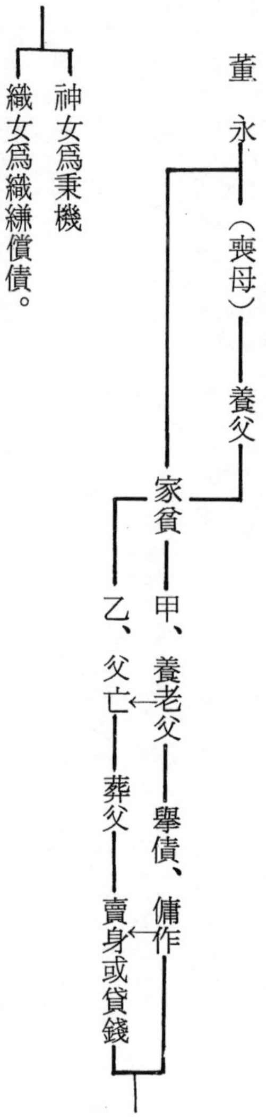

家貧與傭作是因果關係，父親年老則暗示了「父亡」的可能性與必然性。於是「葬父」之說就

順此而出，而既然已有家貧——傭作這層貧苦潦倒的背景，就給傭作——→賣身或貸錢這個事件傳說強烈的暗示。最後也可以把「神女爲秉機」的事件挪移到葬父以後。曹植靈芝篇係屬甲線，可以單獨成立；而他所提供的故事情節要素，也含藏了發展爲乙線的基因，董永故事流傳既久，各種因素成熟，自然觸發了「賣身葬父」或「貸錢葬父」的傳說內容。由此也可見文人詠議對傳說故事的推動力量。

「賣身葬父」或「貸錢葬父」兩種傳說，分別見於干寶搜神記及舊題劉向孝子圖。搜神記卷一云：

> 漢董永，千乘人。少偏孤，與父居，肆力田畝，鹿車載自隨。父亡，無以葬，乃自賣為奴，以供喪事。主人知其賢，與錢一萬遣之。永行三年喪畢，欲還主人，供其奴職，道逢一婦人，曰：「願為子妻。」遂與之俱。主人謂永曰：「以錢與君矣。」永曰：「父喪收藏。永雖小人，必欲服勤致力，以報厚德。」主曰：「婦人何能？」永曰：「能織。」主曰：「必爾者，但令君婦為我織縑百疋。」於是永妻為主人家織，十日而畢。女出門，謂永曰：「我，天之織女也。緣君至孝，天帝令我助君償債耳。」語畢凌空而去，不知所在。

題作劉向孝子圖者，當係六朝人僞託，與前書所搜集之民間傳說時代應相去不遠❿，其文曰：

前漢董永，千乘人。少失母，獨養父。父亡，無以葬，乃從人貸錢一萬。永謂錢主曰：「後若無錢還君，當以身作奴。」主人甚愍之。永得錢葬父畢，將往為奴，於路忽逢一婦人，求為永妻。永曰：「今貧若是，身為奴，何敢屈夫人為妻？」婦人曰：「願為君婦，不恥貧賤。」永遂將婦人至，錢主曰：「本言一人，今何有二？」永曰：「言一得二，於理乖乎？」主人問永妻曰：「何能？」妻曰：「能織耳。」主人曰：「為我織千匹絹，卽放爾夫妻。」於是索絲，十日之內，千匹絹足。主驚，遂放夫婦二人而去。行至本相逢處，乃謂永曰：「我是天之織女，感君至孝，天使我償之。今君事了，不得久停。」語訖，雲霧四垂，忽飛而去。

對照二文，繁簡記載各有不同，大約可分五點來討論：

㈠搜神記載有董父在世時，董永「肆力田畝，鹿車載自隨」的孝行，與東漢武梁祠石室畫像、曹植靈芝篇及北朝諸孝子傳壁畫[11]所見相似。劉向孝子圖則逕言父亡諸事。

㈡葬父之法，搜神記言「自賣身爲奴，以供喪事」；劉向孝子圖則云「乃從人貸錢一萬」，後方以身作奴。這是二文最大不同之處。

㈢途遇織女，兩人對答情形有所不同。搜神記敍述較平淡，劉向孝子圖則較曲折。

㈣奴主的態度稍有慈嚴之別。搜神記所載之奴主，「知其賢，與錢一萬遣之」，並且允許董永行三年喪畢方供其職，而再次見面時又云：「以錢與君矣」，似乎因董永孝行所感，而不願賺其勞役。令織女所織縑數，亦僅百匹。劉向孝子圖所載之奴主，比較嚴厲，責問董永「本言一人，今何有二」，並且令織女織千匹絹。

(五)董永與織女分別情形有所不同。搜神記較簡，而劉向孝子圖則加強說明「行至本相逢處」，使行文前後照應，情理俱足。

大致而論，搜神記所敘，較劉向孝子圖簡略。王重民以爲劉向孝子圖勦襲搜神記⑫，謝海平則云：

> 且後世所傳董永故事，或註出「劉向孝子圖」（句道興搜神記），或註「出劉向孝子傳」（法苑珠林），則孝子圖今雖散失，然其流傳，在李唐以前，實較搜神記為普遍。因疑孝子圖與搜神記所載不同之處，或另有其來源⑬。

謝海平此說，以唐人屢引劉向孝子圖爲例證，甚爲合理。而謂「或另有其來源」，則不如說是傳說故事在流傳過程中，內容細節往往不是定於一尊。就「自賣爲奴，以供喪事」與「從人貸錢一萬，後以身作奴」兩種傳說來看，唐宋兩代所傳鈔之資料，亦有此二系統之分。然而董永之所以由「傭作致甘肥」的傭工身份，轉變爲「自賣爲奴」或「以身作奴」的奴僕身份，除了曹植靈芝篇的推動力量所致，筆者以爲其中尚有歷史因素的影響：

按兩漢史傳所見，貧家子弟爲人幫傭以糊口，在當時是十分普遍的事。例如史記陳涉世家，卽云「陳涉少時，嘗以人傭耕」；漢書匡衡傳亦云「家世農夫，至衡好學，家貧，傭作以供資用」可見卽使名流高官，尙有多人曾有傭工的經驗，則一般平民曾爲人客傭者，其數必定可觀⑭。故曹植所謂「傭作致甘肥」是十分可信的。但兩漢社會，除了傭工之外，奴婢也是合法的勞力來源。傭工又可稱客，其地位較奴婢爲高，二者有良賤之分。然而因爲有錢的富戶如果需要勞動力，可以到奴隸市場去買奴婢，也可以到雇傭市場去雇工人，這是兩個平行的取得勞動力的方式，故兩漢文獻中常是「奴客」並稱。到了魏晉南北朝，又有新的雇傭方式——召募雇傭兵和投靠的流民，稱爲「部曲」。部曲後來變成長期或終身受雇而爲主家從事生產的勞工，其中更有些人是接近奴隸身份的。因此這個時期的文獻在這方面使用名詞時，便不求謹嚴，客(傭工)、奴、部曲等不同類別的勞動者之間，已經很難劃定嚴格的分野⑮。

由歷史文獻上，「奴客」不分，以及客、奴、部曲混用的情形，更可想見一般人民對這幾種身份的混淆，董永傳說極可能就是在這個歷史因素影響下，由傭工的身份而轉爲奴僕。則劉向孝子圖云「從人貸錢一萬，後以身作奴」或許正展現了這兩種身份轉移的痕跡：「從人貸錢一萬」，可說是先借貸工資，後來無錢償還，才以身作奴。這個「奴」，仍是屬於短期的雇傭勞工，所以當織女織完千匹絹時，也就等於償還所貸工資，雙方因此解除了雇傭關係。「從人貸錢」正說明了董永並不是賣斷式、或典押式的長期賣身，當然也不是自賣爲奴僕。但因「奴客不分」，一般人對傭工與奴僕的觀念混淆，在干寶搜神記裡，便直接記作「父亡，無以葬，乃自賣爲奴，以供喪事」乍看之下，就彷彿說董永是賣斷式、典押式的賣身，爲人奴僕。奴僕是相當卑賤的身份，一般人雖混淆傭工與奴僕，但對奴僕的同情却更深⑯，所以「自賣爲奴」的說法便逐漸流傳開來，成爲我們所熟悉的「董永賣身葬父」的傳說。

董永孝行傳說至魏晉南北朝時代，大致已有具體內容：賣身葬父、織女助織及董永織女分別三段。其間因有曹植靈芝篇之詠議，及「奴客不分」的歷史因素摻合，故能完成此內容。

三、隋唐時代對傳說故事的補償

董永孝行傳說，衍至隋唐，更見盛行。隋末唐初釋道世所編撰之法苑珠林，其卷六十二卽有引劉向孝子傳，但其內容則近似搜神記。又如唐代童蒙之書亦徵引其事，以訓童稚，李瀚蒙求卽有「董永自賣」句，舊註董永孝行，亦頗詳盡。然今所見資料最豐富者，莫過於敦煌石室諸卷帙，約略言之，可得四類：㈠爲類書，㈡爲蒙書，㈢爲歌讚，㈣爲變文。茲條列如下⑰：

㈠ **類　書**

(1)巴黎藏編號伯二五二四及倫敦藏編號斯八七，孝感類「感妻」條下引孝子傳曰：「前漢董永，千乘人也。……」

(2)巴黎藏編號伯二五〇二，引孝子傳云：「董永者，河內人也。……卽從主人貸十萬箇，以供葬……」

(3)敦煌本孝子傳：今存五卷，藏巴黎者有編號伯二六二一、三五三六及三六八〇等三卷，倫敦藏者有編號斯三八九及五七七六等二卷，王慶菽校錄「敦煌變文集」擬作「孝子傳」，其文云：「董永，千乘人也。……遂（與）聖人（貸）錢一萬，卽千貫也，將殯其父。……天子徵永，拜爲御史大夫。出孝子傳。」

(4)敦煌本句道興搜神記，共五卷。今藏巴黎者有伯二六五六及五五四五兩卷，藏倫敦者則有斯五二五及六〇二二兩卷，而以羅振玉敦煌零拾所載日本中村不折藏本最爲完整，今王慶菽校錄，收入敦煌變文集中，其文曰：「昔劉向孝子圖曰：有董永者，千乘人也。……遂從主人家典田，貸錢十萬文……」

(二)蒙書

(1)敦煌本「古賢集」：此書寫本凡八，計伯二七四八、三一一三、三一七四、三九二九、三九六〇、四九七二及斯二〇四九、六二〇八等，乃唐時敦煌地區流行之蒙書，其中有文曰：「董永賣身葬父母，感得天女助機絲。」

(三)歌讚

(1)敦煌本楊滿山詠孝經壹拾捌章：今存寫卷凡三，均藏於巴黎，編號爲伯二六三三、三三八六及三五八二等三卷，均係殘卷，其中伯三三八六及三五八二正相綴合。其中紀孝行章第十及喪親章第十八，均述及董永事。

(2)敦煌本天下傳孝十二時：羅振玉敦煌零拾所載「天下傳孝十二時」一篇有云：「正南午，董永賣身葬父母，天下流傳孝順名，感得織女來相助。」

四 變文

(1)敦煌本秋胡變文：此卷今藏倫敦，編號斯一三三，其文中有云：「臣聞昊天之重，……董永賣身葬父母，天女以之酬恩……」

(2)敦煌本目連緣起：此卷今藏巴黎，編號伯二一九三，其文中有云：「……且如董永賣身，遷殯葬父母，敢（感）得織女爲妻……」

(3)董永變文：此卷藏倫敦，編號斯二二〇四，爲內容最豐富者，除歷敍董永賣身、天女助織之外，並衍出其子董仲尋母一段。

由上述諸條資料，可知董永傳說在唐代，特別是敦煌地區之盛行；其中類書(3)敦煌本孝子傳云「貸錢一萬，卽千貫也」，尤能顯示時代意義⑱。此外，卽使由日本入唐求法之高僧空海，其所撰之三教指歸中，亦述及董永事，成爲後世日本孝順故事之重要人物⑲。然唐代的傳說中，最重要的應是補償心理的表現。

自晉至唐的董永傳說，大致包含父在行孝、父亡賣身及天女助織三要點，但傳說的結局是——織女辭去，凌空而起，忽然不知所在；則不免予人缺憾之感，蓋董永如此至孝，最後仍然孤子，甚至窮困一生，豈不令人吁嘆！因此出於同情與補償的心理，在民族共同情感的反映下，榮華富貴、子孫昌盛這兩項人生最大的幸福，便加諸董永賣身上：

前引敦煌本孝子傳末云「天子徵永，拜爲御史大夫」，可說是唐人首創。按唐以前未見此說，而「御史大夫，爲唐代政府常見之官銜」⑳，後世小說戲曲說唱亦在此大作文章。因孝行而致仕，一是善有善報的因果思想所影響㉑，另一方面亦由於孝廉察舉制度行之已久，孝德退可修身齊家，進可治國平天下的觀念，深植人心。蓋自漢初設孝廉察舉之官，魏晉猶因襲之㉒；南北朝在政治上，雖不若前代重視察舉孝廉，但南朝世族豪門「欲保門第，不得不期有好子弟」，乃有誡子書、孝友傳同類書籍盛行，例如南朝梁元帝，亦編輯孝德傳之書；即使北魏朝，孝文帝推行漢化，也以翻譯孝經爲要務——可見整個南北朝社會，莫不重視孝道㉓。無論是有形實質的行政制度，或無形抽象的時代風潮，孝道思想至隋唐，可說幾乎成爲顚撲不破之至理，不僅對孝德極力表彰，對不孝忤逆者也有嚴厲懲罰㉔。同時，在政治上拔擢孝子的風氣，至唐代又逐漸興盛起來㉕，因此，董永傳說流傳至唐代，增衍封官賜爵之事，固宜也。

此外，敦煌石室所藏之董永變文，不唯是後世相關文學之椎輪大輅，亦是傳說故事之推波助瀾者。對於織女辭去，致董永失卻妻房之同情，原應有兩種補償方法：一是促使二人生兒育女，以使董家香火不絕——此卽孟子云「不孝有三，無後爲大」㉖的倫理思想反映；二是另聘妻室，以成全董永之美滿姻緣。但後者以乎過於浪漫，不適宜簡樸的董永故事，必待後世文學之想像來完成。而傳說中，織女既然求爲永妻，兩人育有子嗣，乃是理所當然之事。董永變文便補綴了這樣的一段：「卻到來時相逢處，辭君卻至本天堂。娘子便卽乘雲去，臨別吩咐小兒郎。但言好看小孫子，共永相別淚千行。」由於此變文僅存唱詞，且中間缺佚不全，我們無法確知這個「小兒郎」的來歷，但變文又說「董仲年長近到七歲……總爲董仲覓阿孃」，因知董仲卽爲董永之子。

董仲這個人物並非憑空而揑造，應是變文吸收了當時民間傳說的神奇人物——董仲，因姓董，便可能和董永扯上關係；又能夠書符鎭邪，實是織女子嗣的最佳人選㉗，因此變文補綴董仲之事，使董永傳說故事已臻於成熟，不僅後世文學作品所演繹皆本於此，唐杜光庭錄異記也記載「永子仲，思母。追葬衣冠之所」，明代地方志並且有董仲書符鎭邪的遺址㉘；「董仲尋母」亦成爲民間故事的類型㉙。由此可見民間說唱藝術對傳說故事的推動力量。

四、宋以後「流寓孝感」之說

董永傳說故事，至唐代變文已成爲成熟典型。但明人之記載中，卻有「流寓孝感」之說。明一統志卷六一德安府志云：

孝感縣：在府城南一百二十里，本漢安陸縣地。劉宋因孝子董永分置孝昌縣。……後唐改孝感縣。

董永廟：在孝感縣治北，本朝因禱雨有感新建。

流寓傳：董永，千乘人，東漢末奉其父避兵來居安陸。家貧傭耕以養其父，父歿貸錢於里之富人裴氏。許身為奴，以償所貸。得錢五千營葬。廼感天帝，令織女為配，遂織絹于裴氏。既償債以贖永身，遂離永，騰霄而去㉚。

明人普遍採納「流寓孝感」的說法，同時代廖用賢所撰之尙友錄卷十四，及凌廸知所輯之古今萬姓統譜卷六八[31]，皆與德安府志流寓傳所錄董永事近似。然考之明代以前諸地理志，於孝感縣所述，並無涉及董永事。至南宋王象之所撰輿地紀勝一書，方見其端倪。其卷七十七荊湖北路德安府孝感縣下云：

> 圖經云：因孝子董黯立名也。而魏置岳州及岳山郡。開皇初，廢，以孝昌縣屬安州。後唐改孝感，避廟諱也。

又，碑記部分云：

> （晉董黯墓碑）圖經云：即董城，在孝感縣北一百三十里。昔孝子董黯冢焉。故後魏大統十六年改爲董城郡。然明州慈溪縣亦有孝子董黯墓，唐徐浩所書碑碣，見存當考。

王象之所引圖經，不知係何書[32]，但註曰孝感縣名係因後唐廟諱所改，則不無可能。陳援庵史諱舉例一書，即推測因後唐莊宗李存勗之祖名國昌，故孝昌縣改爲孝感縣[33]。至於「因孝子董黯立名」，則顯係附會之說。蓋梁朝所修之宋書地理志猶云：「江夏太守，……領縣七：汝南侯相——本沙羨土，晉末汝南郡民流寓夏口，因立爲汝南縣。……孝昌侯相——永初郡國（志），何志（何承天地理志）並無，徐（徐爰）志有，疑是孝武世所立」㉞，只能肯定汝南縣名之由來，對孝昌縣之設立，僅推測係在宋孝武帝時，孝昌侯之封地。改名之說，則首見於北宋太平興國年間樂史奉勅修纂之太平寰宇記，文曰：「宋于此置孝昌縣，屬江夏郡。……咸通（唐懿宗）中再置，後改孝感縣」，其中亦未涉及縣名之由來。可見至南宋朝，才附會因孝子董黯立名之說，而明人修志，竟訛為董永！甚至清人重修孝感縣志時，已忘卻孝感縣名乃避諱而改，而直言「斥為幻誕，則感字不確」㉟，以為縣名乃因孝行感動天人故云。

考董永之所以與董黯相涉，有諸多背景因素。

董黯孝行，首見於南宋孝宗乾道年間，張津奉勅編纂之乾道四明圖經，其中卷十一收錄唐人崔殷所撰之「純德真君廟碑銘」：

> 後漢至行董君，諱黯，字叔達，句章人也。……少孤獨，立事親不匱，歠菽以盡其歡，柔色以溫其省。高堂登壽，慈顏褒如。和以肥家，安不擇地。其徒居也，庭出寒泉；其執喪也，林集祥鳥。……無貽一日之憂，終報共天之怨。負土成壟，枕干不言，卒斬東鄰，祭于中野。……和帝聞其異行，特捨專殺之罪，石拜郎中，不起。竟以壽終。……六代祖仲舒，太中大夫。嗣孫宇春，領廬江太守。世為郡中名族，故以董孝名鄉，慈溪署縣。……㊱

崔文作於唐大曆八年，其時董祠「環堵已蕪，遺記將落」，故爲之葺補；可見董黯孝名，早已傳聞鄉里，並且立廟奉祀。敦煌孝子傳亦載有其事㊲，崔文「卒斬東鄰，祭于中野」，按孝子傳所記，乃因東鄰王寄以言語辱罵董母，董黯事母至孝，不容此忤逆，故俟母亡之後，斬寄首以祭之。

董黯孝行曾於唐代興盛一時，至五代宋初而晦。待南宋移都臨安，側重江南之開發，方才乘一時之利勢而彰揚，前引乾道四明圖經，及理宗寶慶年間所編修之寶慶四明志㊳，皆極力讚揚董黯孝行。董黯可說是南宋朝崛起一時，著名的孝子人物。因此附會孝昌縣名，自是非他莫屬。此時期，董永事迹雖不見相關資料，但迭經唐代變文之演繹、宋代話本（董永遇仙記）之講唱，傳說勢力已相當雄厚，至元明戲曲文學，多譜董永之事，唯海寧張同谷撰純孝記，演董黯事㊴。可見二人的孝名播揚，已有差別。這種因時代勢力消長，以及董永盛名難以抹卻等多種因素，而導致董永流寓孝感，言之鑿鑿的有趣現象，可由孝感縣志編者之言窺見其心理：孝感縣志仍保留董黯孝行事迹，但錄於流寓傳，可見修志者亦略知其事，不忍割捨，故曰黯「後流寓孝感」。至於董永，則列爲縣人，且說明乃因黃巾賊亂而奉父徒其地，由此衍出董家湖、裴巷之地名。沈宜按曰：

> 董孝子當列流寓中。……已思以是名邑，千有餘年，列之流寓，則「孝」義無歸；斥爲幻誕，則「感」字不確。㊵

可見孝道之深植人心，人人皆以鄉里出孝子爲殊榮，故叫董永流寓孝感，並且終老是鄉，成爲鄉人之光。

其實宋以後，各地已漸有董永孝行之遺跡傳說，但仍以「流寓孝感」氣勢最盛，故截至民國初年，商務印書館所編輯之中國人名大辭典董永條目下，亦採納了「奉父避兵，流寓汝南。後徙安陸，……因名其地曰孝感。孝感爲漢安陸故地」的記載。

五、董永事迹的流佈區域

稽考董永事迹的流佈區域，唐及唐以前，大約端賴傳事者的相關資料來判斷；宋代以後，才有方志可考。

董永故事，既見於山東武梁祠石刻畫像，則必先流傳於山東之地。而傳其事者，曹植爲沛國譙人，沛國故治在今安徽省宿縣西北；干寶爲汝陰新蔡人，即今河南新蔡。又南北朝所見之石棺畫像，有北魏、北齊兩朝文物[41]，北魏都河南洛陽，北齊都鄴，即今河南臨漳。凡此皆表明董永故事漸次流行於北方，包括今山東、安徽及河南諸地。

唐代敦煌石室所藏的豐富資料，已顯示董永故事在敦煌地區之流行。而董永變文不取「董永千乘人」之傳統說法，反謂：「家緣本住朖山下，知姓稱名董永郎。」又謂永妻之籍貫：「董永對言依實說：女人住在陰山鄉。」按朖山即朗山，在今河南確山縣西北；綏遠有陰山縣，陰山鄉或指其地。謝海平以爲「視此兩地名，恐董永變文之作者已將永之籍貫改易，以遷就其本身生活經驗，或其人非山東籍者乎？」[42]筆者則進一步認爲，朗山與陰山鄉既見託於兩個主要人物身上，必然隱含某種地緣因素，欲藉此在聽衆間喚起親和力。故在變文宣講的前後年代，董永故事應該曾在河南朗山、綏遠陰山縣兩地流傳。

董永故事雖如此興盛，然而迄今爲止，尚未有他的墓碑或墓誌出土。但宋以後，官修方志及地方自修方志，卻漸有董永冢墓遺址，以及祠廟。

宋太平寰宇記卷六十六瀛州河間縣志，記毛萇宅地有董永冢[43]。河間縣在今河北省，漢時爲河間國，屬冀州。冀州與董永的家鄉青州千乘緊鄰，董永孝名傳至此，時代應不晚，可能漢世已有。

元代朝祚短，大元一統志亦殘佚，故未見有關記載。但董永故事的流傳不曾中斷，卻可由元明之際的戲曲詠唱[44]推想而知。再加上南宋王象之引圖經載董黯孝名，民間訛黯爲永，歷元朝而至明代，明一統志卷六一德安府孝感縣志便載有董永廟、董永傳[45]，卷六十安陸州載董永之子董仲事。此外，卷十二揚州如皋縣在今江蘇省北部，蘇北地區與山東近，董永孝行流傳到此應十分容易。明人所采錄的，應是久遠以來的遺蹟。又，揣測至明代，董永事迹傳說應已徧及東南地區。因爲自南宋以降，中央政府對於東南一帶，努力開發，東南人文薈萃[47]，傳奇戲曲亦曾搬演董永故事[48]，故除了揚州之地，江浙地區或許也有董永事迹之附會，譬如下文將提到的江蘇東台縣志卽有記載。

清代朝廷力倡纂修方志，故無論是官修的大清一統志，或各地方府縣志，均有可觀的成績。據大清一統志所載，卷十六直隸省河間縣有董永冢；卷七三江蘇省如皋縣有董永墓；卷一〇一山西省萬泉縣有董永墓，上孝村有碑，惜已剝落；卷一二七山東省長山縣有墓，又附記博興、魚台兩縣亦有永墓；卷一二五山東省博興縣有墓，又附記般陽山南有冢、廟；卷一六八河南省汝陽縣有墓；計載有冢墓八處，碑一，廟一。所涵括的省份包括河北、山東、山西、河南及江蘇等地。

地方修志，明代已盛，至清朝多沿前代舊志重修。有關董永事迹的記載，見諸山東青州府志、濟南府志[49]，及湖北孝感縣志、江蘇東台縣志[50]，尤其後二者，更有詳盡的傳記與古蹟遺址。則至明清兩代，董永事迹之流佈，至少包含北方的山東、山西、河北、河南、湖北、安徽、西部的敦煌地區，以及漸次向東部沿海一帶的江浙地區。

六、綜述董永傳說流傳過程及影響

董永傳說故事，始見於東漢武梁祠石刻畫像。他的孝行傳說之興起，應在東漢和帝之前；開始向外流傳，則至遲在東漢桓帝之前。而最初的傳說內容，當如魏曹植靈芝篇所述，舉債傭作以養老父，後債主逼上門戶，幸有織女下凡，爲之織縑償債。至晉六朝，才附會賣身葬父之說，此見干寶搜神記及劉向孝子圖。但傳說故事之內容並非圓滿，在敦煌石室的資料中，顯示了後人對董永的補償心理：一是孝子傳加敍「天子召，拜爲御史大夫」的爵賜；一是變文增衍生子董仲的情節，董永與董仲的父子關係，亦逐漸爲後代地方志所採納。且董永傳說的故事至此亦告成熟，成爲後世文學作品的創作依據。在傳說故事發展的過程中，我們也看到了文人詠議——曹植靈芝篇，以及民間說唱——董永變文，兩個推動故事進展的源頭。宋代以後，董永又和董黯孝名混淆，歧出「流寓孝感」的傳說，至明淸兩代所修孝感縣志，幾乎將董永視爲鄉里賢人。

以地區流佈來看，董永傳說最早是在山東境內，向鄰近州郡傳播。至魏晉南北朝，流傳區域大抵在北方，包括山東、安徽及河南諸地。唐代由於敦煌石室卷帙的出土，使我們推測，董永事迹應曾在敦煌地區流傳。北宋時代，按太平寰宇記所載，董永事迹亦曾流入河北省。南宋極力開發江南、東南沿海，致明淸兩朝，董永事迹在江蘇省如臯縣、東台縣都有古蹟遺址。要約董永事迹之流佈，到有淸一帶，至少包含山東、山西、河北、河南、湖北、安徽、敦煌地區及江浙沿海一帶。若再加上地方戲曲所演——例如湖南花鼓戲「槐陰會」、浙江婺劇「槐陰樹」、廣東潮劇「槐陰記」、雲南滇戲「槐陰分別」、閩南臺灣南管「董永賣身」，及雜曲——例如青海之背工曲，……等等，事迹流佈地區雖有限，但董永故事經戲曲說唱之搬演，幾乎可說是家喻戶曉，甚至孝名遠播到東瀛，聞名中外。

然而在諸方志中，湖北孝感縣志及東台縣志的詳盡記載，卻顯露了一些現象。試觀其文：

㈠ 孝感縣志——見於卷二祠廟邱墓、卷五古蹟、卷十二孝子傳、卷廿四雜志：

祠廟孝子祠　知縣羅勉建，以祀董永，在北門外。

邱墓孝子董永墓　在董湖之滸，其左一墓為永父，即董永鬻身以責者也。

古蹟仙子池升仙臺　在董家湖，俗傳織女升仙處。

孝子傳董永　青州千乘人，今山東博興縣。蚤喪母，漢靈帝中平中，黃巾起渤海騷動，永奉父來從。家貧，永傭耕以養。父歿不能葬，貸錢里富人裴氏，約身為奴償之。既葬，如裴氏為奴。道逢一婦人，求為永妻。……南宋以故名其地曰孝昌。永沒，葬父墓側。相傳董家湖，舊有裴巷，即其處也。

(二) 東臺縣志——見於卷廿二孝友傳、卷卅四古蹟冢墓、卷卅六祠祀：

雜志董仲　一統志云，董永之子，生而靈異……。

孝友傳董永　西溪鎮人。……今西溪鎮，永與父墓並在。（晏溪志）

古蹟辭郎河　在西溪鎮，相傳孝子董永與天女別處（晏溪志、中十場志、泰州志同）

鳳凰池　一在富安場通遠橋。一在西溪鎮東寺前。世傳有鳳凰浴此，即董永遇天女處也，久湮。

金釵井　在西溪鎮南倉橋，又名鳳昇井，俗名雙井，東西兩岸相向。舊府志云仙女與董永相別，以二釵插於地之東西。後人於其處鑿雙井，迨開市河，兩井遂隔河矣。

冢墓孝子董永墓　在西溪鎮北，西廣福寺，後又有永父墓，在曹長者故宅其後。

祠祀董子祠　在縣治西南溪鎮，祠漢孝子董永。其地有永墓及天女繅絲井。

按董永原是山東千乘（舊治在今山東博興縣附近）的孝子，然而前述山東兩府志對董永事迹所載，卻相當簡略，於人物傳或孝友傳卻未見收錄。固然與二書的修纂體例有關：前朝人物見諸史志者方收錄，至明清兩朝之時人孝子烈婦乃得以入志；但編者又於長山縣古蹟考董永墓下云：「按孝感縣是董永家，墓亦在彼，今姑從之」，可見不僅和體例有關，更因爲是後起的傳說內容掩蓋了本來面貌，於是連修志者也抱疑。

民間傳說的發展，往往是流傳久了，傳播到外地之後，內容愈見豐富，於是「後來者居上」，後起的傳說內容尤能打動人心，其相關的故址遺蹟，反而固若金石，確鑿不移。孟姜女故事之流傳，卽有此相同狀況[51]。湖北孝感縣志董永傳，敍述歷歷如眞；江蘇東臺縣志諸古蹟，甚至有無數騷人墨客題詞歌詠[52]，近人沈雲龍更有「董永遇仙的神話和古蹟」一文，以家鄉東臺縣有此傳說而引以爲榮[53]。可見董永傳說之影響力有多大，致人人皆欲與董孝子爲鄰。

此外，地方傳說往往與文學作品、民間故事互相影響。前舉敦煌董永變文增衍董仲一事，在地方傳說中便有董仲書符鎭邪的遺跡。而文學作品裡逐漸設計出董永與織女相逢、分離的地點——槐陰樹下，並大力裝點其場面；這與東臺縣志裡有鳳凰臺、辭郎河古蹟傳說，對於故事空間的落實，有異曲同工之妙。東臺縣志又有金釵井故地，所述故事，與民間故事中，牛郎織女分別時，王母娘娘（或說織女）以金釵劃地成河，牛郎因此無法追趕織女的情節，十分近似，二者之間，必有互相影響交流的情形，只是未知孰先孰後。凡此皆可看出，董永故事除了在道德教化的影響意義之外，對文學作品、牛郎織女民間故事亦有其關涉的範疇。

第二節　董永故事之文學藝術作品探討

民國初年，杜潁陶曾收錄董永故事的相關作品，資料相當豐富，大約除話本、電影作品之外，餘皆集錄成册。此間明文書局亦於民國七十年翻印，題爲「董永沈香合集」，上卷董永集卽屬之。由於此本資料坊間易見，故本節的討論，不擬一一敍述各類作品之內容，僅就幾個討論重點，於必要時引用，以下卽列舉各類作品篇題，以知本節討論之依據；凡明文書局翻印杜潁陶之董永集所有者（以下簡稱杜本），不另加註，餘則加註出處。首先探討變文與話本小說這兩部時代最早的作品，論述二者對後世作品的開創功用；次則探討後世作品在內容擴展、人物塑造、情節繁簡、情感反應等各方面的優劣成敗，並藉此而觀察董永故事與牛郎織女故事的相互關係，以便進入第三節的討論。

一、所見作品篇題

以董永故事爲題材的文學藝術作品，除干寶搜神記、劉向孝子圖等偏向傳記式的記敍之外，自唐代敦煌石室的董永行孝變文以下，至宋元間的話本小說、明清兩代的傳奇、雜劇，及地方戲曲，說唱、雜曲等，可說皆以董永故事爲本事，來增添人物、演繹內容。甚至民國以後，西方電影藝術傳入我國，電影工作者也曾拍攝董永故事；可見以宣揚孝德爲旨的董永傳說故事，古今以來，備受喜愛，歷久彌新，以下試列舉筆者所見之作品篇題：

㈠ 變文及話本小說：

(1)唐代敦煌石室藏，董永行孝變文。

(2)宋元之際話本，董永遇仙傳，見明人洪楩編，清平山堂話本雨窗攲枕集。民國四七年，世界書局影印本，馬廉校[54]。

㈡ 雜劇及傳奇的戲曲類

(1)元明之際北雜劇，商調集賢賓一套，擬題：董永遇仙記。杜本據明嘉靖間刋本雍熙樂府卷十四校印。

(2)明代傳奇，織錦記，又名：天仙記、織絹記、賣身記。明人顧覺宇撰。黃文暘曲海總目提要云：「一名天仙記，據刋本，係梨園顧覺宇撰。演漢董永行孝鬻身路逢織女事，以仙女織錦償傭直（債），故以爲名。姓名關目，多係增飾。至以董仲舒爲永子，係仙女所生，且依仲舒名祀。仲舒前漢人，祀後漢人，相去懸絕，合而爲一。又引嚴君平導仲舒認母，仙女怒其洩漏天機，焚嚴易卦陰陽等書，荒唐太甚耳。略云……」[55]。王國維曲錄亦曾云：「織錦記一本，見傳奇彙考。國朝顧覺宇撰。覺宇伶人，亦元趙文敬、張國賓之流亞也。」[56]。杜本據明奎壁齋刋本新鐫南北時尚樂府雅調萬曲合選校印，有「槐陰相會」、「槐陰分別」二齣。

(3)明代傳奇，織絹記。明萬曆刋本刻「董秀才行孝」，「仙姬天街重會」二齣。詳見民國七十一年，學生書局影印善本叢曲叢刊第一輯大明春[57]。

(4)明代傳奇，織絹記，明萬曆刻本，「槐陰分別」一齣。見善本戲曲叢刊第一輯樂府精華[58]。

(5)明代傳奇，織錦記。明萬曆刋本，「仙姬槐陰永別」一齣。見善本戲曲叢刊第一輯堯天樂[59]。

(6)明代傳奇，織錦記。明萬曆刋本，「董永槐陰永別」一齣。見善本戲曲叢刊第一輯八能奏錦[60]。

(7)明代傳奇，遇仙記。明人呂天成曲品謂杭州心一子撰，評曰：「董永事，詞亦不俗。此非弋陽所演者。」[61]今佚。

(8)傳奇，賣身記。杜本據清順治刋本萬錦清音校印，「槐陰分別」一齣。

(9)清雜劇，董孝一本。傅惜華清代雜劇全目曰：「清人以來，各家戲曲書簿，未見記載。此劇現存版本唯有：清嘉慶間，藝餘耳語附錄所收本，卷五附刻第二種，標名云：董孝，別名云：董永葬父」[62]此本爲傅氏所藏，今未見。

(三) 地方戲曲類

(1)安徽黃梅戲[63]一本，上部題：董永賣身，中部題：天仙配，下部題：董郎分別。杜本據安徽安慶坤記書局刋本及高埠順義堂刋本校印。

(2)浙江婺劇[64]，槐蔭樹一本。民國六九年，中國唱片社出版「新編大戲考」收錄對白兩段：

「(董白)娘子！(唱)我把銀子拿還你，縱有萬兩黃金難買我的嬌妻，要你怎做怎的？將你撇在荒郊路裡。我把鞋面線索拿還你，……我把扇子拿還你，……仙女下凡配夫妻，恩愛夫妻百日離。……寸寸肝腸斷。」又：「(姐白)董郎！(唱)叫夫君容奴一言稟告：我和你做了百日夫妻，倒有三月懷胎在身，不知生下是男是女？若還生下是一子，奏過玉帝送來還你；若還生下一女，我只怕，怕的是王母娘娘留在月宮裡。……(白)啊！玉皇爺，我既然下得凡來，你不該要我上天，可憐我恩愛夫妻只有百日，玉皇爺，你好心狠呀！……痛哭肝腸斷。」

(3)潮劇[65]，槐陰記一本。見黎惠珍編「廣東地方戲曲選集」介紹：「連臺本戲，如槐陰記。」[66]

(4)南管[67]，據陳秀芳「鹿港所見的南管手抄本」，共有五個曲調曾詠唱董永賣身故事[68]。

(5)湖南花鼓戲[69]，槐陰會一本。杜本據清末湖南益陽頭堡文元堂刋本校印。

(6)湖南唱本，槐陰會一本。據姚逸之、鍾貢勛所編「湖南唱本提要」劇本類有此劇，提要云：「董永，黃州麒麟縣人。家甚貧，父母故，董生苦無以爲葬，乃賣身子某富家爲工，約期三年。……有七仙姑者，因于蟠桃會時，偶爾發笑。王母怒，貶凡塵配董爲妻，蓋仙姑與董生注有百日之姻緣也。姑既履塵，然苦無媒，乃囑槐陰土地爲合。……董生以爲必不能成爲事實，乃趨至槐樹前，大呼曰：『爾能爲媒乎？』樹應曰：『能』，董異之，不可再卻，遂於槐樹下，與姑成婚，同去工作。」長沙左三元堂印本[70]。

(7)湖南唱本，仙姬送子一本。「湖南唱本提要」云：「董永性孝順，曾與仙姬狎。後永娶賽金小姐。仙姬與之別於槐陰而已有孕，囑曰：『如妾生男，持送與君。』……後董永於朝中飲瓊林宴而去，……審視之，則仙姬立於雲中，手給一子給永，因攜之歸。」

(8)滇戲[71]，「槐陰分別」、「仙姬送子」各一本。中央研究院史語所藏，編號D○一七、D○○二，務本堂鉛印本，各五頁。惜未見。

(四)

說唱藝術類：

(1)彈詞，董永賣身張七姐下凡織錦槐陰記一卷。杜本據上海槐蔭山房、元昌印書館石印本校印。

(2)彈詞，董永行孝。「湖南唱本提要」云：「董永皇州孝感人。事母至孝，值歲饑，無以奉事母，乃往告貸于舅家。舅不與，……母亦憂忿沒。時永僅有義兄趙黑，亦貧困。……(永)乃賣身於傅尚書家，得十金，乃歸而葬母。趙黑……後于白骨山爲盜。永之賣身葬母，孝感玉帝。帝命第七女下嫁，百日後返宮。七姑乃化爲民女，於途中遇永，因與俱至傅家。……傅尚書有子某，見永妻七姑，驚其美，欲與之私。乃命永樵木於白骨山，……被擒得遇趙黑，趙黑與金帛而歸。……永與妻別，無家，復返傅尚書家，以情告之，……取昔繡彩錦視之，則奇光四射。乃以之呈于朝，封永爲狀元，傅以女妻之。後七姑以子送還永，名仲書，有奇智。後亦爲顯宦云。」

(3)廣州南音[72]，董永賣身三卷。中央研究院史語所藏，編號南三七，以文堂木刻本，凡九五頁。惜未見。

(4)龍舟歌[73]，仙姬送子。中央研究院史語所藏，編號L六—〇四二，以文堂木刻本，凡四頁。其詞云：「狀元謾再遊金殿，且談天上七位仙姬。有一個仙姬懷六甲，在桃園產下一個麟兒。洗過三朝淨水，抱兒殿上奏與玉皇知。……玉皇說，……佢今乃係凡間子，等我卜期吉日你送還君。許你辰時去至申時轉，若然過夜決不容人。不覺臨期將滿月，一班仙子去到賀新人。大姐送頂花姑帽，二姐花鞋一對新，三姐……七姐開言話咁盛心。……仙姬送子下落凡時，望見狀元遊殿試。馬頭攔住說過郎知，……當日見君行大孝，差我下凡共你結鳳鸞。許定夫妻一百日，滿期之日要番天。……今把孩兒交過你，回家撫養莫記前緣。……兒子吱吪爹抱住，抱歸朝上奏與君知。君王接轉來觀看，仙姬兒子果係清奇，我有一對玉環封作利市，御筆批名叫做仲舒。……董郎謝百回家去，賽金接轉笑微微。一雙夫婦多歡喜，歷代兒孫著綠衣。唱罷仙姬來送子，等你重重好事早降麟兒。」

(5)評講[74]，大孝記一卷。杜本據清末雲南煥文堂刋本、鑫文書局石印本、四川清末銅邑森隆堂刋本、舊鈔校印。

(6)寶卷，小董永賣身一卷。杜本據上海惜陰書局石印本。

(7)寶卷，繪圖董永賣身寶卷。日本京都大學人文科學研究所藏。鄭阿財「敦煌孝道文學研究」云：「繪圖本於結局則多出其後董永父子並決意修行。太上老君感其父子之孝行與修行之決心，招其於鳳凰洞修行。王員外亦受董永孝行所感而志心於整建寺院。南海觀音大士見董永修行，化作芝雲仙女考驗董永，見其一念修行，乃傳以三歸五戒等等[75]。」

⑸挽歌[76]，新刻董永行孝張七姊下凡槐陰記一卷。杜本據清末湖南益陽頭堡姚文元堂刊本、湖南中湘九總黃三元堂刊本校印。

㈤**雜曲類**：

⑴劈破玉[77]一首，詞云：「董秀才行孝眞無比，賣了身、葬了母、感動天姬，一心要與諧連理……」杜本錄自時尚古人劈破玉歌。

⑵寄生草[78]一首，詞云：「女仙女來至槐陰畔，看了看地來望了望天……」杜本據清乾嘉間舊鈔本。

⑶岔曲[79]一首，詞云：「從天降下無情棒，百日期滿，打散鴛鴦。槐陰樹下別董郎……」杜本據清末鈔本校訂。岔曲下註云「北京」，概流傳範圍。

⑷背工小曲[80]一首，詞云：「董永典身抱父葬，孝名天下。七聖姑今日奉旨下天堂，要配董郎。……」杜本未註出處，只註「青海西寧」。

⑸馬頭調[81]，「天仙送子」一首。中央研究院史語所藏，編號馬四—○○七。惜未見。

㈥**電影類**：

⑴七仙女一部，邵氏電影公司出品，凌波、方盈主演。民國五十二年十二月十四日上片，五十三年一月八日下片。

(2)七仙女一部，國聯電影公司出品，李翰祥編導，江靑、容蓉主演。民國五十二年十二月十九日上片，五十三年一月九日下片。按此二部電影先後上片，在當時相當轟動。劇本大抵以安徽黃梅戲之內容爲綱要。徐復觀曾有影評「一個藝術家的反抗」，由其就內容所比較，亦可略窺兩片故事大綱[82]。

㈦ **民間故事類**：

(1)董漢尋母故事，婁子匡「董永行孝」一文引述陳奇祿「臺灣風土」的資料，內容說仙女和凡人生一子，名叫董漢。董漢長大欲尋母，得學塾老師指點，於七月七日晚，至河邊，有七隻白鷺在河裡戲水，其中一隻顏色與衆不同者便是。後來董漢果然尋得其母，仙女憤怒其師洩漏天機，令董漢把羹匙進老師的房舍，焚燒了房內所有的天書。從此，人間便不知天機。仙女和董漢敍談之後，變回鷺鳥飛上天，但已跟不上其他六位姊妹，從此變爲孤單的一顆星，在天空中閃爍，人們便稱她是「孤星」。婁子匡以爲這是「臺灣俗文學補正了敦煌殘本」[83]。

(2)董仲尋母故事，據婁子匡所述，這是流傳於臺灣地區的董永行孝傳說，與前者的結尾有異。這個故事首先說孝子賣身葬母，而後得白鶴仙女之助，她織布，孝子賣布，兩人終於還債贖身。白鶴仙女爲孝子生下一子，即雲遊升天。孩子長大後，要找母親，孝子便指點他屋後池旁常見的白鶴就是。仙女後來給孩子三個葫蘆，一個會指點迷津，一個會變出食物，一個會變出衣服。孩子得到這三項寶貝，從此家裡漸成富有。但會見母親的路已被青草隔絕，就彼此永遠不能相見了。

(3)齊齊哈爾董永故事，據婁子匡所述，孝順的董永因母親想吃肉餡餃子，他就到山上獵兎。這兎原來是白鬚老人變的，老人爲酬謝他不殺之恩，就送給他一隻會流出米粒的「米筆」，又把家中的女孩兒嫁給他，女孩兒很會織布，而且爲他生下一兒一女，後來，女孩兒告訴董永，她是王母娘娘的女兒，下凡的期限已到，恐有災難。不久果然被捉回天宮。董永得老人之助，利用半個葫蘆上天。到天宮，有七個仙女一模一樣，董永認不出他的老婆，幸好小兒小女啼啼哭哭，終於感動仙女出面相認。仙女向王母娘娘說，她願意到人間和董永一家子共同生活，於是他們夫妻、母子就回人間團圓。

(4)冀州董漢故事，據婁子匡所述，河北冀州孝子董漢，平日以打柴養母。後來巧遇鄰縣農女，董漢好心收容，兩人結爲夫婦。農女的手藝精巧，織出的布在夜間會放出光芒。兩人生了一子，三年後，農女說二人本是織女星、牛郎星下凡。王母娘娘受董漢孝行感動，命織女下凡相助，今時限已到。說完，就離去了。翌年，董漢之母亡故，董漢守孝三年後，帶著兒子前往長安。兒子向賣卜瞎仙求問母親下落，於是就向人要來一個葫蘆，在七月七日上長白山頂天池，看見有七個女子在浣紗，其中著淺黃衣的就是織女。織女給他七粒玉米，這玉米十年吃一粒，可以長生不老。

(5)廣東羅定縣七月七日的故事，據鍾敬文「中國的天鵝處女故事」一文引黃廷英之記述，謂董仲舒的母親本是天上的仙女下凡，後來忽然辭別丈夫及兒子而去，幾年後，董仲舒在私塾裡唸書，因爲同學帶點心的事，使他懷念起母親來，回家後，他便向父親詢問，於是父親對他說，七月七日五更時分，東海裡有一群女子在洗澡，其中一個就是他母覫。董仲舒依言前往，抱起岸上的第七套衣服，高聲喊著母親，果然和母親相會。他苦苦要求母親回家，但母親不肯，後來母親摘了海邊的棠鶯果給他吃，才換回衣服而去㉞。

⑹廣東梅縣七星傳說故事，據鍾敬文引黃伯彥之記錄，謂有一個窮孩兒思念母親，經星卜師告知，於七月七日在七星橋上，將有七個乞丐裝束的人走過，其中衫角有血光的，便是他母親。窮孩兒果然因此找到他母親。母親送給他一個葫蘆，說是有求必應；另外又叫他轉送一個給星卜師。窮孩兒回去後，把葫蘆擲入星卜師的房間，於是所有的星卜書籍都被燒掉了。

二、兩部具原創性的作品——變文與話本

董永行孝變文與董永遇仙傳話本，是董永故事時代最早的兩部文學作品。覽二者之內容，已較魏晉搜神記等爲繁複，董永故事由簡樸的民間傳說，敷衍爲戲曲，說唱，此二者實爲關鍵作品。因其中若干事項，每爲後世作品所承繼開展，故筆者認爲這兩部作品相當具有原創性，値得特別提出來探討。

關於董永變文，前人已經從不同的角度探討它的創作時代、社會背景，以及各段情節的來龍去脈㉟等等。筆者此處不擬重覆討論，僅就其原創性的功能論述。

董永變文全篇以三段故事綴成，各有明顯的含義。這三段故事是董永賣身、天女助織及其子董仲尋母。其中尤以董仲尋母一段，最具原創性。變文率先吸收當時民間傳說的神奇人物董仲，補綴董仲尋母的情節，其影響已見第一節第三段「隋唐時代對傳說的補償」考述。這種補償心理，是變文講唱者在選擇調理素材時，爲顧及民衆的心靈傾向而特別加的好戲。邵紅老師「敦煌石室的歷史故事」一文卽以爲「董永變文的第三部分董仲尋母，用孫臏計得尋母親，便是一個團圓的結局。故事發展至此，大衆方意足於董永行孝的屬下一代的善果。」[86]而對董永變文全篇的結構而言，增添董仲尋母，也充分廻應其主題意義——孝順倫理的闡揚，使全篇題旨首尾連貫。婁子匡「董永行孝」一文說：「這是中國倫理思想的表現：人一定有一個母親；沒有母親的孩子便是私生子；私生子是難聽的名詞；所以董永之子一定想找到他見不到的媽媽。」[87]其實更進一步說，這應是出自於稚子孺慕之心，想要親近母親，渴望得到母愛。所以在民間故事中，有演成母子團圓的場面（如民間故事類(3)），不然至少也得到母親賞賜的寶物（例如民間故事類(2)(4)）。故事添加董仲尋母，可說是十分入情入理，後代作品無能出其藩籬，其原創性之功能卽在此。

此外，在某些細節上，董永變文亦有開創之功。例如，講述織女下凡與董永相遇，織女問他：「此個郎君住何方？何姓何名依實說，從頭表白說一場」，董永起初不作答，經「娘子把言再三問」，才敍述自己的身世。凡此皆已有對話的雛形，後代作品更藉對話的場面，來描述兩人的個性，增添了趣味熱鬧的氣氛。董永和織女的人格塑造實肇端於此。又如，兩人同往債主家，織女織縑的部分：「從前且織一束錦，梭齊動地樂花香。日日都來總不織，夜夜調機告吉祥。錦上金儀對對有，兩兩鴛鴦對鳳凰」，此處誇讚織女精巧的手藝，在民間說唱藝術中，更是極力誇飾。而「夜夜調機弄吉祥」一語，更導致了後來的作品添加七仙女助織的情節增添，更加生動有趣，也由此表現了我國絲織業的民俗趣味。因此可說，後代作品裡的人格塑造與民俗趣味表現兩特點，在變文中已略見端倪。

然而變文囿於其講唱的宗旨——勸善說教，故織女首先即已表明身份：「郎君如今行孝義，見君行孝感天堂。數內一人歸下界，暫到濁惡至他鄉。帝釋宮中親處分，便遣汝等共田常[88]」由近述諸語，董永應早知織女身份。這從文學的眼光看來，不免失之平淡，故後代作品便捨棄這種「夫子自道」的敍述方式，而改用伏筆的方式，至兩人分離時才點明，更具有戲劇趣味。

歷來學者多以爲，董永故事至董永行孝變文已經首尾具全。但宋元之際的這本話本小說—董永遇仙傳，其實也有其獨創之處，不容忽視。

第一，董永遇仙傳說董永是「東漢中和年間，淮安潤州府丹陽縣董槐村」人氏，年代、里籍雖係僞託，但「董槐村」卻從此成爲董永故事的一個重要地標。董槐村指的是一個種有槐樹的董姓村莊，命名的本身，就十分樸拙有趣。槐樹是我國境內常見的樹木，唐傳奇「南柯記」也是以槐樹爲背景事物。故「董槐村」這個村名其實是沒有地區限制的，但卻變成董永故事的重要舞臺。從地方戲曲或題名「槐陰記」，傳奇戲曲每選刻「槐陰相會」、「槐陰分別」來看，劉向孝子圖所云「遂至本相逢處」，已經體現爲我國某一個小地方的村前槐樹下，於彼地演出動人的故事。此首見於董永遇仙傳，故事空間的落實爲其原創性之一。

第二，前文論及，董永故事至隋唐時代可能有兩種補償的心理反映：董永變文增添董仲尋母一段，可說已補償了「延續子嗣」這一點。但敦煌孝子傳所云「拜爲御史大夫」，卻要到了董永遇仙傳，才有傅長者將織女所織之紵織獻于天子，天子大喜，明令封賞董永爲尙書。加官晉爵的補償，可以說到話本小說才完成的。而且又因此而導引出董永與傅賽金小姐完婚的佳話，使董永故事眞正有喜慶圓滿的結局，話本的情節結構——賣身葬父、織女相助、加封尙書、迎娶賽金、織女送子這前五大段，也被後代大多數作品沿襲，而捨去末段董仲尋母。可見加官晉爵、續聘名媛，應是董永遇仙傳的原創性的功能。

但話本也有不盡理想的地方。例如末段董仲（話本作董仲舒）尋母不爲後來作品採納，恐怕是由於話本說董仲尋得母親之後，吃下仙米，最後升登仙籍，成爲鶴神，這種說法染有濃厚的仙道思想，反而成爲敗筆，不能再流傳下去。又如形容織女是「月裡嫦娥無比，九天仙女難描，玉容好似太眞嬌，萬種風情絕妙」云云，但卻只是平面的描述，言行間流露出來的，往往是冷淡寡情。例如兩人分別時，董永願與她「同享榮華，偕老百年」，織女卻笑道「相公差了，夫妻自有天數，不可久留」，說罷乘雲而去，抛下董永哭喊不應。話本裡的織女猶是具有仙女的美貌及仙人的淡泊寡情，要顯現織女的多情性格，還有待後世作品來補充發揮。

三、後代文學作品探討

由明清以來的戲曲，說唱，民間故事來看，董永故事的流傳，已遍至安徽、河北、湖南、青海、嫩江、四川、雲南、江蘇、浙江、廣東、福建、臺灣等省份，已涵蓋了我國的北部、東北部、西部地區，若再加上散逸未搜集的資料，必然更爲可觀。以下試依內容擴展、人物塑造、情節繁簡、情感反應等層面，探討其藝術成就。

㈠內容擴展：

1.槐陰樹下生動有趣的場面：

自從話本董永遇仙傳選定「董槐村」爲故事舞臺之後，槐陰樹下便演出了俏皮有趣的相逢因緣。

按照故事敘述，董永葬父（或葬母）完畢後，正要趕赴債主家做傭工，他的心情一定是蕭瑟悲戚的。這時，織女已經在槐陰樹下等候，而且和土地神（或云金星老人）商量好，由土地神藏匿樹後，於必要時出聲應答。董永來了，有意廻避樹下陌生的織女，但織女卻故意阻擋去路，藉機搭訕。例如安徽黃梅戲所演：

（小生白）娘子好無禮！我先前上大路也被你擋住去路，於今下大路，又被你擋住去路，是何道理？（七姐白）呀呀呀，大路通天，各走各邊，難道說你走得奴家就坐不得？（小生白）路途之上，行個方便。……（小生白）哎哎哎，大姐，行路行得好好，為何將膀子撞了我一下？……（小生白）噯噯噯，這一回就明白了，是你明明撞了我，反說我撞

> 了你。（七姐白）不是這麼說起，家住那裡，姓什名誰？一一言來，放你過去。

董永經過織女再三刁難，不得已將姓名身世告知。織女一聽，即表示願意以身相許。董永大吃一驚，不禁抱怨「這才是人窮遇到鬼，時衰又被鬼來迷」，後來實在被纏得不耐煩，才答應以槐陰樹為媒，叫得應時，使和織女成婚。通常這時都會有金星老人上場，權充和事佬。董永心想「槐陰乃是啞木，慢說叫三聲，就是叫三千聲也叫不應」，於是叫了第一聲、第二聲，果然沒有回應，董永轉身要走，金星老人要他再叫第三聲：

> （小生白）待我再叫來。槐陰樹！我與娘子配合百年之好，你與我開口說話。（土地上白）槐陰開口把話提，叫聲董永聽端的：你與娘子成婚配，槐陰與你做紅媒。（小生白）世間那有這種道理！（唱）蹺蹊蹺蹊真蹺蹊！那有個啞木頭把話來提？……公公大姐聽端的：上無片瓦來遮體，下無良田來度日，寒窯無有半升米，饑寒二字埋怨誰？

董永震驚之餘，最憂慮的還是一介貧士，難以娶妻。但織女誠懇保證「雖到他家為奴賤，奴家也會洗衣漿裳。等到三年長工滿，夫妻雙雙轉家園」，這場「求婚」的笑鬧劇才歡歡喜喜地落幕。由於運用神仙上場點化姻緣，以及董永、織女兩人之間機智、趣味的對話，使得故事充滿了歡樂熱鬧的氣氛，較變文、話本，已豐富許多。這個場面在寶卷、彈詞、挽歌、評講等說唱作品也可看到；湖南花鼓戲所演，也與此近似。

2表現民俗趣味的場面

戲曲、說唱是民間重要的娛樂，也是知識的來源和日常生活的反映。在這些董永故事作品中，我們可以發現有兩個地方，特別能夠反映民俗的趣味。一是「槐陰分別」裡，取物爲譬；一是誇飾織女手藝，形容絲帛上繁富縟麗的花樣圖案。

①取物為譬

明人顧覺宇的織錦記，「槐陰分別」一齣中，已經大量運用物品諧音來暗喻分離在即：

> (旦)起身之時，與我餞行，又送我盤費銀子。大家拿出來一看。(看介)(旦)原來是一錠分開。(生)我想富長者好小氣，何不整錠送出來？倒好看。……(旦)這銀子倒有個啞謎。(生)有甚啞謎？(旦)一定分開。(生)不好，改了。一定鑿開。……(旦)賽金小姐又送我一包絨線，打開來看。(看介)(生)怎麼賽金小姐這般小氣？若是送人，多則一二兩，少則三五錢。一根絨線，虧你拿得出手！(旦)也有一個啞謎：雖無千丈線，萬里繫人心。你收下了。……(旦)小姐還送我一包果子。(生)行路辛苦，正好拿來止渴。(看介)怎麼？兩個棗子，一個梨兒？虧她擔得出手！難道也有什麼啞

謎？（旦）果然也有個啞謎：早早分離。（生）怎說此話！改了，永不分離。……

以分開的碎銀喻「一定（錠）分開」，絨線喻「萬里繫人心」，兩棗一梨喻「早早（棗棗）分離（梨）」，這些物品未必眞是債主傳家送的，極可能是織女用心良苦，暗示董永兩人緣分已盡，必須就此分別。孰料董永甚不靈通，未解個中眞意。直到織女又以「鴛鴦分飛」比喻，董永更是如丈二金剛摸不著頭腦，最後織女和盤托出苦衷，董永才醒悟過來。

取物爲譬，充分表現了俚俗質樸的特色，到現在，還是有人忌諱：情人夫妻，不可分梨而食，恐怕驗應了「分離」的惡兆。梨、棗、鴛鴦等物的喻意，早已爲我國人熟知。我們可以想像，當臺上的董永還不能了解織女的喻意時，臺下的觀衆早已知曉其中玄機，爲董永共掬一把辛酸淚。這種取物爲譬的方法，黃梅戲、挽歌、評講、彈詞諸作品都加以沿用。

②誇飾織女手藝

在唐代以前的傳說記載中，誇耀織女的手藝，往往只在於其工作效率的快速，例如搜神記云十日百匹，劉向孝子圖云十日千匹，都比一般女子的紡織效率爲高[89]。到了唐代變文，才開始有「錦上金儀對對有，兩兩鴛鴦對鳳凰」之語，對絲帛上的花樣略作描述。明清以後的說唱作品，更據此發揮，凡織絲綉花等女紅，織女樣樣精通。這可以說是由樸素的、經濟效率的觀點敘述，轉入華麗的、民俗趣味的說唱演繹。而且通常以兩種方式來表現：一是在形式上，利用數字的排列，也就是民歌隻曲重疊的方式，如「五更調」、「十二月」那樣唱出「一織……，二織……」，形成節奏性、韻律感；二是在內容上，以一般人熟悉的天文、地理、神仙人物爲題材，具有傳播知識的功用，也使人感覺親切。例如彈詞董永賣身張七姐下凡織錦槐蔭記說織女「一手能拈七根針」，繡出來的花樣是：

> 一塊繡得西湖景，十三寶塔上面存，映日荷花嬌欲語，花中還有採蓮人。二塊繡得天上景，吳剛伐桂月中存，三塊鯉魚把龍門跳，鰲頭上面站魁生……。(又)一繡牡丹花中王，二繡梔子白如霜，三繡海棠與芍藥，……九繡桂花香十里，十繡荷花滿池塘。

此外，在衆仙女下凡幫助織女織絲時，也極力渲染衆仙女的手藝。例如評講大孝記所唱：

> 一班仙姑齊動手，績絲紡線不住停。……一織龍來龍現爪，二織虎來虎翻身，三織蛟龍來戲水，……九織梭波門兩扇，十織童子拜觀音。一更織得二更轉，二更織來轉三更，三更織得交四鼓，四更織得打五更。

這些唱詞，順暢悅耳，內容又很豐富，應是說唱作品最成功的地方。在寶卷、挽歌裏也可見到。

甚至像黃梅戲，雖然以丑旦扮衆仙女，意在逗趣，但也運用了「一更蚊蟲叫，二更哈蟆叫，三更孤雁叫，四更斑狗叫，五更金雞叫」這樣疊唱的方式，以地方風物爲譬，形容衆仙女織出來的花樣，十分富有民俗色彩與趣味。這一點應該是董永故事深入民間的重要原因和反映。

㈡ 人物塑造

後代作品在人物方面最值得討論的是董永和織女兩人的「典型化」，以及增加債主傅長者與其子女傅少爺、傅賽金小姐的功用。

1. 董永與織女的「典型化」

董永故事歷經各類文體的鋪敍演繹，已經逐漸凸顯出兩個典型人物：憨直孝順的董永，與多情敏慧的織女，他們的搭配，形成一幅理想的「男耕女織」的生活圖畫。

董永的憨直，在㈠內容擴展的討論裡，「槐陰相會」與「槐陰分別」兩個場合中，董永屢次迴避織女的搭訕，到分別在即，又不知織女取物爲譬的苦心，從這兩人一愚一巧的對話情形，已經可以看出董永憨直、淳樸的個性。這種個性，無疑是一般市井小民的最佳寫照，使董永成爲具有代表性的典型人物。

至於織女這個人物的塑造，最成功的地方是逐漸具有人性、人情，也就是經由「人間化」，而成爲典型人物。

在話本董永遇仙傳裡，織女還只是貌美而淡泊寡情的仙女，爲履覆天帝命令而下凡幫助董永。但經過明清兩代文人素民的塑造，織女已具有聰敏、活潑、賢能、忠貞、多情的個性，儼然是世人心目中淑德兼備的婦人典型，在前文㈠內容擴展的討論中，經由織女與董永兩人一巧一愚的對話情形，已經可以看出織女聰敏、活潑的性情。由織女精巧的手藝，便可知其才幹。在債主傅家幫傭時，傅家少爺因垂涎其美色，而加以調戲、輕薄，卻遭織女疾言厲色斥責，並略施法術懲戒；由此可看出織女對夫妻情義的忠貞之心。最重要的轉變是，織女的心理狀態已經傾向「只羨鴛鴦不羨仙」，當下凡期限已屆，必須和董永分離時，她痛苦萬分，甚至不禁抱怨天帝的無情。例如傳奇賣身記，分離時，織女唱道：

> 玉皇呵，王皇！你好坑陷殺人。既教我下凡，何須要我歸天？既教歸天，何須要我下凡？你看董郎見說分離兩字，兩淚汪汪倒在地。夫呵，你不忍捨得妻子，難道妻子捨得下你？……忍見君哀告慘悽，哀告慘悽！（白）苦，天哪！（唱）不由人肝腸裂碎。……何年月日再得共鴛幃，何年何月何日再得共鴛幃。

這情眞意切的內心表白，聽來令人眞是感動。一個完美的賢淑婦人典型，於此表露無遺。

典型的人物，通常也具有普遍性。典型人物的特性是一般人所熟悉的，因此他的形象能夠普遍地深入人心。董永與織女，逐漸被塑造成理想的典型人物，尤其有助於董永故事在民間的影響力量。而且織女經「人間化」而成爲典型人物，應是董永故事給牛郎織女故事的傳說時期一個重要援助的作用。

2.次要人物的作用

傅長者、傅少爺、傅賽金二人，是後代作品所增添的次要人物，他們和董永、織女這兩個主要人物有著直接而密切的關係，所以值得討論。

傅少爺，已在前面討論織女之典型化時談到，這個人物的作用，是用來反襯織女的忠貞。傅賽金，則是用來補償董永最後失去妻室的孤獨痛苦，同時也給董永和織女共生的兒子找來一位慈愛的母親，故事因此以喜劇收場。這兩個人物的增加，尙爲恰當。

傅長者在最初的傳說中，只是一個貸錢給董永的無名氏，後來到了傳奇戲曲，才因「富」有，而衍出「傅」姓，被稱爲傅長者、傅員外。由於傅長者貸錢給董永，二者之間構成債主與傭工的契約關係，故有論者以爲董永故事乃是「地主與長工的故事」[90]；筆者並不同意，試據已見以論評。

表面上看來，傅長者和董永之間，的確有舊債主與傭工的形式關係，但就故事內容看來，傅長者大約有三件事值得注意：一是他貸錢給董永；二是當董永偕同織女至傅家，傅長者義正嚴詞地責問：「前言單身，今何二人」，此可能出於兩種心理，其一是基於男女禮教大防，以爲董永有誘拐良家婦女之嫌；或者是不願多出一份膳宿，故必須織女也答應幫傭，才肯收容。三是當織女依約把絲帛織好之後，傅長者也立卽釋放二人自由之身。隨後他又發現這些絲帛非人間所能有，於是將之獻給朝廷，促使董永因此而獲得官職。從這些事件來看，並沒有刻意強調地主與長工之間的衝突、對立，故事的重心，還是放在董永行孝得善報的主線來發展。因此這不能算是地主與長工的故事。傅長者在故事中的作用，是提供另一個空間傅府，使故事有戲劇化的進展。

㈢ 情節繁簡

變文、話本以後的作品，內容大抵以董永事奉父(或母)、董永賣身葬父(或母)、槐陰下遇織女、至傅府償債、槐陰下與織女分別、天子詔拜賜官、織女送子、迎娶賽金等諸段情節為主。董仲尋母一段，戲曲、說唱較少見，反而在民間故事中，成為一個重要類型。

但其中也有歧出不理想的情節者。例如評講大孝記，篇幅冗長，情節也十分曲折：董永自幼受母親及師保傅文顯教誨，獲州試第一，奈何母親卻因此樂極而亡。董永賣身葬母，得織女之助而贖身，又赴京趕考。此時傅員外見董永乃可造之材，於是將傅賽金許配給他。董永果然高中狀元，大臣趙京善又以其女金定許之。傅長者聞訊趕往京城，最後終於二美共事一夫，皆大歡喜，而後傅賽金扶養織女子仲舒，金定也生下一子仲遺，一家和樂融融。這其實是標準的才子佳人故事，織女助織反而成為次要情節。情節歧出太多，以致喧賓奪主，不能有助於董永故事。又如挽歌新刻董永行孝強七姊下凡槐陰記一卷，以及湖南唱本提要收錄之董永行孝彈詞，均增添董永義兄趙黑一角，敘述趙黑占白骨山為王，後傅少爺支使董永至白骨山砍柴，以為將遭強盜殺害；未料反而促成董永、趙黑二人義兄弟相認，倖免大難。這段情節的安排，實數累贅，因為趙黑這個人物，從此便鞠躬下臺，幾乎沒有作用。若只是為了讓傅少爺有更充裕的時間調戲織女，只需將董永行踪按下不表即可，無需如此煞費周章。

將情節編排最佳者，大概是安徽黃梅戲，黃梅戲按劇情發展分爲上、中、下三部，在上部開始，即一方面敍述董永事奉母親的孝行，母亡後，不得已而賣身葬母；另一方面則敍述織女與衆姊妹在鵲橋上遊玩，瀏覽人間漁樵耕讀的和樂生活，織女見到迎親的隊伍而芳心大動，因此而註定她必須下凡與凡人婚配。到了中部，這兩條路便接合在一起，而演出「天仙配」的仙凡姻緣。情節交錯縱橫，結構甚爲嚴密，莫怪乎現代的電影藝術也要以黃梅戲的故事爲脚本。

(四) 情感反應

雜曲類作品，體製雖小，不足以窺見故事全貌，但卻可傳達出民間對董永故事的情感。民間對此的情感反應。大約可分爲兩種：一是著重在董永行孝得善報，歌詠其喜獲麟兒、富貴福祿；一是著重在董永與織女的愛情故事，爲天上人間的遺憾嗟嘆。前者如背工曲云：

> 百日緣滿上天堂，董永好淒涼！麒麟送兒郎，積厚福長。到後來當朝一品為首相，富貴長江。

在挽歌、彈詞作品裡，我們也可看到相同的歌詠。例如，彈詞董永賣身張七姐下凡織錦槐蔭記末云：

> 董永賣身來葬父，孝心感動上天仙。仙女臨凡將婚配，皇上親賜御狀元。編成一本槐

陰記，萬古千秋永流傳。

後者如寄生草云：

七仙女來至槐陰畔，看了看地望了望天。此一去可就難和郎相見，好夫妻真成了海枯石爛。這才是人情王法難兩全，恨不得一把火燒了這董永傳，恨不得一把火燒了這董永傳。

在寶卷小董永賣身裡，還只是平平淡淡地唱著：「天上人間永相隔，年年相憶總傷情」，到了民間歌謠，卻以「恨不得一把火燒了這董永傳」的激烈情緒來表達一般人對故事的歎惋。這種情感反應，在傳奇戲曲、地方戲曲裡是以「槐陰分別」的場面演出，以主角人物的歌唱、對話、行動來渲染離別悲傷的情感，最能打動人心。世人對董永故事的情感反應，也應該是著重在此；而這一個有關愛情的主題，和牛郎織女故事一會合，就更加彰顯出來。

雖然趙景深謂「嘉靖以後，以董永故事為本者甚多，但已不太值得注意」[91]，但經由以上的討論，我們也可找到後代作品的一些優點：在內容擴展上，已增添生動活潑、富有民俗趣味的場面；在人物塑造上，已成功地塑造出董永與織女的人物典型；在情節安排上，也有像黃梅戲一般謹嚴者；在情感反應上，民間雜曲更能唱出民間對董永故事的同情與吁嘆。這些優點，正是民間文學的特長。

第三節　董永故事與牛郎織女故事的關係

本章討論董永故事的基本前提是，董永故事是牛郎織女故事在傳說階段的主流。因此我們必須簡單回顧一下，傳說的界義，以及牛郎織女故事在傳說階段所應具有的要素；藉這些既定的規則，來檢證兩者之間的相互關係。

筆者爲傳說建立的界義是：㈠傳說以神話的內容爲基型；㈡傳說的主角人物逐漸成爲有代表性的典型人物；㈢傳說可能因時代、社會之不同，而有不同的進展。至於與牛郎織女故事有關的傳說，應具有下列要素：㈠傳說與神話有線索關係，但是在近代的、現實的世界進行；㈡主角人物是牛郎或織女，但已逐漸成爲典型人物；㈢傳說本身自有發展，若干情節也可能反過來滋養神話故事。

綜合這兩方面的三項規則，我們可從以下三點來討論董永故事與牛郎織女故事的關係：一是內容與情節結構，二是主角人物，三是董永故事增添情節的影響。

一、內容與情節結構

魏晉時代所流傳的董永故事，如干寶搜神記所記載，已承繼了牽牛織女神話典型的若干情節要素：織女、天帝、結婚，及分離，這可說是因「織女爲世人的戀慕對象」之基因觸發，而構成的一個人神通婚的故事。它在情節結構之上，與牽牛織女神話有相似之處，那就是因爲天帝的命令，使織女下凡和董永結婚；也因爲天帝的命令，而促使兩人分離。牽牛織女的結合與分離，也是如此，但董永故事的時空，已經落實到兩漢之際，山東千乘地方。也就是說，董永故事裡，董永代替了牽牛的角色位置，而且把時空移轉到近代的、現實的世界；完全符合神話到傳說的演進。

由於董永故事承繼牽牛織女神話的情節結構，而且吸取了神話裡的重要象徵意義——相愛而分離的一對男女，所以使得董永故事在宣揚孝道之外，又有愛情主題的表現。董永故事在後代戲曲、說唱、雜曲作品裡，有意著重織女與董永的情感關係，因此製造出人神悲戀的悲哀氣氛。民間一則同情董永，因而有各種補償；一則歌詠兩人的恩愛情義，因而嗟嘆「恨不得一把火燒了這董永傳」。凡此情感反應，都應該是受了牽牛織女神話所蘊含的象徵意義所影響。也就是說，若無牽牛織女的愛情故事在前，以董永賣身葬父的孝行爲內容的傳說，決不可能逐漸側重在愛情主題的發展。同類孝順故事，譬如郭巨埋兒[92]，就沒有像董永故事一樣，內容愈來愈繁複、動人，這不得不歸功於牽牛織女神話的啓發。

二、主角人物

董永可說是文學作品中，第一個人間的牛郎[93]。曹植靈芝篇說他「傭作致甘肥」，搜神記說他「肆力田畝」，可見董永是個以耕作爲生，或是幫人耕作的農夫，這個農夫，孝順、勤懇，而且憨直，正是典型的牽牛郎形象。拿他和賢淑、多情的織女相配，恰好構成「男耕女織」的理想生活寫照，所以董永實是天上的牽牛星，轉變爲地上的牛郎的一個轉折關鍵。

織女這個人物的加入，使董永故事可以在內容上更加擴充，而且織女也逐漸被塑造成賢淑多情的理想典型人物。

人神通婚，或戀慕女仙的故事，在魏晉六朝志怪小說中是常見的題材。例如干寶搜神記所記載的園客故事[94]，弦超故事[95]，以及舊題陶潛所撰之搜神後記亦有白水素女故事[96]，可見六朝已有大量的仙女下凡與世人成婚的傳說故事，但後來能夠繼續發展的，大概以董永故事爲最。此歸功於織女這個人物。

織女一名，不僅是人所崇拜、戀慕的星神，也是世人普遍熟悉的一種身份，繅絲、紡織、刺繡原就是人間婦女日常的工作。而隨著絲織、刺繡事業的進步，就愈來愈可以誇耀這些錦繡耀眼的「文章」，於是反映到董永故事裡，就充分表現出民俗趣味，使董永故事富有親切感、鄉土味。這在前面第二節第三段(一)內容擴展部分已詳細討論過。若不是「感得織女來相助」，董永故事必將遜色不少。

相對的，歷代董永故事已經成功地塑造了織女這個人物，成爲理想的婦女典型。這一點可說接續牽牛織女神話的形成過程中，東漢詩人想像織女因思念而「涕泣零如雨」；六朝人又想像終日勤織的織女，或許孤獨寂寞，於是有「帝憐其獨處，許嫁河西牽牛」的婚嫁情節出現—思念、寂寞都是屬於人的情感，神話裡的織女已經像人間的女子一樣，具有這種多情善感的性格，而到了董永故事，更極力塑造出一個有血有淚有靈魂的織女形象。由於對於織女的性格塑造已經成熟了，所以在民間故事裡的織女，給人的印象大都是賢淑而多情的。

三、董永故事增添情節的影響

董永故事至變文時，增添董仲尋母一段情節。以後的作品，有的仍鋪敘董仲尋母故事，例如話本及民間故事；有的則著重「仙姬送子」，並預言此子「仙骨仙子」，日後必能大富大貴，例如挽歌及彈詞[97]。增添這段情節，有兩點值得討論：一是在形式上，董仲尋母故事與「天鵝處女型」故事、牛郎織女故事的關係；二是在內容上，「仙姬送子」的意義，以及與七夕風俗的關係。

(一) 天鵝處女型故事相關問題

鍾敬文在「中國的天鵝處女故事」一文中，介紹約瑟·雅科布斯對此類故事所敘述的故事型範是：

一、一男子見一女在洗澡，她的「法術衣服」放在岸上。

二、他盜竊了衣服，她墮入於他的權力中。

三、數年後，她尋得衣服而逃去。

四、他不能再找到她。

另外又介紹西村真次所研究的「基本型」：

一、天鵝脫了羽衣，變成天女（人之女性）而沐浴。

二、男人（主要的，為獵師或漁夫）盜匿羽衣，迫天女與之結婚。

三、結婚後，生產若干兒女。

四、生產兒女之後，夫婦間破裂，天女昇天。

五、破裂原因，即由於發現了（在前）爲「結婚原因」的被藏匿的羽衣。

鍾敬文並且整理中國的天鵝處女故事，共有三組子題，第一組爲「牛郎式」，也就是我們熟悉的牛郎織女，第二組是「董仲尋母式」；第三組是「求婚式」。

按鍾敬文的研究，似乎意謂這三組故事都有同一個源頭——天鵝處女型故事，而就他所歸納出來的「董仲尋母式」故事型範有：

一、仙女（大多是星之女神）由於天帝之命或自己的緣分，下嫁一凡人。

二、仙女生子後，以某種原因離去。

三、兒子思母，以術士或父親的教唆而尋見了母親。

四、兒子得利，術士遭殃。

五、解說某種自然現象所以致然之故。

我們不得不珍惜這項研究成果，因爲它的確將民間故事的類型做了很仔細的歸納。但也因爲這只是就民間故事這一層面來比較，所以不能顧及神話發展到傳說，傳說發展到民間故事的源流關係。

考天鵝處女型故事，最早見於干寶搜神記的毛衣女故事：

> 豫章新喻縣男子，見田中有六七女，皆衣毛衣，不知是鳥。匍匐往，得其一女所解毛衣，取藏之。卽往就諸鳥，諸鳥各飛去，一鳥獨不得去，男子取以為婦。生三女，其母後使女問父，知衣在積稻下。得之，衣而飛去。後復以迎三女，女亦得飛去。

這可以說明天鵝處女型故事在晉代已開始流傳。但同時期的牽牛織女神話或董永故事，卻不曾與之合流；神話的內容猶是兩星之分離、相會，董永故事仍只是織女履覆帝命而後返回天廷。

到唐宋之際，敦煌石室所藏的句道興本搜神記，其中有崑崙故事，敍述田崑崙因家貧，未娶妻室。後來在水池邊看見三女洗浴戲水，隨卽變爲白鶴。田崑崙偷得其中一個的天衣，因此娶她爲妻。天女與田崑崙生下一子，取名田章。其後田崑崙病危，猶叮嚀田母，不可將天衣交還天女。田崑崙去後，天女用計賺回天衣，於是乘空而去。時田章年已五歲，日夜思念母親，悲哭不休，幸得董仲先生指點，到水池邊尋找母親。天女與兩個姐姐就帶著田章上天庭，天公十分愛憐，於是教他方術藝能。四月五日後轉回人間，田章已經是十五歲的博學少年。後來果然因爲回答帝王的難題，而召拜爲僕射。從此，帝王及天下人民才知道田章是天女之子[58]，田崑崙故事，也是屬於天鵝處女型的故事，但已經比干寶搜神記的毛衣女故事內容豐富，它在後半部，還增衍了「田章尋母」一段情節。

值得注意的是，牽牛織女神話在這個時期，大約轉化爲地方風物傳說、鵲橋傳說及遇仙傳說三種類型故事（詳見第二章第四節論述）；其中除了遇仙傳說裡的董永故事之外，都不曾和天鵝處女故事合流。董永故事，在句道興搜神記也有記載，但所記乃引劉向孝子圖之文，出入不大。值得探討的是董永行孝變文。

變文後半段增添了織女「臨別吩咐小兒郎」，這個孩子名董仲。董仲後來得到術士孫臏的指點，到水池邊等候「阿孃池邊澡浴來」，伺機抱取岸上的紫衣裳，因而與織女相見。但孫臏卻因此而遭天火焚書之災。從抱取岸上的紫衣裳這一點看來，董永變文可說是第一部把天鵝處女型故事中，「池邊偷竊大衣」的情節和織女這個人物聯綴在一起的作品。

此外，若以田崑崙故事與董永變文比較，將可發現這兩個同在敦煌地區流傳的故事，有雙層的類似關係：第一，二者的基本情節結構都是凡人與天女結婚，生下一子，後此子欲尋其母；第二，「田章尋母」與「董仲尋母」的過程十分相似，都因爲術士指點，而且尋找的方法都和池邊洗浴戲水的女人有關。由於田崑崙故事與董永變文有這種雙層交錯的類似關係，使筆者有大膽的推測：那就是這兩個故事逐漸互相感染合流，最後終於促成了牛郎織女民間故事的重要情節——牛郎到河邊偷看織女洗澡，偷走天衣，於是才娶織女爲妻。

因此，在沒有其他資料出土以前，董永故事，尤其是董永變文，可以說是把天鵝處女型故事引渡到牛郎織女故事的重要關鍵。而且，自話本以後，有七仙女的出現，也促成民間故事中，織女又成爲天上排行第七的仙女之說法[99]。於此可見董永故事對牛郎織女故事的影響之一。

(二) 仙姬送子與七夕風俗

董永故事自變文以後，增添織女與董永育有一子之事。前面引廣州龍舟歌「仙姬送子」一曲，最後唱著：「唱罷仙姬來送子，等你重重好事早降麟兒」，可見「早降麟兒」的吉祥話變成董永故事的副產品，觀賞、演唱董永故事之餘，逐漸蔚成「早降麟兒」的祈願風俗。這在閩南地區，尤其是現今台灣，更可以得到印證。

相傳牛郎織女在七月七日晚上渡鵲橋相會，所以後代才有七夕乞巧的風俗。乞巧一般都是設香案祀織女，並在月下穿針，穿過就是得巧。但閩南地區的風俗較特別，據婁子匡臺灣民俗源流一書中所述，閩南人相信織女有七個，所以七夕要祭「七星孃」，或稱「七娘媽」，並且還要製作「七娘亭」或「七娘神燈」。「七娘神燈」上還要畫一個在雲端抱著孩子的仙女，據說這就是替董永生子，使孝子有後的⑽。

這風俗傳到臺灣來，七娘媽就成了兒童的保護神。凡無子者可在七夕向七娘媽祈求，凡家中有未滿十六歲的兒童，在七夕都要準備香紛、胭脂、鮮花、雞酒油飯等拜七娘媽。婁子匡認爲織女之所以變成七娘媽，是因爲閩南一帶，常有居民出海謀生，故當地婦女早已習慣夫妻別離；而女人一生最重要的是要有孩子，有了孩子才有希望，所以七夕的故事就「由纏綿悱惻的故事，變成多子多孫的祈禱了」。

這是婁子匡以民俗學者的角度，針對閩南地區特殊的七夕風俗作民俗心理的推測。事實上，閩南地區七夕祀七娘媽，可能揉合了許多不同的民間故事而產生的信仰，此處暫不詳論。但婁子匡陳述「七娘神燈」之製作，則恰好說明了這個風俗也和董永故事有關。

董永故事是牛郎織女的傳說主流，織女替董永生下一子，「使孝子有後」，這可說是我全民族共有的情感反映，故「仙姬送子」也往往是戲劇中經常演出的散齣，或說唱藝術裡拿來作爲吉慶節目，因此而產生「早降麟兒」的祈願習俗，應是十分可能。何況臺灣地區又盛行「董漢（仲）尋母」故事，可見民間對董永故事中，增添子嗣一事，甚爲關切。如此一來，在董永故事的影響下，民間在七夕祭祀時，向織女祈求子嗣，或保佑子女平安，是非常合情合理的。因此筆者以爲，閩南地區七夕拜七娘媽，織女成爲兒童的保護神，其形成原因，應該來自有文學方面的影響，那就是董永故事「仙姬送子」的影響。

綜合以上所論，董永故事與牛郎織女故事的關係是：

一、董永故事以牽牛織女神話爲基型，承繼它的情節結構，也吸收了愛情主題、離別的象徵意義。但董永故事已將故事的時空轉移到近代的、現實的世界。

二、董永故事塑造了兩個典型人物——淳樸憨直的孝子董永，以及賢淑多情的織女。前者可說是爲民間故事裡的牛郎樹立一個典範形象，是董永故事對牛郎織女故事的貢獻。後者則彼此互惠，由於選擇了織女這個人物，所以董永故事可以有更多發揮的地方；而織女在神話形成過程中，被人賦予的多情善感的性格，也由董永故事接續充實，塑造出一個多情賢淑的婦女典範。

三、董永故事增添織女生子董仲，及董仲尋母一段情節，對牛郎織女故事及七夕風俗有所影響。蓋董永變文首先將天鵝處女型故事中，「池邊偸竊天衣」的情節和織女這個人物結合在一起，然後又和也屬天鵝處女型故事的田崑崙故事互相感染合流，而啓廸後來的牛郎織女民間故事中窺浴、竊衣、娶妻的重要情節要素。而且人對織女爲董永添加子嗣這件事，十分看重它的意義，於是逐漸形成向織女乞子、乞子嗣平安的信仰，成爲七夕習俗之一。

由於董永故事與牛郎織女故事有如此密切的關係，所以筆者將它納入本論文的研究範圍。而上述三點結論，在以後的章節裡，也可能做爲討論的據點；董永故事在本論文中，著實有承先啓後之功能。

註解

❶ 鄭樵，通志樂略云：「稗官之流，其理只在脣舌間，而其事亦有記載。虞舜之父、杞梁之妻，於經傳有言者不過數十言耳，彼則演成萬千言……顧彼亦豈欲爲此誣罔之事乎？正爲彼之意向如此，不說無以暢其胸中也。」見中華書局四部備要本，卷二十五，頁十七。

❷ 參見蘇瑩輝「論敦煌本史傳變文與中國俗文學」一文，收於敦煌論集，民國七二年，學生書局三版，頁一二四。

❸ 謝海平，講史性變文之研究，民國五十九年，政大中文碩士論文，頁九—三。

❹ 見劉鈞仁編，中國地名大辭典，民國十九年，國立北平研究院，頁丑—三四。

❺ 見漢書，地理志第八。藝文印書館，頁七四一。

❻ 見後漢書，地理志第二十二。藝文印書館，頁一二六七。

❼ 曹植靈芝篇，見宋書，樂志四所引。藝文印書館，頁三一五。

❽ 據日人川口久雄「敦煌本舜子變文、董永變文と我が國說話文學」一文所述，有(1)美國波士頓（Boston）

美術館藏北魏畫像石上董永圖，上有「董永看父助時」銘文，圖中並有女人半身像，疑為永妻。(2)明尼亞波利斯(Mineapolis)美術館藏北魏孝子傳石棺畫像，上有「孝子董永與父□□」銘文。(3)堪薩斯市(Kansas)納爾遜(Nelson)美術館北齊孝子傳石棺畫像，題有「□子董永」銘文，且圖左半繪董永以鹿車載父至田畔；右半部的上面，繪著天宮景象，下面繪董永與天女二人（參見書影四）。(4)C.T.Loo本畫像石，上有「孝子董永與父□居」銘文。載東方學第七期，民國六九年。

⑨ 見王重民「敦煌本董永變文跋」一文，收於敦煌變文論文錄，民國七十四年，明文書局。

⑩ 王重民以為劉向孝子圖稱「前漢董永」，向焉知有後漢，又始見唐人稱引（筆者按：宋王應麟玉海引唐許南容策京兆，始稱劉向修孝子之圖），故疑其書非向所撰，且反襲干寶搜神記。見註⑨該文。蘇瑩輝則以洛陽出土之北魏孝昌三年（五二七）甯想暨妻鄭氏墓窟墓畫，有董永及永父車圖，車之附近復有董晏故事畫像，風格頗類漢畫像，而認為「孝子圖雖未必為劉向所撰，其成書時代固不能晚於元魏」。見註②該文。綜合二家之說，則孝子圖當係後人偽託，其著成年代則在北魏朝，卽南朝齊之前。

⑪ 例如註⑧所引(3)。

⑫ 見註⑩，王重民之說。

⑬ 同註③，頁九—四。

⑭ 趙岡、陳鐘毅，中國經濟制度史論，第五章「雇傭勞動」：「除了更卒，漢朝政府也從勞工市場雇用工匠，在官營工業中從事生產工作。……至於私人雇傭，兩漢文獻記載甚多，許多學者先後摘錄出來。例如史記陳涉世家……；漢書倪寬傳……；漢書匡衡傳……；後漢書桓榮傳……。以上所舉都是當時的名流高官，在正史上有資格入傳者，尚且有這麼多人曾經有傭工的經驗，無名的平民，曾為人客傭者，為數一定可觀，足證兩漢雇傭勞動之普遍。」民國七五年，聯經出版事業公司，頁二七一—二七二。

⑮ 同註⑭所引：「在兩漢時期，良賤之別只有一種標準，也就是職業的標準。奴婢是賤業之一種，因此在法律上是屬於賤民之列。但是為人傭作，不屬賤業。故兩漢的傭工，除了經濟地位低，經濟力量弱，生活貧

苦以外，並未受到法律上的歧視。兩漢的傭工完全是自由良民。」頁二九九。又：「在漢朝，雇傭勞動者也稱為『客』。有錢之富戶如果需要勞動力，他們可以到奴隸市場上去買奴婢，也可以到雇傭市場上去雇工人，這是兩個平行的取得勞動力之方式，故兩漢文獻中常是『奴客』並稱，表示都是家庭以外得來的勞動力。……魏晉南北朝，出現一種新的雇傭方式，即部曲制。……這些召募來的雇傭兵及投靠的流民，兼有兩種工作。有警則成為戰鬥員，無事則從事農業生產，出戰入耕。……久而久之，戰鬥任務不再發生，部曲就變成了長期或終身受雇而為主家從事生產的勞工。」頁二七三—二七四。又，第六章「奴婢制度」：「有些部曲，……形同雇工或雇農。有些部曲不是受雇，而是建立於一種『依附』關係之上，……這種人更有些接近奴隸的身分。兩種種不同類別的勞動者之間，很難劃定嚴格的分野。因此，這個時期的文獻在這方面使用名詞時，便不求謹嚴，讀者單從字面，有時很難判斷勞動者的性質與身分。」頁三三四—三三五。

⑯ 婁子匡即有類似看法，其「董永行孝」一文曰：「人，決不能像禽類獸類的被出賣，而認定人有自己底高貴的身價，絕不願以金錢來買賣。即使社會上也有人口買賣的事實，被出賣的多限於女性，如娼妓婢妾；而堂堂男子漢，以七尺之軀出賣身與人，將是極大恥辱。至於賣身的原因，全是為了家庭或個人在經濟上窮困到不得不賣身，多半是被動的被人賣買。唯獨董永是在自願之下而賣身，……這在衆目睽睽之下，看到董永為了使雙親入土為安，不惜自己賣身，不惜做此極端是恥辱的事，這是在純孝至性之下，方能有此行為，於是董永被大衆一致公認是『孝子』，他的孝行感動天，於是引出了仙女或天女下嫁的一大批香艷神話。」參見婁著神話叢話，北京大學民俗叢書冊十五，民國五八年，東方書局複印，頁一一二四。

⑰ 本分類法及資料，參考鄭阿財，敦煌孝道文學研究，民國七一年，文化中文博士論文。

⑱ 前引謝海平文，頁九—六。謝氏以新舊唐書食貨志證明，唐時初均以千為貫，以唐人思想，貸錢一萬，不過十貫，不足以辦喪葬；尤以中唐以後，物價騰貴，「安錄山反後，斗米至錢七千」，則錢一萬於事何補？故作者乃加此一句，以強調此「一萬」，即今之「千貫」。千貫之錢，足以辦喪事矣。由此可見民間文學，

每因時空轉移，而「以今律古」，賦予當代的民情思想。

⑲ 據日人小野純子，敦煌變文主題及其相關問題之研究——以董永變舜子變伍子胥變文三篇為主所述，元人郭居敬全相二十四孝詩選於日本的南北朝時代（西元一三三六—一三九二年）傳入日本，而為五山的禪僧所採用。室町中期以後成為御伽草子二十四孝。此書被當做童蒙教育的書而廣為傳布。董永孝行故事也因此流行於日本。見民國七十三年，政大中文碩士論文，頁三四。此外，前引川口久雄文，亦引述了日本四種版本的孝子故事：金澤文庫本言泉集、東大寺本普通唱導集、船橋家本孝子傳與陽明文庫本孝子傳，均有董永孝行故事。可見董永故事在日本之盛行。

⑳ 見前引謝海平文，頁九—六。

㉑ 因果報應思想，自六朝志怪小說已盛。其後隨著佛教思想的深入民間，我們可以說「善有善報，惡有惡報」已經成為我國人傳統的人生觀念。在戲曲、小說裡，更是經常在反映這種觀念。

㉒ 嚴耕望，中國地方行政制度史上編，卷上秦漢地方行政制度云：「縣道令長職最親民，補任頗慎。約其途徑，不外數端：曰孝廉三署郎……。漢書董仲舒傳，對策曰……。自武帝從仲舒之議，使郡國歲貢孝廉拜郎中，集天下之賢才加一番訓練，再使出牧百姓，誠為良制。……，此項郎官出補長史之制，推行不替，迄於東漢，見於載籍者尤多。……，傳中由孝廉郎史出補者極常見。」頁三一六—三一八。又，卷中魏晉南北朝地方行政制度云：「察舉孝廉為漢代郡國守相之重要權力。此項權力至魏晉時代尚甚重，……。魏文帝即位之次年，即詔每十萬口舉一人，如有秀異，不拘戶口。此詔奠定一代孝廉制之基礎。……蜀承漢制，其制自存，如……。惟吳未考，蓋亦承漢制。晉承魏，有此制。晉書所見史例甚多，……。東晉以下事例極少，然宋書百官志下述漢魏事制後，又述東晉以下事云：『……』是其制仍存而未廢。」頁三六〇—三六四。中研院史語所專刊之四五，民國五十年出版。可見自漢初，歷魏蜀吳三國，以至兩晉，對孝子之拔擢。

㉓ 錢穆「略論魏晉南北朝學術文化與當時門第之關係」一文云：「蓋當時人所采於道家言者，旨在求處世。

而循守儒術，則重在全家保門第。……欲保門第，不得不期有好子弟。……先及當時人之重視教子，……重教子則重孝道。自晉書有孝友傳，此下各史均有。……然如嵇紹之出任而郭象非之，乃知孝道尤為當時所重。……又金樓子載梁武帝遭太后憂，……卽此可見其時代之特徵，而孝德則尤為顯著之一例。惟其崇尚孝行，故當時於孝經一書亦特重視。隋志載有關孝經之著述，凡十八部六十三卷……隋志又云：魏氏遷洛，未達華語，孝文帝命侯伏侯可悉陵以夷言譯孝經之旨，教於國人，謂之國語孝經。又釋慧琳有孝經注一卷，……其他如陶潛有孝德贊，梁元帝有孝德傳，合衆家孝子傳而成。隋志著錄各家孝子傳，除梁元帝一家以外，尚有八部六十七卷。此亦足為當時崇尚孝行之證。」原文收於錢著中國學術思想史論叢，民國六十六年，學生書局出版。由此可見六朝對孝德之重視。又，註㉒引嚴書雖然有言：「南北朝時代，郡之地位遠不如漢魏時代之重要，故所舉孝廉地位亦低，不為時人所重視。」（頁六六八）但由錢氏之論述，可知時人對孝德之推崇，已由政治上之拔擢，轉為注重孝德教育，以書史表彰孝行，而成為時代風尚。孝德不孤，是為我民族傳統之思想表現。

㉔ 對不孝忤逆之懲罰，例如隋書，卷二十五刑法志「十惡」之項：「立曰惡逆，……八曰不孝，……其犯此十者，不在八議論贖之限。」唐律因之，亦設有「十惡」之項，唐律名例律第六條明確指出：「四曰惡逆，謂毆及謀殺祖父母、父母，殺伯叔父母、姑兄姊、外祖父母、夫、夫之祖父母、父母者；……七曰不孝，謂告言、詛罵祖父母、父母；及祖父母、父母在，別籍異財，若供養有闕；居父母喪，身自嫁娶，若作樂，釋服從吉；聞祖父母、父母喪，匿不舉哀；詐稱祖父母、父母死；……。」凡犯此「十惡者」，不得依議（由群臣議而減輕）、請（請奏於君，望予宥減）之例，請求減刑，也不能因一般的會赦而免除其刑。參考潘維和，唐律上家族主義之研究，民國五四年，華岡書局。這和孝友傳對孝子的褒獎，如詔表門閭、蠲租稅、賜米布等優厚待遇比較起來，確實能收到獎善懲惡的效果。

㉕ 在南北朝時代，朝延對孝德的表彰，大多是詔表門閭，蠲租稅、租布這兩種精神上及物質上的獎勵，詳見宋書孝義傳、南齊書孝義傳、梁書孝行傳、周書孝行傳、南史孝義傳及北史孝義傳。至唐朝，才有較多的

封官事例，譬如新唐書孝友傳記張志寬孝行：「高祖遣使就第拜員外散騎常侍，賜物四十段，表其閭。」(詳見藝文印書館，頁二二一二)又，劉君良：「貞觀中，州言狀，拜徐王府參軍。」(頁二二一三)又，程袁師：「永徽中，刺史狀諸朝，詔史敦駕既至，不願仕，授儒林郎還之。」(頁二二一三)由此可推測，迄於唐朝，在政治上拔擢孝子，又逐漸興盛起來。故董永孝行傳說，至唐代敦煌孝子傳所敘，遂添加「天子徵永，拜為御史大夫」之筆。

㉖ 孟子離婁上，孟子曰：「不孝有三，無後為大。舜不告而娶，為無後也。君子以為猶告也。」

㉗ 據前引小野純子，頁五五，謂董仲乃敦煌地區民間流傳的神異人物，敦煌藏書編號斯三三五八：「董仲神符，凡人赴家，宅舍不安，育旨不息，田苗不成，錢財不聚，八神不安，以桃木板長一尺，書此，玄宅四角大利。」見劉復編，敦煌掇瑣收，中研院史語所專刊四。又，斯二〇四九：「蜀地救火有欒巴，發使□星檢不奢，東方入海求珍寶，□□廻面喚官家。董仲書符去百惡，孫臏善卜辟患邪，……。」又，斯二六一五的紙背上寫有四方金剛呪云：「奉請十方諸大菩薩、羅漢、聖僧、神妖，奉請房山長、李老君、孫臏、董仲、葉淨、本部禁師，卽聞呼卽至，聞請卽來，助弟子威力……。」此二則俱見西野貞治，敦煌俗文學的素材及其展開，人文研究十，頁六一—六二。

㉘ 見明一統志，卷六十安陸州志，仙釋傳董仲云：「漢董永子，母乃天之織女。故仲生而靈異，數篆符鎮邪怪。嘗遊京山潼泉，以地多蛇毒，書二符以鎮之，其害遂絕。今篆石在京山陰。」見文淵閣四庫全書影印本第四七三冊，頁二三七。

㉙ 見婁子匡「董永行孝」一文所收集之民間故事，下文將論及。

㉚ 見文淵閣四庫全書影印本第四七三冊，頁二六八。

㉛ 尚友錄，明廖用賢撰，張伯琮補。臺大文圖藏善本書。古今萬姓統譜，明凌迪知輯，章士雅校，新興書局影印汲古閣本。

㉜ 王象之，輿地紀勝，文海書局影印本，頁四六二。所引圖經不詳。據陳正祥，中國文化地理，第二篇「方

志的地理學價值」云，宋代所修方志，以圖經為名者約有一七六種之多，見民國七十一年，木鐸出版社，頁三二。

33 見陳著史諱舉例，收於帝王世系圖三種、史諱譜例三種合編，增補中國史學名著第一二三集合編，第十五冊，民國五二年，世界書局，頁一五〇。

34 見宋書地理志第廿七。藝文印書館，頁五五七—五五八。

35 孝感縣志，明嘉靖年間陳士元修，清光緒八年朱希白續修。光緒刊本，民國六四年，成文出版社影印。所引為清沈宜序文。

36 見南宋張津等撰，乾道四明圖經，卷十一碑文。大化書局宋元地方志叢書第八冊，頁五〇四六。

37 見潘重規主編，敦煌變文集新書八孝子傳，頁一二六一。文化大學中文所出版。董黯，孝子傳作董黶，黯、黶同。

38 宋羅濬等撰，寶慶四明志，同註36。其書卷八敍人，頁五一五七；卷十一敍祠，頁五二一一，皆述及董黯事。

39 見明呂天成，曲品，別於下上品：「董黯孝甚著，今已為神矣；慈谿以此得名，詞頗眞切。」收於歷代詩史長編第二輯冊六。鼎文書局排印本，頁二四四。

40 同註35。

41 同註8。

42 前引謝海平文，頁九—一〇。

43 見文淵閣四庫全書影印本第四六九冊，頁五四一：「毛長宅，郡人。漢時為博士，郡有宅冢，俱存。今號其處為毛精壘。董永冢，漢景帝時孝子，卒葬于此。」筆者按，此處謂董永為漢景帝時孝子，未見其他例證，存疑待考。

44 例如明人所輯之雍熙樂府，內收錄元明間的雜劇與戲曲，卽有商調集賢賓一套，係演唱董永賣身故事。見雍熙樂府卷十四，四部叢刊續編，民國六五年，商務印書館，頁七八。

㊺ 見文淵閣四庫全書影印本第四七三冊，頁二六八，董永廟：「在孝感縣治北，本朝正統間因禱雨有感新建。」又，流寓傳董永：「董永，千乘人，東漢末奉其父避兵，來居安陸。家貧傭耕以養其父。父歿，貸錢於里之富人裴氏，許身為奴，以償所貸。得錢五千營葬。迺感天帝，令織女為配。遂織絹于裴氏。既償錢以責永身，遂辭永，騰霄而去。」

㊻ 見文淵閣四庫全書影印本第四七三冊，頁二八七。

㊼ 參考陳正祥，中國文化地理，第一篇「中國文化中心的遷移」云：「中國文化發展到了北宋末年，中心已趨向東南。……事實上，南宋的政治、經濟和文化的中心，全在江南。長期以來，江南成為全國財賦的焦點，也是人才的淵藪。……明代自洪武四年到萬曆四十四年，先後二四五年之間，每科的狀元、榜眼、探花和會元，共計二四四人；南方計二一五人，佔百分之八八；……清乾隆元年詔舉博學鴻詞，先後選舉二六七人，其中江蘇佔七八人，浙江六八人，……而江蘇、浙江兩省獨佔一四六人，超過全國的半數。……就宰相籍貫的分佈說，唐代宰相世族幾全在北方。……北宋中葉以後，南方人當宰相的漸多。……到了明代，據明史宰輔年表，共得一八九人，南方佔三分之二以上，……具有代表性人物籍貫分佈的改變，是文化中心遷移的最好證明。」詳見陳書頁廿—廿二。

㊽ 明人傳奇搬演董永故事者，有顧覺宇織錦記、杭州心一子遇仙記；坊間書鋪亦常翻刻「槐陰相會」、「槐陰分別」及「仙姬天街重會」等齣目，可見董永故事之盛行。詳第二節之討論。

㊾ 青州府志、濟南府志，清咸豐九年刊本，民國五十七年，學生書局影印本。

㊿ 東臺縣志，清嘉慶廿二年刊本，民國五十七年，學生書局影印本。

(51) 據顧頡剛「孟姜女故事研究」一文所作結論：「第一就歷代的文化中心上看這件故事的遷流的地域。春秋戰國期間，齊魯的文化最高，所以這件故事在齊都，它的生命日漸擴大。……江浙是南宋以來文化最盛的地方，所以那地的傳說雖最後起，但在三百年中竟有支配全國的力量。北京自遼以來建都近了一千年，成為北方的文化中心，使得它附近的山海關成為孟姜女故事的最有勢力的根據地。江浙與山海關的傳說聯結了起來，逐形成這件故事的堅確不拔的基礎，以前的根據地完全失掉了勢力。」收於王秋桂主編，中國民間傳說論集，民國六三年，聯絡出版事業公司，頁四一—四二。

(52) 例如東臺縣志，卷三四，頁一二七四，有潘鳴鳳、沈聃開之題辭郎河詩；潘詩云：「孝子丹忱格昊天，傳聞仙媛締塵緣。一月織縑三百匹，持向主人償萬錢。功成事畢辭郎去，縹緲雲軿不知處。千秋明月照西溪，緱氏山頭鶴未歸。」又，沈詩云：「辭郎復辭郎，乃至河之滸。仙人亦有情，能無別離苦。……哀哉董孝子，□婦在葬父。雖不篤房幃，亦既成夫婦。亦既締同牢，能恝棄中路？土人重其義，立廟別離處。」

(53) 沈文載傳記文學第二十六卷第三期，頁廿九—卅二。

(54) 。清平山堂話本，原藏日本內閣文庫。詳見馬廉「清平山堂話本與雨窗欹枕集」一文，載國立北平圖書館館刊第八卷第二號，頁三三—四七。

(55) 詳見曲海總目提要卷二十五，收於筆記小說大觀第廿五編，新興書局，頁一一九〇—一一九二。

(56) 曲錄曲五傳奇部下，民國四六年，藝文印書館，頁二九六。

(57) 大明春，明程萬里選，萬曆間福建林金魁刻本，全名「鼎鍥徽池雅調南北官腔樂府點板曲響大明春」，別題「新調萬曲長春」，凡六卷。卷四中層有「織絹記」一段，云：「董秀才行孝眞無比，上長街賣身去葬母……。」見頁一六一〇又，卷五下欄有「仙姬天街重會」一齣，見頁一八〇—一八五。

(58) 樂府菁華，明劉君錫輯。萬曆庚子書林三槐堂王會雲刻本，全名「新鍥梨園摘錦樂府菁華」，凡六卷。卷三上層有「槐陰分別」一齣，見頁一三〇—一四四。

(59) 堯天樂，明殷啓聖編。萬曆間福建書林熊稔寰刻本，全名「新鋟天下時尚南北新調堯天樂」，凡二卷。卷一有「仙姬槐陰永別」，版心題「織錦記」，見頁八二—八九。此本同民國廿餘年上海影石印本「秋夜月」。

(60) 八能奏錦，明黃文華編。萬曆間書林愛日堂蔡正河刻本，全名「鼎鐫崑池新調樂府八能奏錦」，凡六卷，惜不全。卷三有「董永槐陰分別」一齣，版心題「織錦記」，見頁九八—九九。

(61) 同註㊴，列於上上品。

62 傳著清代雜劇全目，民國七十年，人民文學出版社，頁一九七。

63 黃梅戲，安徽省的地方劇種，源於湖北省黃梅縣的「採茶調」在鄂、皖、贛三省毗鄰地區廣泛流行，與當地民間流行的舞蹈、曲藝相結合，逐漸成為民間小戲，安徽人稱之為「黃梅調」，後改稱「黃梅戲」。黃梅戲早期多演出「兩小戲」（小丑、小旦）和「三小戲」（加上小生），後來受「高腔」影響，得到進一步的發展。清道光以後，流入以懷寧為中心的安慶地區，曾與徽劇同臺演出，深受徽劇影響；此外，又吸收了當地的民歌、小調，得到再發展，形成獨特的風格，劇目有正本戲與小戲兩大類，用安慶地區的語言演唱，一律用本嗓，字音清晰。此處「天仙配」係正本戲。參考新編大戲考，民國六十九年，中國唱片社，頁二〇三。

64 婺劇，浙江省主要戲曲劇種之一。相傳已有四百多年歷史。在金華、衢縣一帶流傳，遠及江西東部地區，當地俗稱「金華戲」。因金華古名婺州，故今稱之婺劇。原包含崑曲、高腔、亂彈、徽戲、灘黃、時調等六種聲腔，因經常合班演出，相互影響，而形成婺劇的特殊風格。唱腔以優美高亢、曲調豐富著稱。現保存有大小傳統劇目八百多齣。參考新編大戲考，頁二九四。

65 潮劇，潮州戲流行於廣東潮汕和海陸豐，以至福建的龍岩、龍溪一帶。唱腔屬弋陽腔的變腔，以潮語、真嗓演唱。劇本分連臺本戲及民間傳說、時事兩大類。參考黎著廣東地方戲曲選集，民國七十二年，香港藝美圖書公司。

66 黎惠珍釋連臺本戲時，曾舉「槐陰記」戲目，言此類戲劇之特點為保留元明雜劇菁華，劇本完整，文詞典雅，樂曲古樸，唱做細緻。惜後文並未選錄槐陰記戲曲。

67 南管，流行於閩南的地方音樂，以泉州為中心，遍及臺灣、南洋等地。其體製濫觴於唐、五代，成型於宋、元，成熟大盛於明清；可概分為譜、指、曲三類，前者為器樂演奏曲，後二者為聲樂套曲與散曲。其韻調清雅，體局靜好，素為仕紳所賞愛。參考沈冬，南管音樂體製及歷史初探，民國七五年，台大文史叢刊。

68 這五個曲調是：(1)「念董永有孝義賣身葬父」，雙閨過短相思，陳書頁四八。(2)「董永賣身卜行孝義感動」，雙閨剔銀灯，頁六四。(3)「董永孝義貧困難支賣身」，水車，頁九六。(4)「今榜帶名時，董永遊街市」，粜水疊，頁一一五。(5)「今榜帶名時，董永遊街市」，如玉（粜水令疊），頁一三〇。陳書，民國六七年，臺灣文獻委員會。

(69) 湖南花鼓戲，湖南各地民間小戲的總稱。以山歌、民歌及民間歌舞為基礎，主要唱腔屬於曲牌體，以曲調聯綴為主，輔以板式變化，素樸健朗，相當有鄉土氣息。流行於三湘四水的廣大城鄉，因地方語言及各地民間藝術之影響，又分為長沙花鼓、邵陽花鼓、零陵花鼓、岳陽花鼓等流派。參考新編大戲考，頁二二五。

(70) 湖南唱本提要，中山大學民俗叢書冊九，民國五十九年，東方書局影印本，頁四〇。又，「仙姬送子」載頁九六。

(71) 滇戲，雲南省的主要地方戲種，淵源於秦腔及徽、漢二調，後又受平劇、川劇影響，約於清乾隆年間形成。音樂唱腔分胡琴、襄陽、絲弦三大類，有倒板、機頭、一字、二流、三板、滾板、滾子等各種板式四十餘種。一般每劇採用一類唱腔，有時視需要而併用兩類或三類。表演細膩，長於表現歡樂喜悅的情緒。流行於雲南，及四川。貴州的部分地區。參考新編大戲考，頁三三五。

(72) 廣州南音，曲藝名，用廣州方言演唱，流行於廣東珠江三角地區。唱詞以七字句為基本句式，以清唱為主。伴奏樂器有椰胡、箏、簫、琵琶、三弦、月琴、秦琴與鼓、板等。唱段多由曲首、本調、尾聲三部分組成。內容多根據歷史故事或小說戲曲改編而成。參考中國音樂詞典，民國七十五年，丹青圖書公司，頁七〇；及中央研究院史語所俗文學目錄提要，曾師永義主編，稿本。

(73) 龍舟歌，曲藝名，用廣州方言說唱，流行於廣東粵語地區。過去，唱龍舟的藝人，一手持木棒，其頂端插雕或紙裝的小龍舟，胸前掛小鼓、小鑼，用另一手擊奏伴唱。龍舟卽由此得名。唱詞格式，唱段結構與南音相似。曲調較簡樸，多按廣州方言的九聲唱出，自然成調。曲目有長篇、短篇兩種。參考中國音樂詞典，頁三三七。又，史語所俗文學目錄提要謂：流行於廣東之彈詞，稱木魚書，又可分為註(72)南音與註(73)龍舟歌兩種。

⑭ 評講，說唱曲藝之一種，至今未見有專門研究。按杜氏所收之「大孝記」，其體製為韻散相夾，韻文在前，每句七字，隔句押韻，每段韻文之後，卽以散文接著敍述，每句以「話說……」開頭。有宋元評話的遺迹，與寶卷的體製較近似。

⑮ 前引鄭阿財書，頁四四二。鄭乃轉引日人西野貞治「董永傳說について」一文，載人文研究六卷六期，民國四十四年，頁七八。

⑯ 挽歌，原謂挽柩者之所歌。初學記引干寶搜神記曰：挽歌者，喪家之樂，執紼者相和之聲也。挽歌辭有薤露、蒿里二章，出田横門人。横自殺，門人傷之，悲歌言……至李延年乃分為二曲，……。後代乃相承，以為挽歌。參考中文大辭典第十四册，頁一七五。觀杜氏所收挽歌作品，通篇為七字歌謠，共有八〇六句，故事内容繁複，似已非原來挽歌之貌，而發展為類似彈詞之說唱曲藝，故筆者暫列說唱之屬。

⑰ 劈破玉，明朝時興的南方小曲，因馮夢龍的喜好，而得以流傳。清李計揚州畫舫錄云：「小唱以琵琶絃子，月琴檀板，合動而歌。……以劈破玉為最佳。」至光緒初年黃協塤之淞南影錄猶云：「近日曲中競尚小曲，如劈破玉……頗足蕩人心志。」惜今日所存不多。由現存幾曲看，字句無定，惟首一段有「咳咳喲」的墊句，曲中疊詞特多。參考李家瑞通俗文學論文集，王秋桂主編，民國七十一年，學生書局，頁一六五—一六七。

⑱ 寄生草，原為曲牌，屬北曲仙呂宮。至明人始據舊譜創新曲，成為明清之時調小曲。參考中國音樂詞典，頁四七六「寄生草」及頁二九二「時調小曲」。

⑲ 岔曲，名目頗繁，其見於乾隆間王廷紹所編霓裳續譜者，有平岔、慢岔、數岔、西岔、起字岔、垛字岔等。各曲均以起句為名，記景寫情而外，亦間有敍故事者，不過都很簡略。參考李家瑞，北平俗曲略，民國二十二年初版，六十三文史哲出版社再版，頁一〇六—一〇八。

⑳ 背工小曲，背工原為戲劇名詞：劇中於二人以上同場時，其一人欲避他人而表自己之意思，以一手舉袖遮掩，自言自語，謂之打背工，亦稱打背拱。參見中文大辭典第廿七册，頁一二五。杜氏所收之背工小曲，

殆為青海西寧一帶的民間歌謠，共十二句，每句字數不一。

81 馬頭調，即是水上碼頭的調子，有南馬頭調和北馬頭調之分。夢華瑣簿云：「京城極重馬頭調，游俠子弟必習之，……其調以三絃為主，琵琶佐之。」可見馬頭調最初是流行於妓院與嫖客之間，以三絃和琵琶伴奏。據百本張鈔本所見，調之起首有的用引子八句，有的沒有。本文中則有唱詞和念白。唱詞之最後一句，用小字靠右邊。念白之後，必有「嘿喲嗳喲」的虛腔。其詞以寫情為多，敍事者較少，大多數以起首一句做題目。參考李家瑞，北平俗曲略，頁七七—八〇。

82 徐文載於民國五十三年元旦徵信新聞報第六版，徐氏曾以劇情編排比較兩片優劣：「從全片看，中間一長段的演出兩片各有千秋。而起、結兩段則李片斷然在邵片之上。……（起段）李片……從天宮窺人間，呈顯出漁樵耕讀及婚嫁五種人間生活，……並把婚嫁一項顯得較為鄭重，以加強七仙女下凡的動機。……董永賣身是構成此片主題的重大環節，邵氏只從雲中作指點，……李片對董永賣身葬父的加重描寫，我以為這合於主題表出的要求。……」

83 董永行孝一文，收於婁子匡，神話叢話，北京大學民俗叢書册十五，東方書局複印本，頁六三—一二六。此處所引見頁七十。

84 中國的天鵝處女故事一文，收於民間文學專號，北京大學民俗叢書册十六，東方書局複印本，頁三六—八一。此處所引見頁五三。

85 例如前引謝海平文，著重在時代背景的考定，而謂「德宗時，絹匹千六百錢，視唐初絹價為數十倍。今變文謂董永借錢『百千』，主人『計算錢物千匹（錦）強』，則作變文時錦價，匹約百錢耳，其時當在玄宗天寶之前，或在太宗貞觀間乎？」，見謝文頁九—一二。又，鄭阿財文，著重敦煌石室各類之資料篇題敍錄，以及探討董仲、孫臏之歷史記載，最後結語是：「然吾人就董永變文評加按覈，再三研閱，則可得知董永變文之故事內容雖係中國之固有民間傳說，然其宣說必為釋門徒衆，而其作者亦必是高僧大德。」詳見鄭文「董永變文考源」一段，頁四一八—四三三。又，小野純子則從賣身故事，神婚故事及天上訪母故事三個角度來探討董永變文，其結語是：「構成董永變文的題材是基於從漢代以來既已流傳下來的董永傳，後來再加上賣身故事、神婚故事、天上訪母故事：最初為了強調孝子董永的孝行，初加上的賣身故事，是為了變成反映農民社會裡的暗酷，而被強調著。其後又加上了帝釋遣神女而使她人間化，以及孝子董仲天上訪母等故事。董永變文中，這些要素的擴大與附加，無疑的是作者有意圖的創作。在說唱董永變文時，一方面使民衆娛樂地聽董永和董仲的孝行，另一方面它強調孝，一種佛教觀念的孝。」見該文頁三五—六七。

86 收於文學評論第一集，民國六十九年，巨流圖書公司，頁三四二。

87 同註83。

88 田常，王慶菽疑當作「塡償」，謂塡償賣身價；向達則云是仙人名。見敦煌變文，民國五三年，世界書局，頁一一三。

89 一般女子的紡織效率，我們可由古詩「上山采靡蕪」云：「新人工織縑，故人工織素。織縑日一匹，織素五丈餘。將縑來比素，新人不如故。」以及五言詩「孔雀東南飛」云：「雞鳴入機織，夜夜不得息。三日斷五疋，大人故嫌責。」來看，一般女子日織縑一匹是正常速度，更勤奮的，也不過三日五匹。可見傳說對織女的手藝多麼誇大其神通，十日至少百匹，即一日十匹，幾乎為一般女子的六倍以上。

90 前引小野純子即有此論。

91 趙景深「董永賣身的演變」，收於王秋桂主編，中國民間傳說論集，民國六三年，聯經公司，頁一二四。

92 郭巨埋兒故事，東漢武帝祠石刻畫像亦有。傳說郭巨因家中無糧食，為奉養老母，故欲將親生子活埋，以免他爭一口食。在埋子時，掘出銀子，時人因謂郭巨孝感天地，埋子得金。這故事在後來的戲劇、地方戲曲中也曾搬演，但內容並無太大增添。例如北大民俗叢書第三八冊，「定縣秧歌選」，有「郭巨埋子」一齣，內容只增添了郭巨向娘舅借米不成，還挨一頓毒打，返家後哄騙妻子素珍將孩兒交出來活埋。幸有增福官預先埋下金銀，解救郭巨一家危困。

93 趙景深「關於牛郎織女的傳說」一文云：「人民感受到把牛郎處理為人，更覺親切。……這故事的異式董永賣身，就顯得更為清楚，……」載民間文學叢談，民國七十一年，湖南人民出版社，頁六一。又，姚寶瑄「牛郎織女傳說源于崑崙神話考」一文云：「此類傳說，首推董永，這是織女由長天降至人間與牛郎開始夫妻生活的一個重要轉折，一個趨向完善的標誌。」載民間文學論壇，民國七四年三月號，頁二二。

(94) 園客故事，記神女助客養蠶，後女與客俱仙去，莫知所如。詳見文淵閣四庫全書影印本第一〇四二冊，頁三七二。

(95) 弦超故事，記嘉平年間（魏齊王曹芳年號），弦超夜夢有神女來從之。女自稱天上玉女，早失父母，天地哀其孤苦，遣令下嫁從夫。後因責怪弦超洩漏其事，而與之離別。臨行，取裙衫兩副遺超，又贈詩一首。去後五年，弦超於濟北魚山偶遇之，即重修舊好。至太康中猶在，但不日日往來，每於三月三日、七月七日、九月九日、旦、十五日輒下往來，經宿而去。張茂先為之作「神女賦」。詳見文淵閣四庫全書影印本第一〇四二冊，頁三七三。

(96) 白水素女故事，記晉安帝時，謝瑞少喪父母，無有親屬。謝瑞夜臥早起，躬耕力作，不舍晝夜。後於邑下，偶得一大螺，攜之返家。自後家中常備飯飲湯火，謝瑞怪之，後窺見乃螺中少女所為。女曰：「我天漢中白水素女也，天帝哀卿少孤，恭慎自守，故使我權為守舍，炊烹，十年之中，使卿居富得婦……。」後果如願。詳見文淵閣四庫全書影印本第一〇四二冊，頁四八一。四庫提要辨其撰者曰「題陶潛者固妄，要不可謂非六代遺書也。」可見乃六朝人僞託陶潛之名而作。

(97) 例如前引挽歌作品云：「仲舒只得回家裡，來到窗前學堂裡。他今原是天仙生，君王賜他狀元身，封他狀元第一名，一家大小受皇恩。」又，彈詞董永賣身張七姐下凡織錦槐蔭記云：「（董永）帶子遊街三日畢，來到金殿見當今。天子一見龍心喜，加封官職在朝廷。後來天保（董永子）成人大，也入翰林學士身。」

(98) 詳見潘重規主編，敦煌變文集新書，民國七十三年，文化大學中文所印行，頁一二三〇。

(99) 例如內蒙古事：「天牛郎配夫妻」，及苗族民間故事：「牛郎織女的故事」，均說織女是天上的第七個仙女，前註(93)引姚寶瑄文，則以為織女，七仙女同出一源，而七仙女晚於織女。織女是神話人物，七仙女則是道家方士所創的仙話人物。詳見姚文頁二三。

(100) 見婁著臺灣民俗源流，北京大學民俗叢書冊六四，東方書局複印，頁三八。

第四章　牛郎織女民間故事之析論

民間故事的研究，可以說是本文的一大重心。但由於沒有現成而嚴密的理論系統可以沿用，故筆者在區分節目的時候，就企圖由此而建立一套適合牛郎織女民間故事的研究方法。所採取的角度與步驟如下：

首先，先從神話到傳說的發展脈絡中，尋找揣摩基因線索，尤其側重各類型傳說故事的啓發功能；次則從各種可能相關的背景因素，去探測推動民間故事內容的力量。這兩方面的線索披露出來之後，促使民間故事內容成熟、豐富的契機也就得以掌握了。

接著，才是針對所收錄的民間故事作品進行析論。分別從類型與內容、情節要素與主題，及其所具有的研究價值來探討。

最後討論的是，與牛郎織女故事相關的其他文學作品。茲將以此故事爲題材而加以敷演的小說戲曲，列爲第五節之討論；次則就古典文學與俗文學中，運用此故事的情形加以分析，是爲第六節之內容。如此一來，不僅對牛郎織女故事本身有所論析，於其主題之拓展與延伸，也能略窺一二。

第一節　民間故事成熟的契機

促使牛郎織女民間故事成熟的契機，可從兩個層面分析：一是探討前面章節所論述的各類型傳說故事的內容對民間故事之啓發，二是探討其他相關因素的推動。

一、各類型傳說故事的助益

基本上，我們已經肯定同一主題的故事，在神話階段、傳說階段及民間故事階段之間，有相互承接的線索關係，也就是說「神話」爲其基型期，「傳說」爲其發展期，而「民間故事」爲其成熟期。因此，要探討牛郎織女民間故事的成熟，首先應從其相關的傳說故事入手。在第二章第四節裡，筆者曾試圖將牛郎織女的傳說故事區分爲三個類型：地方風物傳說、鵲橋傳說及遇仙（以董永故事爲主）傳說；這些傳說故事，配合上「可以再觸發的基因」，譬如「織女成爲人間戀慕的對象」、「天河與海通」等基因之展延，對民間故事之成熟，應有啓發之功。以下分別討論。

㈠　董永故事之啓發

董永故事乃牛郎織女傳說故事的主流，它因爲「織女成爲人間戀慕對象」的基因觸發，迭經文人詩賦的詠議（曹植靈芝篇　）與庶民百姓的說唱誇飾（變文、話本、彈詞、寶卷等　），故事內容日益豐富。董永故事與牛郎織女故事的關係，筆者已在第三章末歸納出三點，這三點結論對牛郎織女民間故事也就有三方面的啓發：

第一是關於故事內容的時空轉移。由於董永故事的時空是近代的、現實的，因此它就具有中介作用，將牛郎織女故事由「神話」的遠古時代、另一世界轉移到近世人間。有了這一點突破，才能啓發民間故事裡的時空可遠可近、可天上可人間。

第二是關於典型人物的塑造。織女在董永故事裡被塑造成多情賢淑的女子典範，使織女變成立體人物，更加生動靈活，多情的織女最後不忍拋棄董永回天宮覆命，這一點關鍵性的轉變，亦啓發了大多數民間故事中，織女抗拒天將的捉拿，不願和牛郎分別。而淳樸憨直的董永，則可說是人間第一個牛郎。

第三是關於故事的情節發展。由於董永變文採納了「天鵝處女型」故事的情節要素——竊取天衣，以及它可能間接促使董永故事和田崑崙故事互相感染合流，因此董永故事對於牛郎織女民間故事的情節發展，應有所啓發——民間故事裡的牛郎，就像田崑崙一樣，因爲偷取織女的天衣，而娶她爲妻。此外，董永故事增添織女生子一段，這種增添子嗣的民族思想與情感，也是啓發民間故事裡，織女和牛郎生兒育女的重要因素。

(二) 鵲橋傳說與「天河與海通」基因之啓發

鵲橋傳說之形成，主要係針對神話中「如何渡河相會」的因素而觸發展延，最初的內容是

「烏鵲銜石塡河」，然後才是「役鵲爲橋」。至於爲何役鵲搭橋，又成爲新的基因，於是在民間故事中，我們將可發現不同的解說。但值得注意的是，鵲橋傳說基本上是屬於神話故事的延伸，故事的舞台是在天上，而民間故事裡的牛郎，已是人間男子，凡人（非修道成仙者）可以上天宮，其思想導源於何？神話形成的過程中，張華博物志所記牽牛丈夫故事已經潛藏了一個可以觸發的基因，我們不妨再回顧一下博物志原文：

舊說云，天河與海通，近世有人居海渚者，年年八月有浮槎去來不失期。人有奇志，立飛閣於槎上，多齎糧，乘槎而去。十餘日中猶觀星月日辰。自後茫茫忽忽，亦不覺晝夜。去十餘日，奄至一處，有城郭狀，屋舍甚嚴。……曰：「某年月日，有客星犯牽牛宿。」計年月正是此人到天河時也。

這一位有奇志的乘槎者，彷彿今日廿世紀的太空人，駕著太空船漫遊於星際，最後在牽牛星球上登陸，看到了一個「世外桃源」。這個古代「太空人」，宋陳元靚歲時廣記引荊楚歲時記異文，指名道姓乃是漢代出使西域的張騫，陳元靚並且辨明此爲附會之說：

荊楚歲時記：漢武帝令張騫使大夏尋河源，乘槎經月而去，至一處，見城郭如官府。室內有一女織，又見一丈夫牽牛飲河。……君平曰某年月日，客星犯牛女，所得搘機石，為東朔所識。按：騫本傳及大宛傳，騫以郎應募，使月氏，為匈奴所留，十餘歲得還。騫身所至者，大宛、大月氏、大夏、康居，而傳聞其旁大國五六，具為天子言其地形所有，並無乘槎至天河之謂。而宗懍乃傅會以為武帝張騫之事，又益以搘機石之說❶。

但筆者以爲，將張騫事與牽牛丈夫聯結在一起，固然是附會之說，可是這則異文所表現出來的想像卻十分合理。無論是博物志所說的「天河與海通」，因而乘槎者能夠到達銀河；或是此則異文所記「漢武帝令張騫使大夏尋河源」，因而張騫也達到銀河天宮；事實上二者都反映了古人的地理觀念：古人不知地球是圓的，站在地平線上看遠方，就會覺得盡頭的景物與天相接。因此古人看河水奔流入海，海天又連成一線，那麼天上的銀河也可能和海相通；又如果是溯河而上，河流的源頭泰半在高山峭壁間，巍巍的山峯看上去高聳入雲，那麼天上的銀河和人間的河流原本相接連，殆無可疑矣！這種因「錯誤的觀察」而產生的聯想，借用李白的詩句「惟見長江天際流」、「君不見黃河之水天上來」❷兩句，最能夠說明古人對大海和河流源頭能夠上達天宮的想像。

由於有這一層想像做背景，所以凡夫俗子才有可能遨遊銀河天宮，人間的牛郎才有可能再「飛」上天去，等待七夕時，喜鵲來搭橋，讓他和織女渡河相會。此爲鵲橋傳說與「天河與海通」基因對牛郎織女民間故事的啓發。

㈢地方風物傳說之啓發

地方風物傳說在方志中的記載雖簡略，但唐代徐堅的中吳紀聞已有「織女以金篦劃河，河水湧溢，牽牛因不得渡。今廟之西有水名百沸河」（引文詳見第二章註60）；這可說是針對百沸河這條河流所做的語源解釋，但「金篦劃河」一事，卻成爲民間故事裡重要的情節。此外，譬如董永故事到明清時代，東台縣志也有「辭郎河」、「金釵井」等古蹟傳說記載（詳見第三章第一節第六段所述）；這些和牛郎織女故事相關的地形、地物傳說，其故事的結構型式，都可能給相似的地形、地物，啓發出牛郎織女的脫胎形故事，也應隸屬於牛郎織女民間故事的研究範圍。

另外有一點也是我們可以推測的，那就是由於「織女」這個人物的身份，和絲織業、女紅手藝有密切的關係，所以在董永故事的說唱作品中，我們已經看到民間講唱者極力誇飾織女的手藝，使董永故事平添民俗趣味（詳見第三章第二節第3段第㈠項第(2)點之②所論）；而且據杜穎陶所收錄之挽歌、評講、彈詞作品看，內容已有織女教傅賽金織絲刺繡的情節；可見凡是和女紅手藝有關的，例如精巧的成品或手藝的傳授，都可能和「織女」這個人物結合在一起。那麼一些以織繡業聞名的地方，就可能產生「織女與傅賽金」這樣的傳說故事，然後歷經口耳相傳，渲染衍變，形成某一種類型的民間故事。

地形地物傳說和地方特產傳說，都可能啓發牛郎織女的民間故事。

二、其他相關因素的推動

關於民間故事的孳乳展延，曾師永義在「從西施說到梁祝」一文中，提出的「四條線索」是：民族的共同性、時代的意義、地域色彩及文學間的感染與合流。但筆者此處不擬完全遵照這「四條線索」來探討，原因是牛郎織女故事從神話、傳說，到民間故事的發展過程中，這「四條線索」在不同階段，有的明顯，有的隱晦；例如民族的共同性這一點，在傳說階段裡的董永故事表現得最明顯，民衆因爲同情董永，而衍化了加官晉爵、增添子嗣、續娶賢妻的傳說內容，這種補償的心理乃出自民族共同的思想與情感；又如時代的意義這一點，在神話形成過程中，東漢詩人詠歎河漢無樑，阻隔牛郎織女，即相當顯露出東漢社會動亂不安的時代意義。至於地域色彩，恐怕在地方風物傳說及後代民間故事才比較具體明顯；而文學間的感染與合流這一點，也要在民間故事裡才有多元化的發展。故筆者除了採取前面一段探討傳說故事之啓發的方法之外，對於其他相關因素之推動的討論，則修正曾師永義的「四條線索」，按牛郎織女故事的特性，朝以下三個方向去研討：㈠是民間天文知識的應用；㈡是仙道思想的滲入；㈢是文學間的感染與合流。

㈠ 民間天文知識的應用

牛郎織女故事，本屬星座神話，星象的觀察應是神話形成的重要背景淵源之一。而我國古代天文知識十分發達，除了史書天官書所記載的星座知識、信仰之外，在民間對於星象的觀察，也十分具有鄉野特色。民間天文知識最大的特點就是，擅於利用星座的形象來命名，並且據此而別有想像。

例如牽牛星，漢以後在天文上被稱爲河鼓。河字又作何，卽「荷」之意❸。爾雅郭璞注則云：「今荆楚人呼牽牛星爲擔鼓」，可見在魏晉時，荆楚一帶的居民對牽牛星的俗稱就是「擔鼓」。「擔鼓」之名，殆由於牽牛星宿三星成直線排列，且中間星最暗，兩端稍暗，望之猶似人挑重物狀。這可說是因其形而命其名。不知何時起，牽牛星又被叫做「扁擔星」。今人高平子史記天官書今註卽曾提及，河鼓在他的家鄉，鄉人都叫做「扁擔」：

> （平子按）匏瓜……。故我鄉農人……命河鼓三星謂之「扁擔」，……（註「匏瓜」則）
>
> （平子按）河鼓與牽牛，古今多混淆。河鼓三星……原亦有牽牛之稱。……又豬飼氏查出河字原作何，有荷擔之義，其說甚精。且與我鄉諺正合。蓋所謂「扁擔」者，正是農家荷物之木桿，其形稍扁，兩端受重物則略向下彎，星形象之。注者郭璞晉人也，而所記荆楚口語正與今吾吳口語相通，亦可見我民族文化之悠久矣。（註「河鼓」則）❹

「扁擔」之名比「河鼓」之名，更富有鄉土樸實的趣味。這種對星座形狀的想像，再和牛郎織女故事基型結合起來，更能充實故事內容。織女星座在民間雖然沒有其他的稱呼，但根據這種想像的原則，其三星的排列形狀，或許也會激起新的靈感，給牛郎織女故事添加新的內容。因此，民間對星座形狀的想像，亦是使民間故事再孳乳展延的線索之一。

(二) 仙道思想的滲入

牛郎織女神話形成過程中，在魏晉南北朝時代，已有神仙傳說滲入的痕跡。晉張華博物志的「牽牛丈夫」故事，對於天上神仙生活的想像，可說是促成「牽牛爲夫，織女爲婦」說法的催化劑，而梁吳均續齊諧記的「桂陽成武丁」故事，則確定了「織女嫁牽牛」，牽牛織女是夫婦的神話故事內容。（詳見第一章第三節第三段所論）

我國神仙思想的起源甚早，約當戰國初年，已有仙話起於燕齊濱海的民間；這類仙話後來結合了道家清靜無爲的思想，由道士輾轉煽揚，於是各種煉丹採藥、服食成仙的仙話便層出疊起❺，至兩漢已十分盛行。今出土的漢代畫像鏡，內容充斥著神話人物、神仙生活的想像圖文，可說是最佳的證明❻。而東漢末，張道陵以符籙禁咒之法行世，其子衡、孫魯，相繼遵行其道，道教信仰也逐漸在民間興盛起來。如是，到了魏晉南北朝，仙道思想遂成爲筆記小說的主流。前舉博物志與續齊諧記兩則故事，雖然可能是偶然和牛郎織女故事結合在一起，但仙道思想對這個主題故事的推動力量卻不可忽視，而且這股力量應該不會就此中斷。蓋牛郎、織女在神話中，被人信仰爲「星神」；故事中又包含「天帝」這個情節要素，那麼只要人對神或天帝的觀念改變，也就可能影響牛郎織女的故事內容。而根據研究，魏晉時道教理論已具雛形，逐漸建立起仙界組織的觀念，對神仙生活的想像已有盛大的規模❼，我們雖不能確知道教在民間的勢力，但有些觀念，譬如主宰天地的玉皇大帝、統領群仙（尤其是女仙）的王母娘娘，卻逐漸成為民間普遍的仙道思想觀念，這些觀念再融入牛郎織女故事，也會改變其內容結構。

因此，有鑑於最初仙道思想對牛郎織女故事的催化，以及它後來在民間信仰的影響力，仙道思想對牛郎織女民間故事的推動，亦應是民間故事成熟的契機之一。

㈢ 文學間的感染與合流

這可說是民間故事衍化的通則。曾師永義「從西施說到梁祝」一文云：

> 對於民間故事的歌詠或描述，有些彼此之間本來是不相干的，但由於蛛絲馬跡的類似，便可以連類相及，逐漸感染而終致合流。

所謂「連類相及」，可概分為兩種情形，一種是由於故事的情節要素個別的類似相關，而促成故事的感染合流；另一種則是由於故事的內容結構之類似，而促成故事的感染合流。前者譬如孟姜女故事，「杞梁妻」這個情節要素，由於齊人善歌哭、齊國美女「彼美孟姜」這兩事都和「杞梁妻」有「同屬齊地」的關係，於是庶民百姓就把「孟姜」派為杞梁妻的姓名，說她善於歌哭；後者如梁祝的殉情和化蝶，其實是集合了「孔雀東南飛」故事、「華山畿」故事，以及「韓憑」故事，藉用這些故事的內容結構，而加以編排、渲染，終於「集大成」而產生了感人的梁祝故事。

就牛郎織女故事來看，在傳說階段的董永傳說故事裡，因爲它徵用了「織女」這個神仙人物，所以使得董永故事與牛郎織女故事產生關聯；這可說是屬於第一種情形的感染、合流。而董永故事後來又和「毛衣女」故事、「田崑崙」故事在內容結構上有相似之處——河邊窺浴、竊取天衣等，由此可能促成牛郎織女故事的重要情節安排；這可說是屬於第二種情形的感染、合流。由於牛郎織女故事在神話、傳說階段，已有「文學間的感染與合流」的線索可尋；而且時代愈演進，各類相異的民間故事也愈來愈多，彼此間也有感染、合流的現象；所以欲尋找促使後代牛郎織女民間故事的內容豐富、多樣化，「文學間的感染與合流」實是重要關鍵。

第二節　故事類型及內容分析

第一節所論述的各條啓發與推動的線索，其實正是筆者本節分析故事內容的依據。但爲使敍述簡明，因此不得不先按各故事內容的同異，加以分類敍錄，並稍稍分析這類型故事的特色、情節公式等。待敍錄之後，再依啓發與推動的線索去綜合探討故事的內容。

還有一點必須先聲明的是，筆者手上共有二十七個故事，其流傳地區包括河北、山東、江蘇、浙江、安徽、河南、江蘇、湖北、湖南、廣東、福建、四川、貴州及內蒙古等十四個地區，幅員已相當廣大，但實際上應不只這些。因此，筆者不敢自稱資料完備，這只是牛郎織女民間故事的現階段研究，它的成果是要給後人當作研究的基礎的。

一、故事的類型

筆者所收集的二十七個故事，按其所表現的主題，首先可以區分爲三大類：

甲類：以表現牛郎織女的愛情故事爲主，篇名大多直書「牛郎織女」，內容涵蓋了神話階段所包含的情節要素——牛郎、織女、天帝、銀河、結婚、分離，及相會等。情節安排的公式，大約等於鍾敬文所提出的「牛郎型」故事❽，故可名之「牛郎型」。

乙類：以解釋故事中相關事物爲主，例如七夕爲什麼下雨、牽牛花的由來……等等，此類故事對於牛郎織女的愛情簡略敍述，重點放在所要解釋的事物上，姑名之「語源解釋型」。

丙類：以說明地方風物之來由爲主，例如盛產織繡品的地方，有「織女傳藝」故事；又如某一特殊地形，有一個愛情故事來解釋，其內容亦包括牛郎、織女、天帝、結婚、分離等情節要素，望之卽知爲牛郎織女故事之衍化；這兩小類故事，可合之命名爲「地方風物型」。

此外，筆者已事先過濾掉一些容易混淆的民間故事。那些故事，大約等同於鍾敬文「中國的天鵝處女故事」中，所謂的第三組「求婚型」故事。「求婚型」故事和「牛郎型」故事有相似之處，其內容也可能包含牛郎、織女、天帝這三個情節要素，但結局和「牛郎型」大不相同，也不以「分離而後相會」的愛情故事爲敍述重點；爲避免枝節太多，本文此處略去此類故事，僅在必要時引為旁證❾。

甲、牛郎型

牛郎型故事，筆者共收集十六個。這些故事同中有異，依其相異處，又可細分為幾個小類：兩兄弟式、謫仙式、夫妻及目式；此外，還有個苗族故事，雖題為「牛郎織女的故事」，但其實已有「求婚型」的摻雜，筆者將之視為個案來處理。

㈠兩兄弟式

兩兄弟式故事，是牛郎織女民間故事的標準型式，也是最為人所熟悉的。綜合鍾敬文「中國民間故事型式表」及其「中國的天鵝處女故事」所述「牛郎型」故事的公式，我們可以得到如下的公式情節：

一、兩兄弟，弟遭虐待。

二、分家後，弟得一頭牛（或兼一點別的東西）。

三、弟以牛的告訴，得一在河中洗澡的仙女為妻。

四、仙女生下若干子女。

五、仙女得衣逃去。或云往王母處拜壽被斥。

六、牛郎追之，被阻。

七、從此，兩人一年一度相會⑩。

鍾敬文的研究，可說爲牛郎織女故事的研究奠定了基礎。筆者此處卽是站在前賢建立的基石上，以「兩兄弟式」取代「牛郎型」之名，在敍錄各個同式故事後，再與此情節公式比較，視情形而予以修改補益。玆簡敍各故事內容：

⑴奉天牛郎織女：王小二與兄嫂共同生活，因黃牛通告，而免中毒致死。後兄弟分家，王小二獨得黃牛。黃牛忽變爲老頭子，自言原是天上謫星，死後墳上會長葫蘆秧子，沿秧子之方向走去，可得幸福。王小二依言前往，果然見到一美女在河中洗澡。於是他抱走美女的衣服。美女願意和他成親，並說自己是王母的女兒，叫織女。後來織女偕同王小二上天向王母拜壽，王母斥責二人，以金釵劃河隔絕，下令每年七月初七始能見面。洪振周采錄⑪。

⑵浙江永嘉牛郎織女：看牛孩子牛郎，一天得老黃牛指示，躲過兄嫂的詭計，請舅父主持分家。牛郎堅持只要老黃牛、破車和破皮箱。老黃牛原是天上謫仙，又指點他獲得美妻的方法。牛郎依法前往，果然河裡有個女子正在洗澡。牛郎取了她的衣服，織女就和他成親了。三年後，生下兩個孩子。一天，老黃牛說它要回天上，叫牛郎穿上它的皮做成的靴子，可追趕逃走的織女。織女果然偸回從前的浴衣，騰空而去。牛郎穿上皮靴，帶著孩子去追。織女拔下金簪，劃一條天河阻擋牛郎。兩人便在河岸，互相用牛軛和梭子拋擲。天帝出面調和，但鵲鶉錯傳「逢七見面」爲「七七見面」。直到現在，鵲鶉還說著

「不對不對」想改正錯誤。鄭仕朝采錄⓬。

(3)江蘇灌雲天河岸故事：有一貧少年，家中只有一條老水牛，人叫他牽牛郎。老牛告訴他，河中有七位仙女洗澡，偷其中一套寶衣，就可娶爲妻。牽牛郎果然因此得妻，妻名河織女。不久，老牛病死，吩咐用牛皮包黃沙，再用鼻索捆成包袱，將來可救急。兩三年後，職女生下一男一女。織女用甜言騙回寶衣，駕雲而去。牛郎攜兒女，背牛皮沙包追上。織女用金釵劃河，牛郎倒出沙包裡的沙，河中出現一道沙堰。織女又再劃一條天河，牛郎已無沙可塡。於是，他把牛鼻索拋過去，織女也用梭子回報。這就是現在的牛索星和梭子星。天帝出面調和，令兩人各住河的兩岸，每年七月七日在河東相會一次。孫佳訊采錄⓭。

(4)山東牽牛郎：牛郎之兄出外做活，常遭嫂虐待。因老牛通告，得免食毒餃子而死。請舅父分家，得老牛和破車。老牛臨死交代他披牛皮，可至天河，有九女在河中洗澡。牛郎依言往，果然偸取一件仙衣，娶到其中一個仙女爲妻。幾年後，仙女生下一男一女。仙女用計騙回天衣，穿上升空而去。牛郎抱著兒女追上去（筆者按：這之前，牛郎又去看了一次牛皮，應是披牛皮而上天），正在做飯的王母娘娘聽到仙女喊救命，於是用劃水成河的方法，將牛郎隔絕。仙女對王母娘娘說，願在娘家住的日子多，所以王母娘娘令二人每年七月初一至初七相會。此後每年七月初一，就有喜鵲爲之搭橋。到了初七，兩人大哭而別。趙啓文述⓮。

(5)河北孫守義和五仙女：直隸人孫守義，依兄嫂過活，兄疼愛，但經常出外做買賣，嫂伺機虐待，厚己父而薄小叔。得老黃牛通告，得免食毒麵致死。請舅父分家，獨得黃牛。老黃牛自言乃金牛星下凡，命守義往東邊水潭，有九個仙女在洗澡，取第五件衣裳。守義前往，果然得五仙女為妻。兩三年後，生下一男一女。老黃牛臨死交代，將牛頭留下，可舉之飛天。王母娘娘派天兵捉拿織女回天宮，守義卽背抱兒女，舉牛頭追上天。王母娘娘見狀，拔下金簪，劃成天河，隔絕守義。守義父子連哭三天三夜，王母娘娘才允許七月七日，令百鳥築鵲橋，使守義一家相會。王強采錄⑮。

(6)安徽牛郎織女故事：牛郎依兄嫂過活，兄嫂厚待岳父，虐待牛郎。兄嫂主動分家，牛郎從黃牛之言，要求牛一頭、繩一條、牛犋一套，及二畝老墳地。黃牛又告訴他娶妻的方法，果然載他到荷花塘，見九個大閨女在洗澡，牛郎偷取一件，娶得織女為妻。三年後，生了一男一女。黃牛臨死，吩咐剝下牛皮備用。因織女大意，而截斷牛腿皮卽取下。玉帝令雷公率天兵捉拿織女，牛郎肩挑兒女，披著牛皮追趕。因牛腿部分不全，而追不上。織女唯恐牛郎被傷害，乃拔金簪劃河，隔開天兵。牛郎擲牛梭子砸天兵，卻掉在織女腳下。織女想把織布梭留給女兒，卻扔在天河坡上。織女說每逢七、七相會，牛郎誤為每年七月七日相會。今織女星旁三小星，卽牛梭星，牛郎星兩端卽牛郎之兒女，天河坡上四顆菱形星，卽織布梭星。張品卿采錄⑯。

(7)蒙古天牛郎配夫妻：牛郎依兄嫂過活，牛郎天天幹活，只吃酸粥和酸撈飯（原註：都是糜子米發酵以後煮成的，有酸味，當地人喜食）。牛郎得老牛通告，回家三次，分別見兄嫂吃扁食、包子及油糕，因此飽食一頓。老牛叫牛郎分家，只要老牛、破車和疙瘩繩。老牛又告訴他，七月七日南天門開，王母娘娘的外孫女要下凡來洗衣裳；叫他看準第七個仙女，也就是織女，偷她的衣服就能娶她爲妻。牛郎果然如願。織女用花手巾變出利淨的房子，供二人居住。後來，生女六歲，生子三歲。織女哄騙牛郎，尋回天衣，回天上。老牛叫牛郎殺了它，披牛皮上天。牛郎追趕到南天門，斥退守門的金獅、銀獅和鬼齜牙。到他外母娘家，七個仙女全在炕上坐，牛郎一時認不出，就放小娃娃去認，果然認出織女。以上的事都是老牛臨死教他的。後來他外母娘就另找一間小房，給他們一家住下。外父見不得女婿，要和牛郎比高下。外父化身爲臭蟲、紅果子，牛郎經織女指點一一認出。織女又把牛郎變成繡花針，使外父遍尋不著。最後，外父要和他「跑崩子」（筆者按：即賽跑），牛郎跑，外父追。織女拿給牛郎一升紅籽籽、一把紅筷子和一個金簪。紅籽籽、紅筷子都暫時阻擋了外父的路，但最後牛郎太緊張，本該拿簪子往前劃，卻往後劃，形成天河，阻隔了牛郎和織女。從此，他們只能在七月七相見。那天，他外母娘把百鳥頭上的毛揪下一撮，搭成過河橋。如果人們躲在葡萄架下，還聽到織女抱怨牛郎劃錯方向的話。織女過河來，幫牛郎所積的三百六十口鍋、三百六十隻碗洗淨，還幫他把衣裳拆洗、縫補，到七月十六才含淚回娘家那邊去。孫劍冰采錄⑰。

此外，又有「牛郎醫生」故事，前半段雖與此類故事相異，但大致仍是「結婚、分離而後相會」的形式，故暫且附錄爲第⑻號故事：

⑻豫南牛郎醫生：淮河岸，有老牛醫之子名牛郎，因醫治一千條牛，故觀音渡他到仙班。適王母娘娘小女兒織女在旁透露，當神仙不好，牛郎才又回到人間。織女隨卽下凡，與牛郎成親。翌年，生一對雙胎，男叫牛小郎，女叫牛織女。七月七日那天，玉帝派天兵捉拿織女，織女匆忙之間，只留下一雙鞋。牛郎穿上織女的鞋，攜帶兒女，由喜鵲引路飛上天。快追上時，玉帝使「定身法」叫牛郎定住，命天兵上前打他，王母娘娘不忍心，又怕牛郎還想攆織女，就拔下金簪，劃成大河阻隔牛郎。牛郎一家子哭成淚人，王母娘娘又向玉帝求情，玉帝只批准他們每年這一天見面，但不給修橋。喜鵲自告奮勇，願爲之搭橋。今抬頭見星空，牛郎星兩端的兩顆星，就是牛小郎和牛織女。其餘的大小星星都是他們的淚水。每年七月七日，喜鵲全飛到天上搭橋，人躺在椒地裡和葡萄架下，還能聽到牛郎織女的哭聲。楊主澤采錄[18]。

由這八個故事看來，前引七項情節的公式，有幾處需要修正：第五項，仙女離去的原因，有四個故事是得衣逃去，只有編號⑴是因向王母拜壽被斥，編號⑸、⑹、⑻三個故事則是因王母娘娘或玉帝命令而被天兵捉回。因此，第五項應修正爲：

五、仙女離去：取回天衣而回，或向王母拜壽被斥，或因玉帝、王母娘娘派天兵捉回。

第六項，牛郎被阻隔的原因，大多用來解釋天河之形成，但用金釵畫河的人，編號⑴、⑷、⑸⑻是王母娘娘，編號⑵、⑶、⑹是織女，只有編號⑺是牛郎。因此第六項應補充爲：

六、牛郎追上天。因王母娘娘、或織女、或牛郎自己用金釵畫河，形成天河，阻隔雙方。

值得注意的是，編號⑹故事，雖是織女畫河，但那是因爲擔心天兵傷害牛郎，所以才畫河阻隔，意在保護牛郎。這和前面提到，編號⑹故事仙女離去乃因天兵捉拿，前後的安排是一致的。且編號⑻故事，王母娘娘畫河，也有保護牛郎的意思。

㈡　謫仙式

這一類故事，通常一開頭卽點明牛郎織女本是神仙中人，因觸犯天條而謫降人間，或最後說明兩人並列仙籍。此外，有一兩個故事雖然沒有這樣的開頭或結尾，但內容卻與此類故事相近，也附列於此。玆敍錄如下，編號續前：

⑼閩南牛郎織女：牛郎是貧家子，織女是富家女。織女曾立誓，凡能令她發笑的，願嫁之。一日，織女用「頭毛架」（筆者按：蓋爲梳子也）梳她七尺二的長髮，禿頭牛郎亦仿之，惹織女一笑。織女命婢女月痕通知牛郎來會，爲父所知，將織女囚禁，牛郎失望而回。織女又遣喜鵲傳訊，喜鵲誤傳「每七日」爲「七月七日」。織女不見牛郎，相思病亡。牛郎祭墳返，亦病亡。兩人原是天上星宿，死後乃同登仙籍，但仍七月七日相會一次。牛郎將所積三百六十個碗給織女洗，待洗完，已至分離時刻。因此織女甚怨怒喜鵲誤事，便揪下喜鵲頭上毛，故喜鵲至七夕時皆頭禿。蔡維肖述⓳。

⑽閩南牛郎織女傳說：牽牛、織女兩星神在王母壽宴上觸犯天條，降謫人間。織女生爲富

家女，牛郎生爲貧家子。某日，織女乘涼時，臂膀被牛郎看見，乃決心許嫁。遂派婢女春桃傳訊，爲父所知，將織女囚禁，牛郎失望而回。織女又派喜鵲傳訊，喜鵲誤傳「每七日來會」爲「七月七日來會」。牛郎因此害相思病而亡，織女也自戕而死。兩人死後升天，請求玉帝給予重生，玉帝不允，仍允每年七夕由喜鵲搭橋相會。歐陽飛雲述⑳。

⑾潮州七夕的傳說：牛郎織女本是神仙中人，因偶在雲端相逢，凡心稍動，就被玉帝貶落紅塵，降生在姑表親之家。二人長大後成婚。牛郎奉父命出外經商，織女在家中織布。牛郎父親病危，臨終交代「每逢七日，必須歸家一次」，老僕誤傳爲「七月七日歸家一次」，牛郎性至孝，乃從之不敢違。至二人死後重登仙界，仍七月七日相會一次。今觀天上星辰，織女星前面的兩顆小星，乃織女之幼小乳兒，必須懷抱胸前；牛郎星兩端，乃成年兒子，故跟隨父親。七夕佳會時，牛郎借梭形星做船撐過河去。程雲祥述㉑。

⑿王氏牛郎織女故事：牛郎名叫山伯，織女名叫英台，兩人同窗相戀，最後不得結合。山伯殉情而死，英台亦跳入墳中自盡。馬家人將棺內的二塊石頭拋於河的兩岸，卻長出兩株交枝的樹。馬家人又火燒之，樹從火焰中升上天去，變成牛郎織女二顆星，掛在銀河的東西岸，牛郎織女升天後，玉帝查知他們有夫婦緣，就允許二人七晝七夜相會一次。不料二人聽錯了，以爲是七月初七夜相會一次。此後，七月初七夜必有微雨，就是二人

的情淚。王苐橋述㉒。

以上四個故事可說是純粹的「謫仙式」故事，其內容又都是貧富戀愛的悲劇故事，故以下將一個內容與此近似的故事附錄於後：

⒀湖北劉牛郎和周織女：劉牛郎八歲即至周家放牛。周家獨生女善織繡，人稱織女。某年端午節，織女外出看龍舟，因避壞人調戲而跌入池塘，幸得牛郎搭救。織女感激在心，致贈布、鞋。兩人遂相戀，周員外聞知，大怒。牛郎織女連夜逃離周府，至外地成親，生下一子一女。後織女被家丁尋回，經哀求，周員外方答應二人每年七月七日見面。陶簡采錄㉓。

綜合這五個故事共同的情節，可以得到下列的情節公式：

一、牛郎織女本是天上星神。
二、兩人因觸犯天規而降謫人間。
三、牛郎生爲貧家子，織女生爲富家女。（或爲姑表親之家）。
四、兩人因某種緣故而成親。
五、婚姻遭織女父親反對。
六、兩人死後升天。（或織女被捉回家）
七、玉帝或織女父親准七月七日見面。

(三) 夫妻反目式

這一類故事，內容結構與「牛郎式」相近，但故事背後所蘊含的思想，卻是對生活狀況不滿意，導致牛郎織女反目成仇：

(14)河北牛郎織女結冤仇：王母娘娘最小女兒織女，私自下凡與牛郎成親。王母娘娘將織女捉回，牛郎也跟著上天宮。牛郎因不慣天宮生活，所以常和織女吵架。某年七月初七，二人又吵架了，牛郎朝織女擲牛弓，織女也回報織布梭。恰好王母娘娘走過，早就看不慣他們吵架，於是拔下簪子，劃成天河，將二人分開，只許每年七月初七見面。現在天空上，織女星旁的三顆小星就叫牛弓星；牛郎星旁三顆梭形星，就是織女的梭子。董占順述㉔。

(15)蘇北織女變心：織女是玉皇大帝孫女，叫天孫星，勤織。牛郎是人間種地的漢子，一天過河去割草，誤把織女所織的雲錦上的花草當眞而割下，只好替織女補好，因此而博得織女好感，織女請王母娘娘答應二人婚事，王母不允。素與牛郎要好的金牛星乃商請南極仙翁、南極觀音說媒，皆不成。金牛星遂馱織女下凡，使二人成親，自己也變成老牛，供牛郎使喚。後來織女生下一兒女。日久，牛郎愈形黑瘦，織女猶自美白，於是心生悔意，終日懶惰，變成懶婆娘。一日，奎木狼星下凡勸織女回天宮，織女從之。金牛星變做一張牛皮、兩隻牛角、一雙牛耳、九根肋巴骨，交付牛郎，叫他用架筐挑著孩子上天追趕。至南天門，牛郎以牛角斥退天犬。奎木狼把王母的玉鉢丟下，變成大海；牛郎把牛皮一舖，變成草皮，安然走過。織女雖不忍見孩子啼哭，但仍咬牙向前。眼見牛郎追來，織女拔下金釵，連劃九道，成九道金河；牛郎從牛耳中掏出九把泥土，一一塡平。織女又拔下銀釵，連劃九道銀河；牛郎第一次拋出兩根肋骨去塡，以後一次一根，到第九道河時，卻沒辦法塡了。牛郎和織女就分隔在銀河兩岸。兩人又隔河互拋牛索和織布梭消念。織女思念孩子，就請求玉帝，玉帝只允許七月七日（因當天即是七月七　）相會一次。金牛星又請天下喜鵲爲他們搭橋，所以現在牛和喜鵲最合得來。而牛郎織女隔河拋物，就是天下夫妻吵架摜東西、摔家具之始；織女星懷中的三顆星，就是牛郎拋過去的牛索子，叫牛索星。牛郎星東北四星，即織女投斜的梭子，叫梭子星。牛郎用架筐挑孩子，前男後女，前重後輕，就是「重男輕女」的由來。奔流采錄㉕。

這個故事與前述諸多故事大異其趣，其原因大概是因爲民間故事在流傳過程中，產生了主題思想上的變異㉖。但二者有程度上的差別。

編號⑭故事說，牛郎因住不慣天宮——織女的娘家，所以常常生氣，「織女不理解丈夫的心情，免不了頂撞幾句。這樣，兩口子常常吵架」。後來王母娘娘——牛郎的丈母娘乾脆親自出馬，劃了一條天河，把他們隔開。筆者以爲，這個故事基本上仍有淳樸寫實的民間文學趣味：嘔氣、鬥嘴，本是平凡瑣碎的婚姻生活的「家常便飯」，試問天底下哪一對夫妻不曾吵架呢？庶民百姓把婚姻生活的現實面反映到故事中，是十分平實自然的，這也是民間文學的可貴之處。

再者，牛郎之不慣天宮生活而鬱悶在胸，這點也相當富有社會文化的意義：蓋父系社會中，夫妻本應居住夫家，以夫家為主。只有入贅的女婿才長住在女家，而且沒有自己的身份、地位。我國傳統社會的觀念卽以為，只有沒出息的男人才會入贅女家。因此牛郎不願住在天宮，其實是因為他忍受不了像入贅一樣的生活，一點尊嚴也沒有。最後他丈母娘插手管這檔事，竟然落得夫妻離散，一年才能相會一次！因此，這個故事僅就內容而言，仍不失其淳樸平實；而其主題思想，則富有社會文化意義。

編號⒂故事，篇幅甚長，情節十分繁複，可能在流傳過程中已經過多次的增益損改。這故事的內容，大致也是說牛郎夫妻情感不和，吵架，甚至幾近反目成仇。其中還說明了夫妻吵架摔東西，及重男輕女的由來，也有幾分淳樸的民間文學色彩。但其中心思想「織女變心」，尤其是把織女的形象改造為不忠於愛情、貪圖富貴、好逸惡勞的「全莊上出名的好吃懶做的懶婆娘」，可說是對傳統的牛郎織女故事的一種徹頭徹尾的反動，變異的程度遠超過編號⒁故事。筆者以為，應配合該故事流傳的地域背景，做深入的探討。

據采錄者奔流的後記說，他自小就聽母親和鄰里老人講過這樣的故事，就是和戲曲所演的大不相同。這次他所采錄的地區是蘇北泗陽南，洪澤湖邊一帶，講述者是吳陳氏㉗。按洪澤湖在蘇皖兩省之間，古稱破釜塘。隋代曾經大旱，明清之際又曾發洪泛濫；金兵和蒙古族的兵馬，明末張獻忠和李自成等流寇，清中葉洪秀全的太平天國長毛賊，都曾經踐踏過這片草澤——天災加上人禍，使該地區有「洪澤湖東百里荒」的俗諺產生㉘。則這塊貪瘠的土地上，生活的艱苦可想而知。

艱困的生存環境，使洪澤湖一帶的居民對牛郎織女故事不再存有浪漫美麗的幻想，反而借織女口中說出「懊悔不該私下天堂，來這苦難的人間」，將現實生活的困境反映到故事裡去。但在困境中的人，也最容易看清人生的眞實意義，看透婚姻的本質——夫妻應該像傳統的牛郎織女一樣，互助互愛，終生戀慕；所以洪澤湖畔這個變心的織女，實在是一個諷世的反面人物，反映庶民百姓的道德觀，譴責那些不忠於愛情、貪圖富貴的薄倖人兒。故筆者認爲，編號⒂變心織女故事，實是出自歷來洪澤湖畔貧困地區、庶民百姓對生活深刻的體驗，所提出的關於愛情婚姻的諷世道德觀。

這類故事由於所見極少，至今筆者只見這兩個，所以暫時無法排列其情節公式。但仍有收錄的必要，因爲誠如婁子匡所說的：「這種相反的少數派，並無害於民間傳承的發展。反而見得拓展了境界，增大了情趣。」㉙

㈣ 甲類故事附錄

⒃苗族牛郎織女故事：苗嶺山下有一孤兒叫牛郎，得水牛指點，到河邊偷看仙女們下凡游泳。牛郎偷取七仙女，也就是織女的仙衣和羽扇，並且用山歌訴情，打動織女的心，於是同意和他成親。但牛郎仍保有可使織女飛翔的羽扇。一天，織女看牛郎工作辛苦，就自願和他換工，讓牛郎在家看孩子，她出外做活。牛郎拿羽扇逗孩子玩。第二天，換織

女帶孩子。孩子吵著要羽扇玩，織女才找到羽扇，起了思鄉之情，遂持扇上天。牛郎聞訊，帶著兒子，騎水牛上天。天母很喜愛牛郎，天公卻討厭他一身的土腥味。於是天公用了三次計謀要害牛郎，都被織女事先知曉，教牛郎躲過災禍。其中有一次，牛郎靠一四白布滑下光禿的樹幹，成爲後來苗族男子包頭巾的來由。織女的女兒是在天上誕生的，所以苗族女子特別美麗。天公因此請吃酒宴，卻在酒中下毒，牛郎不幸中毒將死。織女依照人間喪禮葬牛郎，由一隻大公雞在棺前帶路。公雞叫花蛇和魚兒來吸牛郎身上的毒；所以現在花蛇的牙齒有毒，魚膽是苦的。牛郎活過來，和兒子用彈弓打碎天公的眼珠子，天公哀哀大叫，就變成了雷聲，破碎的眼珠就變成了滿天星斗。天母於是答應牛郎織女一家子回去人間。但載他們來的水牛早已下到凡間，正抬頭遙望；後來就變成了牛頭山。織女的姐妹們提供方法，即用金線、銀線綁住大銅鼓，載他們下去。牛郎織女回人間時，正是秋收季節，於是後來苗族人都仿照他們，用彩線來繫銅鼓，跳起蘆笙，唱歌作樂，慶祝豐收。這些「過大年」的習俗活動，傳說都是從牛郎織女回到人間那天開始的。李貴廷采錄㉚。

這個故事是李貴廷於民國四十八年，在貴州凱里搜集而得。內容十分豐富，以牛郎織女爲故事主幹，敘述了貴州苗族的風俗習慣。但它雖題名爲「牛郎織女故事」，事實上是結合了「天鵝處女型」和「答難題型」的情節，與鍾敬文所謂的第三組「求婚型」故事相近，故事型範都是：男子因動物或神仙的幫助，得一有超自然力的女子爲妻。女子生子後，離去。女子的父或母，以異力謀害男子；他以妻子的幫助得免。女子的父或母寬恕了他們，或他自己反受害㉛。李貴廷的苗族故事結居是牛郎勝利，快快樂樂回到人間；除此之外，大致與「求婚型」相同。

筆者懷疑這則苗族故事內容已經文人改編。因爲民國十六、七年左右，北大民俗學會也曾經搜集到類似的貴州苗族民間故事——「天女配九皋」，故事梗概與李貴廷所述相近，但結果是七仙女的兄弟們又放洪水沖倒牛郎一家人，牛郎死後變成河邊南岸的楊樹，七仙女變成北岸的柳樹，他們的兒子變成名叫打魚郎的鳥㉜。兩個故事比較之下，李貴廷的故事文飾特多，牛郎用山歌訴情，唱的是「寧靜的湖水被你攪亂了，歡樂的蘆笙只願爲你歌唱了，我這飛翔的心被你拴住了，親愛的姑娘啊，你說我該怎麼才好？」這麼優美的民歌！甚至水牛都會說：「能幹的雙手可以創造財富，勤勞和勇敢是愛情的禮品。」這麼有智慧的話！可見並非民間故事的原貌，很明顯的是經過文人增添潤飾，甚至改題「牛郎織女」，其實去「牛郎織女故事」亦遠矣；只能算做附錄，筆者也不再深入討論。

乙、語源解釋型

這類故事筆者共收集到七個，實際所存想必不止如此。茲敍錄如下：

⒄河北牽牛郎和貢織女：冀中鄉下，貢家村有個織女與盲父相依爲命，織女五歲能紡，八歲能織，盲父就拿那些布去賣錢。一天，織女到河邊打水，準備漿線子用，恰好遇到牛郎，看他穿得破爛，就偷偷送他衣鞋穿。織女的才藝被天上的王母娘娘知道了，就化身

爲黑老太婆，到賈家村來，把織女給「收童」（原註：農村中一種迷信的說法，凡聰明伶俐的兒童夭折，便說是被神仙看中，帶走升天了。）收走了。牛郎知道後非常傷心，時常對著天上呼喚。織女雖然聽不到牛郎的呼喚，但卻非常想念牛郎，所以她長大後，才有思凡的那一節，那是她下凡去找他的牛郎啦！王和合采錄㉝。

(18)山東七月初七爲什麼下雨：織女姑姑，也就是七姑，剛生下一對胖兒子，才落地，就被西王母下了「死把」（筆者按：原文無註，殆與「收童」類似）召回去。織女趕回天宮，情願受王母娘娘處罰，而換回兒子的性命。從此，牛郎織女，一個在地下，一個在天上。到了七月初七，恰好是兩個兒子的生日，老黃牛就馱了牛郎父子去和織女相見。他們一家子會面話家常，不禁淚下如雨。後來西王母就同意牛郎每年七月初七來相會一次。劉思志采錄㉞。

(19)河北喜鵲傳旨：織女被天兵捉回後，王母下令允許牛郎織女七天見面一次，派值班的喜鵲仙子宣佈。喜鵲吱吱喳喳，錯唸成允許牛郎織女七七見一面。因此它感到內疚，私下號令喜鵲在七月七這天，都要銜樹枝到天河來，爲牛郎織女架橋。到現在人常說，別吱吱喳喳，多嘴多舌，像隻喜鵲。張懷德采錄㉟。

(20)山東天河爲什麼變模糊了：天宮中，牛郎被貶下凡。神牛星贈他玉瓶，牛角和牛皮。他利用玉瓶和牛角來砍柴種地。王母娘娘的女兒織女，偷偷下凡和牛郎成親。翌年，生下一男一女。王母娘娘聞訊大怒，令雷公率天兵捉回織女。牛郎織女痛哭而別，他們的眼淚變成黃河，血淚化做朝輝晚霞。牛郎用牛皮，挑筐子帶兒女飛上天追趕。王母娘娘用銀簪畫河，織女就拋石子去填。王母娘娘又拿出金簪擊碎石路。牛郎只好叫牛皮變成瓢子，用來舀乾天河水，現在，天河都快被牛郎舀乾了，所以天河就愈來愈不亮了。吳勤建采錄[36]。

(21)廣東葡萄變甜：在七夕之夜，小兒女靜聽牛郎織女的哭聲，他們都相信：七月裡棚子上長著一串串的葡萄，原來是從牛郎織女分離後，一滴滴眼淚變成的。每年葡萄成熟之前，牛女兩星長期分離，流出的淚味既酸且澀，葡萄的味道也正是如此；七夕以後，兩人相會，淚味變甜，葡萄也就變成甜的了。婁子匡述[37]。

(22)林氏牽牛花：牽牛和織女的前身是金童玉女，因爲打破金瓶玉碗，所以降到人間；一個是農家牧牛的童子，一個是農家織布的女兒。他們生長在同一個村子，而且相親相愛。後來，織女的父親把她賣給城裡的富翁做妾。織女跑來和牛郎話別，順手摘一朵花插在牛郎襟上。這時，忽然雷電交加，二人也消失無踪，只留下牛郎的牛和一朵美麗的花，這就是「牽牛花」，花瓣上還有牛脚印。林蘭述[38]。

(23)四川牽牛花的來歷：織女私自下凡，被牛郎偷取天衣，於是和牛郎成親。翌年，生下雙胞胎，一子一女。王母派天兵捉拿織女回去，織女匆忙間，隨手摘花送給牛郎。牛郎趕著追織女，就把花扔在路邊。這花就是牽牛花，現在總是生長在地頭路邊。曲野采錄[39]。

「語源解釋型」的故事，各故事敘述的重點不同，好像把牛郎織女故事做局部放大，個別說明了爲什麼織女會思凡——編號(17)，七夕爲什麼下雨——編號(18)，爲什麼選七夕相會、喜鵲爲什麼要搭橋——編號(19)，七夕雨的滋味和葡萄的關係——編號(21)；如果能夠把這幾個故事疊合起來，就組合了一個具體而微的牛郎織女故事。最有趣的是兩則牽牛花的故事，牽牛花是一種生命力極強的爬藤植物，山坡路旁、牆頭屋上，到處都可以看到它小喇叭似的花朵迎向陽光開放。從牽牛花又叫做「酒盅盅花」、「打碗碗花」（編號(7)故事原註）、「碗公花」（閩南俗稱）、「朝顏」（日本人命名）等名字，可知「牽牛」不是它唯一的語源解釋來源；而編號(22)、(23)故事的敍述都和牛郎織女故事有關，可見這個故事的普遍。此外，編號(20)故事，解釋天河變模糊的原因，是因爲牛郎快要舀乾河水了。這可能是有時候有些地區看銀河並不很清楚，所以才有這樣的聯想；可見人編述牛郎織女故事時，一直都注意著天文的現象。

丙、地方風物型

這類故事尚可分爲兩小類，一是屬於地方特產，和牛郎織女有關的，可名之爲「織女傳藝式」；一是由於特殊地形而產生的民間故事，其內容結構與牛郎織女故事接近，可名之爲「玉女池式」。玆敍錄如下：

(一) 織女傳藝式

(24)蘇州乞巧：蘇州乞巧風俗，係用井水和河水在一起，稱鴛鴦水，再把針投入乞巧。這風俗的來由是，蘇州光福鄧尉山脚下有個老裁縫，他有七個女兒，最小的叫七姑娘，七歲就會繰邊，八歲就會裁剪，九歲又學會刺繡，村人都叫她巧姑娘。有一次老裁縫燙壞富家千金的嫁衣，幸賴巧姑娘高明的手藝，繡一張綠葉補上去，和衣上的牡丹恰好相配，因此而免災禍。有一年七月初七晚，巧姑娘看到池塘水面上映著一道鵲橋，她就照著樣子，也繡成一道鵲橋。又到了七月初七，這年天帝因不滿意織女的成績，故令風伯吹垮鵲橋。巧姑娘見狀，連忙拿出自己繡的鵲橋圖祭拜，圖上的三百六十隻喜鵲突然飛出來，飛向銀河，又搭起一座鵲橋，使牛郎織女能夠相會。織女為了感謝她，在池塘裡投下金算盤、金毛筆和繡花針，任她挑選。巧姑娘只取了繡花針，這針眼上的彩線永遠用不完，繡出來的花鳥蟲魚也活靈活現。蘇州的刺繡很出名，就是這樣子傳下來的。楊彥衡、陸如松采錄㊵。

(25)湖南織女傳藝：湘江東岸有袁家沖，居民袁七以織布為生，四十歲才生女明珠。明珠八、九歲就會織布，可惜十三歲死了母親，袁七續弦，後母常虐待她。一天，袁七遭蛇咬，中毒病危，後母置之不理。明珠心中著急，忽然織女自天而降，教她繡花，繡花布較易賣錢，明珠得以買藥治父病。後母聞知，逼迫明珠日夜繡花，以謀暴利。明珠連繡七日夜，暈倒在織布機上，後母氣急，以梭子投擲，恰好看見繡花布上的老虎撲來，後母驚嚇而死。後明珠甦醒，袁七也回復性命。由於繡花布比機織布賺錢，故鄰家姑娘都向明珠學藝，代代相傳，湘繡就愈來愈出名了。湘繡可說是織女傳授的。曾應明采錄㊶。

這兩個故事，分別出自以刺繡聞名的蘇州地區和湖南地區，兩個刺繡始祖巧姑娘和袁明珠，都是織女的徒弟。她們就好像董永故事裡的傅賽金小姐，原本也會織繡，但經織女指點，手藝更加精湛。此類故事相當富有地域色彩。

(二) 玉女池式

(26)四川玉女池的傳說：老玉皇有十個仙姑，其中姑娘是最小的女兒。一天，她們姊妹相約到留春樓遊玩，俯看人間生活，不勝羡慕，於是私自下凡，到峨眉山的一個水池洗澡。阿牛打柴經過池邊，就偸取其中一件仙衣，於是十姑娘就和他成親了。玉帝聞知，令天兵捉拿十姑娘。十姑娘不從，表白願長住人間。天帝震怒，把十姑娘和阿牛變成一對白鸍鴒。從此，他們就在峨眉山到處飛翔。後人就把那個池子叫做「玉女池」。張承應采錄㊷。

(27)安徽瑯玡山玉女洼和王小石的傳說：王小是個孤兒，自幼替人放羊，善歌唱，玉皇大帝的小女兒玉女，在天上聽到王小的歌聲而動心，於是私自下凡和他成親。玉女織布，王小上山砍柴挖藥，生活快樂。但終於被玉帝得知此事，派天兵天將捉拿玉女。王小在後頭拼命追趕，玉女從懷裡掏出一面鏡子，王小沒有接著，鏡子摔落在地，變成了瑯瑯山上的玉女洼。王小眼睜睜看著織女被天兵架走，就呆立在鏡邊，變成一塊石頭，叫王小石，終日和玉女洼相對相依。吳騰凰、劉新平采錄㊸。

這兩個故事，都是因爲「池」的特殊地形，而逐漸流傳的地形故事。雖然故事的主人翁不叫牛郎、織女，但故事的內容結構，可說是脫胎於牛郎織女故事。十姑娘，或玉女，因爲羨慕人間而私自下凡，又因故和人間的男子阿牛，或王小成親。這樁仙凡通婚的事終於被玉帝知曉，遂派遣天兵天將捉拿仙女回天宮。十姑娘不從，她和阿牛被變成禽鳥，卻仍然終日雙宿雙飛；玉女反抗不成，卻留下一面鏡子，鏡子又變成湖，和王小化成的山石永遠相偎在一起。故事的情節安排，基本上仍是仙凡結婚、玉帝拆散、抗拒，及另一種形式的相會。由此不難看出牛郎織女故事的遺跡。

二、內容分析

以上是按照故事內容而加以分類敍錄，並對比較特別的內容稍加分析。總合來看，這三類二十七個故事同中有異，異中有同，已經比牛郎織女的神話，或相關傳說故事更加豐富。而筆者在第一節裡，已經根據牛郎織女故事從神話到傳說的發展狀況，分析出促使其民間故事成熟的契機線索，現在正可以拿來和這二十七個民間故事互相比較、印證：

(一) **董永故事之啓發**

董永故事的啓發在於時空、人物，及「竊衣」、「生子」的情節。而所錄二十七個故事，故事的空間基本上是在人間，最後才上升到天上，與董永故事同。時間方面，則大多數是遠古的；部份是近代的，例如編號(5)的牛郎孫守義、編號(8)的牛郎醫生，及謫仙式裡的牛郎和織女，都是屬於和講述者年代相近的村里人物，這點就和董永故事類似。此爲時空方面的啓發的印證。人物方面，民間故事裡的牛郎勤勞、善良、憨直的，與董永這個人物的性格相近；織女的形象較複雜，部分是沒有「人間化」的性格，最後仍騙回天衣上天，但也有十五個故事—編號(5)(6)(8)(9)(10)(11)(12)(13)(18)(19)(20)(22)(23)(26)(27)的織女多情賢淑，並且和前來捉拿的天兵相對抗，織女的形象仍是以此爲常見型。由此亦可見董永故事啓發之功。至於「竊衣」、「生子」的情節，牛郎式故事皆承繼了「竊衣」的情節；也有十個故事——編號(2)(3)(4)(5)(6)(7)(8)(13)(18)(20)提到生兒育女。可見在情節方面，董永故事也有所啓發。

（二）鵲橋傳說與「天河與海通」基因之啓發

民間故事踵繼「役鵲爲橋」的傳說，而加以發揮。例如編號(19)故事即將特別著重於「役鵲爲橋」的原因，並且還加上「莫多嘴多舌」的教訓。敍述較完整的甲類故事中，提到鵲鳥搭橋的有八個，占一半以上，可算是普遍的了。其中喜鵲或換鵪鶉，或百鳥；搭橋的原因也有所不同，有的是自願的——編號(4)(8)(15)，有的是誤傳日期而被處罰——編號(2)(9)(10)，有的則是受王母之令——編號(5)(7)。由此亦可見民間故事活潑的創作力。

又，甲類故事，提到牛郎上天宮的，共有十個，其中編號(1)(14)都直言牛郎和織女一起上天宮，編號(8)則說牛郎穿上織女的繡花鞋飛上天，其餘編號(2)(3)(4)(5)(6)(7)(15)故事都是靠老牛的幫助才飛上天宮。這比起當初那位「乘槎者」所利用的工具，大不相同；由此亦可看出民間故事承繼舊說，又能加以發揮的特性。

(三) 地方風物傳說之啓發

兩類故事的兩式——織女傳藝式、玉女池式，最能證明這方面的啓發。前已加以分析，此不贅述。

又，唐徐堅中吳紀聞所載的「百沸河傳說」，言織女以金釵劃地成河，這一點也被民間故事吸收，但係用於說明天河之形成。

按以金釵劃地成河的想像，可能源自楚辭「天問」篇的神話想像：

河海應龍，何畫何歷？

王逸章句注云：「禹治洪水時，有神龍以尾畫地導水所注當決者，因而治之也。」洪興祖又補注說：「山海經圖云：……夏禹治水，有應龍以尾畫地，即水泉流通。」可見「劃地成河」的想像起源甚早。而金釵本是古代婦女常用的頭飾，尾端尖銳，刻劃之功，殆不輸與應龍的尾巴，所以織女或王母娘娘可以拔下金釵，劃成銀河。

由神話想像，而啓發地理傳說，又啓發天文現象之解釋，令我們不得不讚歎民間故事巧妙的轉化再生能力。參見編號⑴⑵⑶⑷⑸⑺⑻⒁⒂⒇故事。

㈣ 民間天文知識之應用的推動

民間天文知識最大的特色是，善於利用星宿排列的形狀而加以想像。牛郎織女星座神話，最初可能只是觀察到銀河兩岸的大星，牛郎星和織女星的特殊位置，而產生了這樣的神話故事。可是只要庶民百姓對星象觀察的興趣不減，我們就有可能看到新的想像內容。例如編號⑶⑹⒁⒂故事，都把織女星宿三顆星（主星爲織女星，另外兩顆較小）的形狀重新詮釋，說是牛郎拋過來的牛索、牛弓；因爲這三顆星成「只」字形，的確像牛背上的軛，所以民間就叫它「牛索星」。編號⑾故事，又特別把織女星宿主星以外的那兩顆小星，說做幼小乳兒，所以織女必須把他們抱在胸前，眞是洋溢著母性的光輝。而牛郎星宿由三顆星排列成一直線，中間最亮的星是主星，兩端星較暗。牛郎星在民間早就有「扁擔星」之俗稱，所以編號⑹⑾故事，都說這是牛郎挑著他的兩個孩子。

此外，編號⑶⑹⑾⒁⒂又提到「梭子星」。梭子星位於牛郎星東北角，呈四方菱形，由四顆星組成，據高平子說，此即史記天官書中所指的「匏瓜」之星㊹。其形狀的確很像織布梭子，又與牛郎星相近，所以就被涵括到故事裡來，被解釋成是織女投給牛郎的梭子。編號⑶⑹⒁⒂故事皆同。唯有編號⑾故事說，牛郎是借梭形星做船，撐過河去會織女。按「匏瓜」星宿，本有五顆星，史記正義就說「匏瓜五星，在離珠北」，但或因其中一顆星較暗，故人們擡頭，只看到四顆，所以想像成梭子的形狀。至於編號⑾故事說成「梭形星」，梭或為「槎」之誤。槎者，竹筏也，借槎乃能渡河，而其四星形亦肖似。由這幾個星象的想像和命名，可以看出民間天文知識對這些故事的推動，添加內容的趣味。

㈤ 仙道思想之滲入的推動

謫仙式故事，其背後所隱含的思想，就是民間仙道思想的反映。據李豐楙研究，道教信仰到唐朝，已十分盛行謫仙傳說㊺。這種思想流傳之後，滲入牛郎織女的故事，由於牛郎、織女本是星神，當故事空間轉移到人間，最合理的解說莫過於謫仙說：兩人因罪降謫人間，償還宿願緣之後，才能回天上去。但牛郎織女故事最後還保持「七夕相會」的情節要素，不是從此各自修煉求道，因此它並沒有變成純粹的謫仙故事。由此可見庶民百姓創作這類故事時，只是藉仙道思想當背景，不因此而使故事變成宗教的宣傳工具；這也是民間故事能夠普遍流傳的原因，因為它不受某個團體或某一群人限制，自然能被大多數接受。

㈥ 文學間的感染與合流之推動

我們若仔細分辨，甲類兩兄弟式故事，雖是牛郎織女故事的「標準型」，但它其實是結合了「狗耕田型㊻」和「天鵝處女型」的故事情節，把它們融合在鵲橋傳說故事裡，才編理出我們所熟悉的牛郎織女故事。它的內容結構是這樣子的：

前段	「狗耕田型」	一、兩兄弟分家，弟得一狗 二、弟以狗耕田，得到意外的財利。 （或：弟以牛的告訴，得一在河中洗澡的仙女爲妻。）
中段	「天鵝處女型」	三、結婚後，生產若干兒女。 四、數年後，仙女因故離去。 五、牛郎追之，被阻。
後段	「鵲橋傳說」	六、七夕喜鵲搭橋相會。

又如編號(7)故事，雖也屬於兩兄弟，但後段牛郎上天宮，接受他外父（岳父）的考驗這部份，卻是摻合了「求婚型[47]。」故事的情節。它的內容結構變成：

前段	「狗耕田型」	（同右表）
中段	「天鵝處女型」	（同右表）
後段	「求婚型」 及 「鵲橋傳說」	五、牛郎追之。 六、接受考驗。最後一次失敗 七、七夕喜鵲搭橋相會。

由於「狗耕田型」情節的加入，使得牛郎的身世更令人同情。這或多或少也反映出傳統社會中，通常由長子掌握家產，季弟因此處於弱勢，而使得庶民百姓在編造民間故事時，賦予絕大的同情，給他一點兒補償[48]。至於又有加入「求婚型」情節者，或許是因爲傳統社會中，男子要求娶女子爲妻時，總要具備相當的資格，才能獲得女方家族的首肯[49]。因此當牛郎第一次

和他岳父母見面後，就必須接受岳父的考驗。因爲他最後失敗了，於是只得和織女分離，等於沒有娶到妻子一樣。

此外，譬如謫仙式故事，牛郎織女降生人間後，往往是一貧一富，貧富對立，因而阻隔了兩人的愛情。這種因門不當，戶不對而產生的戀愛悲劇，在小說戲曲中俯拾皆是，庶民百姓耳濡目染之下，自然就把它和牛郎織女故事揉合在一起，成爲新型的故事。至如編號⑿故事，把梁祝故事和牛郎織女故事混同，在梁山伯寶卷裡已見㊿，或許正是受此說唱作品之影響所致。又如編號⑽故事，亦摻合了孟姜女故事「臂膀爲男子所見，必欲嫁之」的情節。

凡此種種，都使得這些故事的內容更豐富、多變化。可見「文學間的感染與合流」這線索的推動力量。

經由以上的分析比較，我們可以清楚地看到這六條線索給民間故事的催化，使民間故事成熟、壯碩。但有些故事內容，卻不在這六條線索的規範之內。譬如編號⑺⑼故事都說，牛郎織女分離一年才相聚，牛郎卻把一年來堆積的三百六十個鍋碗留給織女去洗；這情節的添加頗令人玩味：是不是反映了父系社會中，男子不做家事竟到這種地步？又如編號⒂織女變心這個特殊的故事，其中說明了夫妻吵架摔家具、重男輕女等社會習見的現象和觀念，十分貼切。這些都不是從神話或傳說故事可以找到蛛絲馬跡的，完全是出於庶民百姓活潑自由的創造力，因時因地，因人因事，而隨機觸發。研究民間故事，這點認識是很重要的。

第三節 情節單元與故事主題分析

情節單元（motifs）是構成故事內容的名詞或動詞，也就是人物、背景事物，或事件等等。本節擬就各故事共有的一些情節要素互相比較分析，探討其情節結構的演進❺❶，並與在神話階段、傳說階段所呈現的，對照比較，探討其脈絡關係。最後再綜合情節要素的討論結果，由此去探討牛郎織女民間故事的主題。

一、情節單元分析

因爲這二十七個故事，以甲類三式十五個故事敍述較完整，故爲了討論方便，就以這十五個故事爲主，按其共有的情節單元——織女、牛郎、天帝、老牛、結婚、子女、分離、牛郎上天、銀河、七夕相會等等，先作表對照，再加以分析。附表如下：

類型	編號	織女／仙女數	牛郎	天帝	老牛	結婚	子女	分離	牛郎上天	銀河／劃河者	七夕相會／原因／搭橋者
兩兄弟式	(1)	（王母女兒）織女／一人	王小二	王母	黃牛／白髮老人	洗澡竊衣		向王母拜壽	隨織女上天	王母	王母令
	(2)	織女／一人	牛郎	天帝（為二人調和）	老黃牛／上界謫仙	洗澡竊衣	兩個	取得衣服	牛皮靴	織女	鵲鵲錯傳每七日↓七月七日
	(3)	河織女／七人	牽牛郎	天帝（為二人調和）	老水牛	洗澡竊衣	一男一女	取得衣服	牛皮	織女	白髮神仙奉帝令調和
	(4)	某仙女／九人	牛郎	王母	老牛	洗澡竊衣	一男一女	取得衣服	牛皮	王母	王母令喜鵲搭橋
	(5)	五仙女／九人	孫守義	王母	老黃牛／金牛星下凡	洗澡竊衣	一男一女	王母派天兵	牛頭	王母	王母令百鳥搭橋
	(6)	織女／九人	牛郎	玉帝	黃牛	洗澡竊衣	一男一女	玉帝派雷公	牛皮	織女（為保護牛郎）	牛郎錯聽逢七、七↓七月七

	(7)	織女／七人	牛郎	外父 外母	老牛	洗澡竊衣	一男一女	取得衣服	牛皮	△外父考驗／牛郎劃錯	牛郎敗只能當天（七月七）相會／外母令百鳥搭橋
	(8)	（王母女兒）織女	牛郎（牛醫生）	玉帝 天母（同情牛女）		織女私自下凡求親	一男一女	玉帝派天兵	織女的繡花鞋／喜鵲帶路	王母（為保護牛郎）	王母代向玉帝求情得允七月七／喜鵲自願搭橋
謫仙式	(9)	富家女	貧牧童	富翁		一笑因緣		富翁阻止			牛女升天喜鵲誤傳每七日↓七夕
謫仙式	(10)	（謫仙）富家女	（謫仙）窮小子	富翁		臂膀為牛郎見		富翁阻止			牛女升天喜鵲誤傳被罰架橋
謫仙式	(11)	（謫仙）織女	（謫仙）牛郎	牛郎父		姑表親		牛郎奉父命出外經商			僕人錯傳逢七日↓七月七

⑿	英台	山伯	馬家人		同窗情		馬家逼婚			玉帝令七日會兩人誤爲七夕
⒀	周織女	劉牛郎	周員外		牛郎救織女	一男一女	周府家丁搶回		△富翁阻	周員外令
夫妻反目式 ⒁	（王母女兒）織女	牛郎	王母		私自下凡求親		天母令天兵	隨織女上天	王母	王母令
夫妻反目式 ⒂	（玉帝王母孫女）織女	牛郎	玉帝王母	老牛／金牛星	老牛馱織女下凡	一男一女	王母令奎木狼星	牛皮	織女	玉帝令／金牛星請喜鵲搭橋

㈠ 織女／仙女數及分離原因

首先看織女的身份。織女在神話中，本是「天女孫」（史記天官書），或「天帝之女」（荊楚歲時記），都和天帝有「血親」關係，在董永故事裡也是天帝的女兒。但到了民間故事，卻都說織女是王母娘娘的女兒（讁仙式故事⑼⑽⑾⑿⒀除外），只有編號⒂故事仍說織女爲玉皇大帝的孫女，而其祖母也是王母娘娘。考織女之所以會變成王母娘娘的女兒，乃因仙道思想所影響，主要關鍵在於西王母之侍女形象的轉化，以及西王母成爲女仙之統領者這兩點。

西王母身旁的侍者，在山海經裡是「有三青鳥，爲西王母取食」（海內北經）；到魏晉人僞託的漢武內傳裡，卻已經是一位「美麗非常、著青衣、名喚王子登」的仙女；比較晚出的漢武故事則保留了「有二青鳥，夾侍母旁」的遺跡。其侍女形象的轉變，蓋由於時機之成熟：即吸收了仙道傳說中的玉女，以及佛經天界女子、飛天等一類的構想[52]，而由鳥形衍化爲絕色女子。此外，漢武內傳又載西王母命田四非答歌道：「濯足匏瓜河，織女立津盤。」織女和西王母已互有牽涉[53]。至唐人小說，又衍出王母女兒的傳說，例如玄怪錄「崔書生故事」、集仙錄「雲華夫人故事」，前者記載西王母第三女爲玉巵娘子[54]，後者則雲華夫人爲王母第二十三女[55]。而至遲在元代已出現的「搜神廣記」，其中已有「王母五女」之說，這五個女兒是：華林、媚蘭、青娥、瑤池、玉巵[56]。可見隨著對西王母（王母娘娘）的信仰愈盛，民間對西王母的傳說附會愈多。西王母有女兒，元代以後應是普遍的想像。

然促使織女成爲西王母之女，另一個重要因素是，西王母在道教信仰中，逐漸成爲女仙中的統領者。唐杜光庭墉城集仙錄云：

> 西王母者，九靈太妙龜山金母也，一號太虛九光龜台金母元君，乃西華之至妙。……與東王公……陶鈞萬物矣。……天上天下，三界十方，女子之登仙者，得道者，咸所隸焉[57]。

因此我們可以推測，「搜神廣記」裡的「王母五女」雖然沒有織女之名，但由於上述兩點思想的影響，使得至遲在唐代以後，本是天上女仙的織女，也逐漸被附會成西王母的女兒，而且這說法也逐漸被普遍接受。

王母娘娘既然有衆多侍女，且有數位女兒，則陪同織女下凡的仙女數，當不只一位。所見的有九位、七位之說，織女通常是其中最小的一位，但編號⑸故事卻說是九位中的第五。而董永故事中的織女，則逐漸固定爲「七仙女」之說。關於仙女數，由於資料不全，以及筆者才力所限，暫時無法尋出其根本形態。姚寶瑄曾認爲：織女、七仙女乃源出同一人，但織女原屬神話，七仙女則是仙話；織女較有神話的原始樸素色彩，七仙女則流傳於方家道士之手㊽。此或可聊備一說，以供參考。但仙女數的探討，實有待於我們對仙道神仙組織的階層系統有更細密的了解後，才能深入討論。

此外，謫仙故事裡的織女，多是富家女。這應該是因爲織女本是天帝之女，後來又轉變爲王母之女，都是尊貴的身份，所以在謫仙思想下，她降生人間，仍然享受榮華富貴。

次論織女的形象。編號⑴⑵⑶⑷⑺故事，都是織女主動離去；編號⑸⑹⑻⑼⑽⑿⒀⒁故事，都是被動的，或是王母娘娘（或玉帝）派天兵天將來捉拿，或被嫌貧愛富的父親（或富有的馬家）阻斷戀情；至於編號⒂故事，則一半是織女變心後悔，一半是天兵押解。織女的形象，和這三種分離的原因有相當大的關係。

第一種情形下，織女只是個嚴峻、淡漠寡情的仙女。她之所以停留在人間，只是由於「仙衣被藏」的禁制，禁制解除後，當然就自動離去。這是相當富有原始思想的表現㊾。也與董永故事裡履覆天帝命令而下凡的織女十分近似，應是最初的形象。

第二種情形下，才表現出織女忠於愛情，看重家庭的賢淑性情。這個「人間化」的織女，應是後起的形象。因爲前七個故事都具有「仙衣被藏」的禁制，其中的思想是比較原始的，故事也較純樸，但其中卻有兩個故事是織女被王母或天帝派天兵捉回，由主動離去而轉爲被動、被迫，使織女的形象也由淡漠寡情變爲眞誠多情；這無疑是比其餘五個故事更具有人文的色彩。至於編號⑼⑽⑾⑿⒀謫仙式故事，則尤能顯現織女的多情性格。織女形象的轉化，有兩條線索可尋：漢魏詩人所吟詠的「涕泣零如雨」（古詩十九首）、「爾獨何辜限河梁」（曹丕燕歌行）是其中一條伏流，有潛在的推動力量；唐人小說中，每將嚴肅冷峻的女仙變成具有情戀的性格㊿，此種時代文學思潮則爲一條激流，加入推動織女形象的轉變。而織女「人間化」的過程體現，在董永故事發展系統中最能夠看出（詳見第三章第三節第二段所論），民間故事應是移借其成果。

至於唯一的第三種情形，織女變心反悔，應屬「變格」，是民間道德觀念的反映，以這個反面形象作爲諷世之用（已見前論）。

如是，我們可看到「織女」這個情節要素的演進是：第一，她的身份已由神話、傳說裡的「天帝之女」，轉爲「王母之女」；此乃因爲「西王母有女兒」、「西王母成爲女仙之統領者」的仙道思想所影響。第二，她的形象，也由「淡漠寡情」，轉爲「賢淑多情」；此乃漢魏詩人之吟詠，與唐人小說好寫多情女仙所影響，由董永故事尤能觀察其「人間化」的過程。

(二) 牛　郎

人間的牛郎，總是擁有令人同情的卑微身份。無論是受兄嫂欺負的季弟，或者是受富翁阻撓戀情的貧牧童，都叫人看了心生愛憐。他比起神話裡「河東牽牛郎」這樣簡短的記載，已經具有樸實而生動的形象。

綜合來看，民間故事裡的牛郎形象，是一個勤勞而老實的人物。他勤勤懇懇地下田去耕種、放牛，不懂得謀求什麼財利，或是婚姻的機會。例如兩兄弟式的故事裡，幾乎都是靠著老牛來指引他。又如謫仙式故事，老實的牛郎接到錯誤的會面通知，仍然痴傻地等待；編號⑾故事甚至說，牛郎是個孝子，至死後升天，仍然遵守父親說的「逢七月七回家一次」的遺言，和織女每年七夕一會——事實上這根本是僕人傳錯話！這個平實淳樸的人物形象，和才子佳人故事裡的風流文士可說大異其趣。而民間故事能夠一再流傳，卻說明了牛郎的形象，是庶民百姓熟悉的、感到親切的，所以在創作故事時，賦予最大的同情。此與董永形象的塑造，有十分相近的心理背景。

從神話形成前的牽牛——穀物神信仰，到東漢班固西都賦的「人形化」，以及晉張華博物志的「牽牛丈夫故事」的描繪，牛郎已逐漸具有粗略的形貌。在傳說階段，我們雖無從窺見牛郎的形象，但董永故事卻是一個很好的補充說明；在民間故事裡，無論是無姓名的牛郎，或叫做孫守義、王小二的牛郎，都和這「人間第一個牛郎」——董永的形象相疊合。

㈢ 天帝及銀河／劃河者

「天帝」這個情節要素，逐漸形成「權威」的象徵。但這必須配合「銀河／劃河者」的情節要素來看。

編號⑵⑶⒂故事，織女自動（⒂爲半自動）離開，而且也是她劃下銀河的。天帝在故事中，反而成了中間人，爲牛郎織女調停。編號⒂故事甚至說：「玉帝可憐織女一人孤單，願意把她許配給牛郎。但玉皇大帝怕老婆，王母的旨意（不答應）他也奈何不得。」可見這三個故事裡的天帝，還保有神話裡天帝的性格之一——慈愛；並不是阻撓婚姻的惡勢力。

編號⑹⑻⑼⑽⑾⑿⒀裡的玉帝、富翁、牛郎父，及馬家人等，都是破壞婚姻的代表人物。雖然⑹⑻故事，劃河者是織女和王母，但她們是爲了保護牛郎；派天兵來捉拿織女的玉帝，正是居中的破壞者。編號⑻的外父，因爲「外父見不得女婿，老漢要和女婿賭輸贏，見高低」，因此才導致牛郎劃錯銀河，造成分離的悲劇。編號⑾的牛郎父，則是家庭裡的權威人物。其餘故事裡的富翁，或馬家人，則很明顯的是重勢利的婚姻破壞者。在這八個故事中，「天帝」所使用的權威是嚴格的法規、家規，嚴格的貧富觀念，所以他無視於牛郎織女的恩愛之情，也無顧那幼小的一子一女，而一定要拆散牛郎織女。

編號⑴⑷⑸⒁⒂故事裡的王母，也有同樣的象徵意義。我們又可發現，前四個故事是王母派天兵天將捉拿織女，劃銀河的也是她。這使得王母的權威象徵更具體化，銀河的存在，就是她作惡的證據！按王母娘娘之所以加入牛郎織女故事，除了前面㈠論織女成爲王母女兒的因素之外，西王母的神格到了元明以後的戲曲小說幾乎與玉皇大帝齊同[61]，也促使王母娘娘取代了故事中的「天帝」，成爲權威的象徵。於此，我們又看到仙道思想對民間故事情節結構的影響。

㈣ 老牛及牛郎上天之憑藉

凡提到老牛的故事，都充分表現出牛和牛郎之間的親密情感。老牛在故事裡的作用，如同一個「智慧老人」的原型人物[62]，以它的智慧、深思、卓見，引導牛郎走上一段新的人生歷程結婚，生子；它還能預見未來不幸的事情，犧牲自己，留下牛皮給牛郎應急。我國是農業民族，與牛的情感可說是非常深遠（詳見第二章第二節第二段），一般農家養牛耕田，至牛老時也不忍殺害，何況要親手剝它的皮呢！因此老牛叫牛郎剝下它的皮，更顯現出老牛的偉大，也使故事更感人。

㈤ 結婚

「結婚」情節要素所展現出來的，是文學間感染與合流的現象。例如兩兄弟式故事加入了「天鵝處女型」的「洗澡」、「竊衣」情節；編號⑽故事，加入孟姜女故事的部分情節；編號

⑿故事則混入梁祝故事的情節。這些都已經比神話中，「天帝憐其獨處，令嫁河西牽牛郎」的單純原因來得豐富多了。當然，也有像董永故事中，「求爲永妻」的織女，例如編號⑻⒁⒂故事卽是。

其中「洗澡」、「竊衣」的情節頗値得探討。例如鍾敬文認爲含有原始的宗教與神話的意味，其說要點如下：

第一，這故事所具有的洗澡情節，可看做原人平日實生活的反映。

第二，但其中或帶有「除穢」一類宗教上的意味。古代弗里季地方，女子在結婚之前，照例要到河裡洗澡，目的在奉獻她的貞節予費略斯精。學者衞斯特馬克氏卽以爲，這暗示著「淨化」的目的。我們雖不能斷定洗澡情節的原義，是一種獻貞或淨化的作用，但後來的傳說，或多或少帶著這種意味。

第三，這故事中的女主公，原本是一種鳥類。鳥類裡面，有許多是常沐浴於水中的，脫羽毛洗澡的情節，或僅是原人極幼稚的一種推想[63]。

㈥ 子女

凡提到子女數的，除編號⑵故事說「兩個」之外，其餘都註明是「一男一女」。以傳統「多子多孫多福壽」的觀念來看，這「一男一女」或許只是基本數目，何況故事中牛郎織女的婚姻生活實在太短，往往只有兩三年而已，有此子女數甚是合情合理。「子女」這個情節要素的意義是，它使牛郎織女故事由神話裡的兩星戀愛，擴展到婚姻及家庭的層面來。故事的架構，擴充到家庭生活，使故事更樸實，與庶民百姓的生活狀況更加接近。

(七) 七夕相會／原因／搭橋者

神話故事裡，牛郎織女七夕相會，只是出於「天帝令」這麼簡單的理由。在民間故事中，也有承襲這點的，例如編號(1)(3)(4)(5)(8)(13)(14)(15)故事，幾乎占甲類故事的一半以上，顯然這些故事是不以解釋「七夕」爲重心的。

但解釋「七夕」這個日期應是「七夕相會」這個情節要素的意義所在。例如前引編號(19)故事，卽專就這個情節要素來講述故事，可見這是很受到一般人注意的。以編號(2)(6)(9)(10)(11)(12)故事來看，往往都是因每七日、逢七日，錯傳爲七月七日，使得牛郎織女只能在每年七月七日相會一次。而爲牛郎織女搭橋的，又有喜鵲、鶺鴒、與百鳥之不同，有一個筆者未收錄的鵲橋傳說故事，甚至說是烏鴉搭橋[64]。但最初的傳說故事本以喜鵲爲主，鶺鴒、百鳥、或烏鴉是後起的。而搭橋的原因又有「自願」與「被罰」之分別。

按鵲橋傳說的形成，有「車駕渡河」、「烏鵲銜石塡河」、「役鵲爲橋」的三個過程（詳見第二章第四節第一段第四項所論）。在第二段「烏鵲銜石塡河」，對於鵲鳥之加入故事，似乎只是出於神話「精衞鳥」的聯想，也就是說這時候的喜鵲是「自願」銜石塡河，至少不是犯錯被罰。這個「自願」的因素，仍被民間故事承繼，所以編號(4)(5)(7)(8)(15)故事，就是自願搭橋，或只是單純的奉令行事。

喜鵲之所以加入牛郎織女故事，據孫續恩研究，應該有幾點因素：一是和鳥崇拜的原始宗教有關；二是由於喜鵲善於築巢的本能，啓發人對它能搭橋的連想；三是喜鵲篤於愛情，雌雄相隨，與牛郎織女的愛情故事相映襯㊅。

人對喜鵲的好感，至少在唐人還是「時人之家，聞鵲聲皆以爲喜兆，故謂靈鵲報喜」（開元天寶遺事）。但到了宋人羅願的爾雅翼就出現「役鵲爲橋」的解說；「役」字已含有強迫的意思，可能就是被罰去填河的。而且晏幾道「鷓鴣天、七夕」詞亦云：「當日佳期鵲誤傳，至今猶作斷腸仙」隱然已經透露了喜鵲因錯傳日期，而被罰填河的箇中消息。而其中轉變的關鍵據孫續恩考證，乃在於自宋代以後，南人與北人對烏鵲、烏鴉的看法不同。南人喜愛烏鵲討厭烏鴉；北人則反之。例如宋洪邁容齋隨筆卷三說：「北人以烏聲爲喜，鵲聲爲非；南人聞鵲噪則喜，聞烏聲則唾而逐之，……」明李時珍本草綱目卷四十九亦云：「北人喜鴉惡鵲，南人喜鵲惡鴉。」由於南人北人對烏鵲、烏鴉的看法不同，於是故事流傳當中，喜愛烏鵲的人仍保持「自願」的說法；討厭烏鵲的人，就改說烏鵲因傳訊錯誤，被罰搭橋。但後來喜愛烏鵲討厭烏鴉的人，又把故事扭轉過來，說是烏鴉傳錯話，被罰搭橋。故事由原來的烏鵲填河，變爲烏鵲或烏鴉被罰搭橋，大概就是在人們這種對烏鵲、烏鴉愛惡不同的情況產生的㊅。

上述因人對喜鵲的觀感不同，而導致故事內容轉變，甚至與烏鴉交錯在一起的歷史因素，在今天看來已十分模糊，例如編號⑼⑽故事乃流行於閩南地區，若說南人喜鵲惡鴉，則故事內容就不應該是因爲喜鵲傳錯話而誤事，可見喜鵲被罰搭橋，在宋代以來，或許一度因南人北人對喜鵲的喜惡不同，而改變了搭橋的原因，但年代久遠後，卻逐漸成爲一種普遍的情節要素。這個情節要素，代表著一個偶發的錯誤，卻使牛郎織女嘗受永恒的「聚少離多」的痛苦，加深了故事的感人力量。

二、故事主題分析

情節單元構成故事的內容，情節單元的觀念演進，則促使故事主題的呈現有不同的面貌。例如「織女」情節單元，當它仍是「取得仙衣，就離開牛郎」的冷峻仙女，那麼故事的主題應該就不是歌詠牛郎織女的偉大愛情。只有當它轉化爲「抗拒天兵天將，不忍拋夫棄子」的賢淑婦人時，故事的主題才可能朝向「愛情」主題發展。這也就是爲何筆者要先分析情節要素，然後才探討故事主題的原因。

就「織女」、「牛郎」、「天帝」三個情節要素的分析結果來看，牛郎織女民間故事的主題已呼之欲出。

「織女」由冷峻的仙女轉爲賢淑多情的婦人，這個形象的轉變，一方面承接神話裡多情相思的性格，一方面卻扭轉了「嫁後廢織」怠惰曠工的劣勢，使得織女與牛郎的仙凡婚姻，並沒有任何令人苟責的口實，織女就像人間安份守己的婦女，勤治家事，相夫教子。因此，相對的，「天帝」的阻撓，就等於是在破壞一個美滿的家庭一樣。而追求幸福婚姻和美滿家庭，正是故事的主題意義之一。

「牛郎」由粗略的「人形化」牽牛郎轉爲淳樸老實的牛郎，這樣的一個平凡人物，和「天帝」對比起來，愈發渺小，強弱對峙，更能激發庶民百姓對牛郎的同情。而在神話裡，牛郎其實沒有被賦予任何情感的表現，我們只能借重董永故事裡的董永看他的情感表現。董永故事說唱戲曲作品中，董永與織女分別的一幕，充分描寫了董永呼天搶地、怨天尤人的痛苦，這應是出於董永——第一個牛郎對織女的眞情摯愛。但到了民間故事，牛郎的反應不再是訴情感的方式，而是勇敢的擔起一對兒女，披著牛皮，直追到天宮去和天兵對抗，和「天帝」論爭。這種對抗強權威勢的精神，可說是故事裡繼織女抗拒天兵之後，又再次高漲的一股力量，使故事情節充滿戲劇性的張力。而這個「對抗強權威勢」正是故事的主題思想所在。

「天帝」由慈愛嚴肅的天帝轉爲蠻橫暴虐的權威象徵。這個象徵的代表人物，不一定是主宰萬物的天神——天帝或王母，他也可能是擁有財勢的富翁或握有權勢的家庭中的父親。「天帝」是抽象的象徵，但他所主動、直接壓迫於牛郎織女身上的暴力，卻是看得見的，此以「王母劃河」最能說明：庶民百姓在講述這個故事時，把自然的天文現象，解釋成人爲破壞的結果因而造成牛郎父子與織女分離的重要因素。盈盈河漢，成爲暴力權威的見證，也寄寓了反抗權威的精神。

「老牛」代表的是原型人物——智慧老人。但從老牛與牛郎親密的關係來看，這一點其實也顯現了另一個主題意義：闡揚人類與動物的友誼，尤其是農業民族和牛的情感關係，更是淵遠深厚。鍾敬文亦以爲，動物友善地或報恩地幫助主人公的情節，是普遍於民間故事的；這類情節是相當富有文化史意義的，其根源應追溯到人類生活中和動物還密切關係著的時代㊲。此外，「子女」這個情節要素，則加強了追求美滿家庭的主題意義。又及，「喜鵲被罰搭橋」則加強了故事的感人力量，使牛郎織女分離的原因，除人爲的破壞之外，復加上偶然，卻不可挽回的疏失。

綜合而論，牛郎織女民間故事的主題意義是在於追求幸福婚姻，美滿家庭，旁及人和牛的友誼、情感；而其背後所代表的主題思想是，不畏強權，對抗權威的反抗精神。

第四節　研究價值之分析

民間故事的研究，原本是橫跨了幾門學問的範疇，例如文學（俗文學）、民族學、民俗學、社會學……等。本章前三節的研究，基本上仍是站在文學的基點，去探討牛郎織女民間故事的成熟，以及民間故事的內容、情節、主題等。本節的重點，則是再一次節檢這些民間故事所包含的內容事物，以及其運用的創作形式技巧，由此而判定其具有多重研究的價值，補前文之不足。

這些民間故事具有多重的研究價值，可從兩方面來判定：一是由於其內在的特性，也就是其內容涵攝了多方面的意義，所以值得深入探討；一是由於其外的特性，也就是其藝術形式相當特殊，所以值得研究。

一、由內在特性看其研究價值

婁子匡曾說，俗文學的性質有六：民族性、傳統性、鄉土性、群體性、口語性、及和合性68。其中口語性，應是屬於外在形式的特性；傳統性、群體性，則意謂俗文學是經長久流傳的，而且是經過集體的創作和修改，受群體共同喜愛——這又是另一個層次的特性，近於探討俗文學的流傳歷史與社會意義。因此，筆者僅以民族性、鄉土性，與和合性三個特性來看牛郎織女民間故事。

(一) 民族性

婁子匡說：「俗文學非爲個人創作，乃屬民族集體的產物。民族的性格、德行、愛憎以及其生活的背景，最是表現於俗文學的神話、故事、傳說，……之中。」簡言之，民族性就是指民族共同的情感與思想。

牛郎織女民間故事，其故事背景是以樸實的農村爲舞台，兩個主角人物一個是放牛耕種的農夫，一個是善於織繡女紅的織女，男耕女織，是我農業民族的生活寫照，因此庶民百姓對這個故事的內容描寫，應不覺得陌生遙遠，至少比描述帝王后妃愛情爲主的楊貴妃故事，更具有親和力與普遍性。因此，庶民百姓就容易對故事的人物產生認同，以及深厚的情感。從詩經小雅大東篇（幽厲王之際的作品，不晚於西元前七七〇年）的啓發，至今已有二、三千年之久，仍然在繼續流傳，甚至再創造、修改。

從民族共同的思想來看，牛郎織女故事所代表的「反抗權威」的精神，也是我民族的傳統精神之一。這由孟姜女故事最後附會成孟姜女哭倒萬里長城，揭示暴政必亡的道理；以及白蛇故事的法海和尚被描繪成強橫凶狠的法師，人反而更同情癡心質弱的白素貞的現象，都可以得到輔證。

(二) 鄉土性

婁子匡謂鄉土性是：「樸素、率眞、尋常、厚重。或許粗鄙，但不下流。土味兒十足，地方色彩濃厚。」在筆者所收錄的二十七個民間故事，「地方風物型」故事最能表現這種鄉土特性，其餘的故事，也有反映鄉土色彩的地方，值得研究。譬如：

1.表現各地食物的不同——編號(1)(5)故事，皆流傳於河北，牛郎的嫂子吃的是鮮美的「蒸豚」，給牛郎吃的是下毒的「麵條」。編號(7)故事，流傳於內蒙古，牛郎的嫂子吃的是美味的「扁食」、「包子」和「油糕」，給牛郎吃的是當地人日常食用的「酸粥」和「酸撈飯」。

2.表現特殊的民俗信仰——編號(17)故事，流傳於河北束鹿鄉下，說織女因年幼被王母娘娘「收童」，帶到天上去，所以長大後才會思凡。編號(18)故事，流傳於山東，說織女因她的兒子才落地，就被西王母下了「死把」召回去，所以她才趕回天宮去向西王母求情。「收童」、「死把」，都是因孩童夭折，而產生的迷信；在醫學不發達的時代或鄉下地方，嬰幼兒的死亡率本來就很高，因此庶民百姓就用這種方式來解釋這個現象。這種迷信起源可能相當早，在魏晉六朝的小說裡，已有西王母收養人間夭折的女孩當侍女的故事，李豐楙以為，這是和當時的民間祠廟信仰有關㊾。

3.表現當地用語特色——編號⑻故事，流傳於豫南，說「牛郎手藝巧，給孩子一人做了一個小搖窩」，「小搖窩」就是我們所謂的「搖籃」。編號⑼故事，流傳於福建泉州一帶，說織女髮長七尺二，梳頭必賴一「頭毛架」，「頭毛架」就是我們所知的「梳子」。

4.表現當地民風——編號⑾故事，流傳於廣東潮州，故事裡的牛郎，不是放牛耕田，卻是奉父命出外經商，是一個克紹箕裘的孝子。按潮州係古地名，約當今廣東省潮安、汕頭一帶。粵省地形山多田少，而人口稠密，明清以後，居民泰半出外經商或打工，潮州所屬的韓江流域，和珠澳所在的珠江三角洲，具是有名的「僑鄉」㊿。在這種風氣下，潮州的牛郎不是農夫，而是商人，就相當能反映當地居民的生活狀況。

㈢ 和合性

「不堅持某一個觀念或某一種傾向，不約束什麼，也不排斥什麼，只依著社會生活的謠俗民間傳承的進程，順乎自然的推移，達到了和合融的境界」，此卽婁子匡所謂的和合性。譚達先則易以「變異性」的名目，並且以為：

歌謠、故事，……等等，不管是什麽藝術形式，只要在下層群衆中一流傳，就會產生變異，從語言、表現手法、人物形象，有時甚至包括主題在內，都會發生變化。往往是首先漸起量變，最後終至於到質變71。

無論是「和合性」或「變異性」，它所展示的都是民間故事廣大的包容力，和可變化的彈性。這個特性，是民間故事能夠不斷繁衍、再生的原動力；也使得我們在研究民間故事時，有意想不到的結果。譬如「夫妻反目式」故事，其原始構想動機本不足爲怪，夫妻爭吵、或是有一方變心背叛，亦屬人生平常事——文學所要歌詠的，卻往往是「非常事」，因而爲之歌、爲之泣；但就牛郎織女的主題發展來看，「夫妻反目」就是相當突兀的設想了。但這類故事卻刺激我們更深入去探討其形成因素，譬如編號⒁故事，可能反映男子不喜居住岳家，因而心中抑鬱，和妻子生氣；編號⒂故事，則可能是洪澤湖地區的居民，在長久貧困的社會歷史背景下，用一個反面形象——變心的織女，和一個並不美麗的愛情故事——夫妻反目成仇，來反映他們對現實生活深刻的反省，由此寄寓他們諷世的婚姻道德觀。若能掌握這個「和合性」或「變異性」的特質，將會使民間故事的研究更有收穫。

這三方面的特性，使我們在研究的時候，亦可以觸及民族文化、地方色彩、社會歷史種種範圍，所顯現出來的研究價值，也就在於其內容意義廣大而深刻，是立體而不是平面的研究。

二、由外在特性看其研究價值

民間文學相對於古典而有「俗」文學之稱，此「俗」字，可以說是一般人有意無意貶低民文學的藝術價值。但只要采錄者，不要過分、刻意地文飾或修改所聽到的故事，以口頭創作爲主，迭經流傳的民間故事，其實也具有多方面的藝術創作技巧，值得研究。以下即按表現手法、語言特色及風格三方面，看筆者所收集的這些民間故事具有哪些藝術特性。

(一) 表現手法

多樣化的表現手法，可以使主題意義更明顯，人物形象更深刻。在這些民間故事中，最常見的幾種表現手法是：

1反覆——事件的反覆，可以加強所欲表達的效果。例如編號(7)故事，爲了加強說明嫂子對牛郎的虐待，於是安排牛郎回家三次，剛好都撞見兄嫂在吃好的，第一次是扁食，第二次是包子，第三次是油糕。所用的敍述形式都是：

> 這天，弟弟耕田耕到半前晌了，老牛給他說了話啦：「牛郎，你不回家吃好的去？」「嘿，我這樣早回去，人家罵呀！」「哎，你想回就回吧。」「怎回呢？」老牛說：「那不是，南地頂頭有塊大石頭，咱們耕地到那裡，就把鏵子打了，就齊回唄。」……

…第二天他又耕地去了，快晌午啦，老牛說：「牛郎，晌午人家吃包子哩。」「今個我不回去了。」「不怕，回吧！」「怎回呢？」老牛說：「那不是，地北頭有塊大石頭，咱們耕地耕到那裡，就把犁打了，就齊回唄。」……第三天他又耕地去了。快晌午啦，老牛說：「牛郎，今個人家吃油糕哩，你不回家吃去？」牛郎說：「今個我不早回了，昨個人家就要往外「另」（原註：當地土話，分家另過的意思。）我呀！」「不怕。」老牛說，「回吧，你回去人家要往外另你，不回人家也要往外另你。」「怎回去呢？」「走，咱們到南面大石頭上扯犁轅去！」

這三次「罷工」分別打壞了鏵、犂和犂轅，吃到了扁食、包子和油糕，但是終於激怒了貪婪的兄嫂，最後強制分家。

2.擬人——在以動物爲主角的動物故事裡，擬人法爲其重要的表現手法，可使人看了感到活潑、親切。牛郎織女故事裡的另一個重要角色——老牛，就是用擬人的姿態出現，它不但具有人性、人情，而且還有超然的智慧，成爲牛郎，以及所有庶民百姓心目中最忠實可靠的友伴。其他像喜鵲，也是用擬人的手法來描繪。這都使得故事裡的各個人物和人十分親近，沒有任何隔閡。

3.對比——把互相對立、互相矛盾的事物予以對照敘述，則更能突顯某一方的特點。而這些民間故事往往利用對比方法，來加強故事的衝突、緊張，而使人對弱勢的一方，產生同情。

例如利用神（天帝）與人（牛郎）的對比，會使人更加同情牛郎的平凡、無特殊才能可以和天帝對抗，轉而更讚歎牛郎的勇敢、堅毅；又如利用富（富家女）與貧（貧牧童）的對比，使得故事的悲哀氣氛加重，經濟階級的差異，使人徒呼奈何，但也更同情牛郎的卑微，轉而指責織女父親——富翁仗勢欺人、嫌貧愛富的「勢利眼」性格。

4.聯想——巧妙的聯想，可以令人回味無窮。例如把牛郎星宿，想像成牛郎擔著他的一雙兒女；把「梭子星」想像成織女拋過來的織布梭子；把銀河想像是用女人的釵簪劃成的……等等，天文現象的聯想，構成了牛郎織女故事的特殊表現手法。

(二)語言特色

民間故事以口頭創作、口頭流傳爲主，因此也就保持了口語的特色——樸實平易，不加修飾；即使加以形容，也是活潑生動的，譬如：

1.樸實平易——「兩兄弟式」故事裡常有牛郎到河邊去偷看織女洗澡，並且偷走衣服的情節。這個情節原來可以被描述成十分浪漫瑰麗，但民間故事往往只用很樸實的敍述，試看編號(6)故事說：

> 牛郎睜眼一看，只見荷花塘裡有九個大閨女洗澡。黃牛叫牛郎趕快拿走一套衣服，牛郎就拿了一套衣服，……已來到自家門口了，剛一坐定，就來了一位如花似玉的大姑

娘，羞答答地向牛郎要衣服。

這簡直是個「思無邪」的故事，一點也沒有什麼「禮教大防」的觀念；也只用了「如花似玉」、「羞答答」兩個成語來修飾。這情節到了文人筆下，就增添了許多形容的語詞：

> 不多一會，織女和美麗的仙女們果然來到銀河洗澡，脫下輕羅衣裳，縱身躍入清流，頃刻之間，綠波的水面上就好像綻開了朵朵的白蓮。牛郎從蘆葦裡跑出來，從青草岸上仙女們的衣裳堆中奪取了織女的衣裳，……牛郎向她說，她要答應做他的妻子，他才能還給她的衣裳。織女拿頭髮掩住她的胸脯，沒法子只得含羞地點頭，……[72]。

用「綻開了朵朵的白蓮」來比喻河中的仙女們，又想到「織女用頭髮遮住她的胸脯」，這種細膩的描寫，周密的設想，果眞是要出自文人手筆才能辦到的。由此比較，更可看出民間故事的樸實語言。

民間故事口口相傳，所用的口語，大半是淺白易曉，不會艱澀難懂。就是在訴說人物內心的深沉情感時，也是直接的、自然的，不搬弄什麼大道理，例如編號(23)故事，織女對天兵天將說：

「我和牛郎已成親，已有兒有女，再也不能回天廷了！」織女理直氣壯地答道。

織女不必說她多麼愛牛郎，多麼愛她的兒女，事實擺在眼前，她只須「理直氣壯」地說出眞相，就是最好的理由。這就是民間故事的平易語言。

2.活潑生動——民間故事善用具體的、日常所見的事物來形容另一件事物，因此形成活潑生動的語言特色。例如編號⒄故事，形容牛郎的窮酸相是：

「織女一看，牽牛郎脚上的鞋子是前露蒜瓣兒，後露鴨蛋兒；再一看他的褲子，兩個膝蓋前兩個大窟窿；那上衣哩，唉，兩條袖子都露出胳膊肘子來了。

這裡說牛郎「衣衫襤褸」，「鞋不遮趾」，「衣不蔽膝」，「捉襟見肘」，但卻用了「蒜瓣兒」形容脚趾，「鴨蛋兒」形容脚跟，「大窟窿」形容破洞，多麼貼切的比喩，而且幽默、活潑、生動。

㈢ 風格

民間故事的風格，是由它的主題意義、表現手法及使用的語言共同構成的。牛郎織女民間故事的主題意義是在「追求幸福婚姻、美滿家庭」，也是屬於愛情故事一類，但因它的語言是樸實的、平易的，所以呈現出來的風格，並不是繁縟的、華麗的，反而是相當淳樸平實。但它也運用了一些特殊的表現手法來塑造人物、推動情節，再加上活潑生動的形容語言，所以也不會流於枯澀呆板。因此綜合而言，牛郎織女民間故事的風格是淳樸而生動的。

經由以上三方面的探討，我們發現牛郎織女民間故事其實也應用了一些藝術技巧，構成獨特的藝術風格。這就值得我們以等同於古典文學技巧研究的方法，來研究它的藝術特性。

本章第一到四節的討論，可以說是環繞著民間故事作品，試圖以各種角度來探討；此亦爲筆者揣摩所得的一套適合研究牛郎織女故事的方法。而下一節與小說戲曲的比較，則應算是另外的補充。

第五節　與小說戲曲之比較

以牛郎織女故事爲題材，而加以敷演的相關文學作品，原作品大多已散失，據各方引述，似乎未曾有令人滿意的優秀作品出現。今就搜錄所得，陳述如下：

㈠ 小說類

(1)新刻全像牛郎織女傳：明末朱名世撰，凡四卷。萬曆中，仙源余成章刻本。今佚，惟存卷目(73)。由卷目看來，內容大約是敘述天上的牽牛和織女，兩人因相愛而成親。但婚後「鳳城恣樂」、「歌兒導淫」，致使天帝「遣使諫淫」，而兩人仍不悔改，於是「抱禁牛女」，「謫貶牛女」，「牛女泣別」。但兩人仍互相「遣使」、「回書」。後經過「聖后戒女」，「老君議本」，才「准本重會」由鴉鵲請旨搭橋。小說最後又雜入「貴客乞巧」、「平民乞巧」、「文人乞巧」、「七夕宮怨」等題外片段。

(2)牛郎織女：作者佚名，年代亦不詳，民國二十六年上海民衆書局再版，王萍校閱。封面題牛郎織女，旁有二號楷字「重編白話鵲橋相會」，各頁邊上都題「牛郎織女鵲橋相會」。凡十二回。戴不凡藏。據戴氏述，故事梗概是：織女為「鬥牛宮中第七位仙女，係玉帝之婿張天君所生，俗呼張七姐」。因金童偶然戲弄，織女一笑留情，觸犯了天規，於是金童被貶下凡塵，投胎洛陽縣牛家莊牛員外家。牛員外晚年得次子，取名金郎，有兄名金成。員外死後，長子金成與其妻馬氏虐待金郎，馬氏在麵裡下毒，幸金牛星下凡化作牛家黃牛，及時點醒金郎，逃過此難。後經太白金星度化，金郎又回歸天界。金郎行至天河之西，遙見仙女們洗浴，乃偷取織女之衣。兩人久別重逢，被此感念舊情。經玉帝下旨，金童（金郎）織女在天河西靈藻宮內婚配團圓。但兩人終朝在宮盤桓，不去朝拜遙池聖母；聖母怒，向玉帝稟告。玉帝震怒，派托塔李天王領天神天將五百員前去捉拿，兩人跌入天河被捉。幸太上老君關說，免去斬罪，罰金童永居河之西天將行宮內，織女永居河東雲錦宮內。後來太白金星見河西、河東怨氣交織，乃往兜率宮與太上老君商量，向玉帝參奏一本。玉帝終允兩人每年七月七日相會一次，屆時「自有烏鴉龍鳳之類聯接天河之中」[74]。

(3)牛郎織女：現代長篇小說，張恨水撰，民國四十四、五年之際，香港廣智書局出版。今已絕版。其內容述牛郎遭貶，降生洛陽張家。後經老牛指引，與織女成親，生子女各一，西王母強行拆散，牛郎追至天宮，與織女隔河相望，賴鵲王同情，架橋相會[75]。

(二)古典戲曲類

(1)宋金雜劇院本，慶七夕：此見王國維曲錄曲部宋金雜劇院本登錄「慶七夕」一本[76]。

(2)南曲，慶七夕：見雍熙樂府卷十六收錄，共有北鬼三台、南山馬客、黃薔薇、四般宜、聖藥王，及餘音等曲牌。內容敘述京都慶七夕之繁華歡騰景象，末句云：「瞻星拜月焚金鼎，但願得一人有慶，萬萬世皇明直與天地永。」[77]，蓋爲月令承應戲曲之類。

(3)明雜劇，渡天河織女會牽牛：無名氏撰。此見傅大興明雜劇考引，傅曰：「無名氏撰。作者姓名，今無可考。寶文堂書目著錄此劇正名；題目不詳。其他戲曲書錄未載此目；今日未見此劇傳本[78]。」

(4)明傳奇，相思硯：溕孟昭撰。董康曲海總目云：「謂南極老人與牽牛彈碁，遺二子，化爲寶硯，一曰相硯，一曰思硯。牽牛、織女與月中仙子俱謫人間，以硯作合。牛女後身尤星、衞蘭森爲夫婦。故名。」[79]這本傳奇，只是起始以牛郎、織女謫降凡間，牛郎叫尤星，織女叫蘭森。此外，又有月中仙亦同時貶凡間，名叫蘭生。後來情節的發展，就以這三人的離合爲主，完全與牛郎織女故事無關，純粹是才子佳人故事。

(5)清雜劇，七襄報章、仕女乞巧、柳州乞巧、博望乘槎、銀河鵲渡、開襟佳話、天孫送巧、雙星佳會、仙社奇緣、星河幻彩、七夕佳辰、雙渡銀河：以上各劇，均屬於清升平署月令承應戲中的「七夕承應」戲，見傅惜華清代雜劇全目引，其中開襟佳話及其以下七本，今未見傳本80。又，戴不凡曾敍錄七襄報章與仕女乞巧的內容，前一齣寫織女帶著玉女們渡銀河，原因是「聖皇之世……雖有美錦無所用之」，故欲渡河，若遇著聰明而兼有福德的女子，就把「龍梭」傳授給她，使「一同黼黻升平」。最後是「羅袜生塵步宓妃」，向鵲橋渡過。後一齣則是寫仙女們看見人間七夕時，文人才子三三兩兩在飲酒賦詩，卻也有幾個人神情落拓寂寥。織女解釋說：「文明極盛之世……，有那登第的，少不得便有下第的；春蘭秋菊，也要次第而開，何須性急。」最後是四個假扮的織女上場，彼此打諢一番，就結束了全劇。戴氏批評說：「這兩齣戲都不長，可是看得令人頭痛，只一味歌功頌德；寫了織女渡河，可卻不是去和牛郎相會；戲裡沒個牛郎，甚至連牛郎的名字也不敢提一下。」81可見這些承應戲，內容乏善可陳。

(6)清雜劇，雙星永慶：無名氏撰。見傅引82。此劇爲「皇子成婚承應」戲，內容不詳。

(7)清雜劇，新牛女：顧佛影撰。見傅引。傳云：「此劇流傳版本唯有民國三十二年，成都中西書局排印四聲雷所收本第三種，標名云：新牛女雜劇。」83

(8)清雜劇，吉慶花：棟園綺情生撰，一題鵲橋會。小說月報本，宣統三年刊。見阿英晚清戲曲小說目引。阿英云：「譜牛郎織女事。結句爲：（生）來年有約數瓜期，（旦）不爲相思淚滿衣。（生）回首鵲橋何處是？（旦）依然河影界東西。」[84]

三 地方戲曲類

(1)粵戲[85]，牛郎會織女：廣州第七甫粵曲研究社編，共十八場。中央研究院史語所藏，編號粵戲五一〇三二。內容係根據神仙感遇傳中，記郭子儀遇織女之事（詳見第二章第四節末所述）而改編，謂郭子儀率兵擒拿叛賊僕固懷恩時，其子郭愛爲副將，途遇織女相助，而捉賊勝利。郭愛暗戀織女，故拒絕昇平宮主的婚事。後織女曉以大義，告知七夕已至，將赴銀河與牛郎相會，希望郭愛與昇平宮主完婚。臨去，織女降下白布，上書「大富貴亦壽考」。

(2)紹興戲[86]，鵲橋相會：上海益民書局出版，書名「的篤班[87]新編紹興文戲全部鵲橋相會」，凡廿五齣。見戴不凡引。戴氏述其內容是：牛郎、織女原本是天上的十二金童和七仙女，因在王母壽宴上動了凡心，打碎玻璃燈，所以被貶凡間，投胎爲姑表親之家。十二金童叫王伯琴，有兄名伯仁。七仙女名陳鳳仙。伯琴在姑父家讀書，因而和表妹鳳仙相愛，爲姑父阻止，將伯琴趕出家門，鳳仙也因此自殺。鳳仙被王母救去，從此在天宮修道。伯琴回家後，遭其嫂胡氏虐待，欲以毒麵害之。幸金牛星所化之牛事先警告，得免。金牛告訴伯琴，可往天河偸取七仙女之衣，即可娶之爲妻。伯琴果然因此娶得七仙女（織女）爲妻。一年後，剖腹生下一對男孩。王母又將織女度回天宮，伯琴連忙追趕。鵲王為報恩，給他指路，而且在天河上駕起鵲橋。終於在鵲橋上和織女相會，但織女向他提醒因果，約定「若要夫妻再相逢，只得來年七月七」。至於他們的孩子，則交給哥哥伯仁去扶養。戴氏又評之曰：「金牛後來的行動，是出於報答王伯琴的救命之恩，在王伯琴和織女結婚以後，才回天庭。——故事中金牛這條「副線」，推動了「主線」（牛郎織女）的發展，處理得不壞。」[88]

(3)河南梆子[89]，黃牛分家：山東劇團曾演出此劇，見戴不凡引，其內容與民間故事「孫守義和五仙女」（筆者編號(5)）相近[90]。

(4)平劇[91]，天河配：見陶君起平劇劇目初探引，陶氏述其內容曰：商人張才兄弟同居，張妻嘎氏挑唆分居。其弟祇分得老牛一頭，而牛為金牛星下界，敎牛郎往天河竊取天孫織女花裳，與之成婚。男耕女織，成家立業，生子女各一。數年後，王母召織女返回天上，牛郎攜子追之，為天河所阻。王母許二人每年七夕相會，屆期百鳥搭成鵲橋，使二人敍別[92]。陶氏又云，此劇湘劇[93]、秦腔[94]、河南梆子、河北絲弦[95]、越劇[96]、評劇[97]，都有此目。

(5)皮黃戲[98]，天河配：中央研究院史語所藏有劇本，都文堂手抄本，編號PI函八四册九九五。惜不全，只有前面十二場。內容與平劇天河配同。

(6)黃梅戲[99]，牛郎織女：又名天河配，見新編大戲考引，內容述牽牛星和織女星因觸怒王母，王母將牽牛謫貶人間。金牛星因同情牽牛，也被貶下凡塵，變為一條老牛陪伴牛郎。

織女被王母鎖入雲房，終日穿梭織布。一日，趁王母外出，便和衆仙女私自下凡。經老牛幫助，牛郎和織女相會結親，三年後，已有一雙兒女。王母發覺後，派天兵捉回織女。牛郎追趕，王母用金釵劃成銀河，隔開牛女。此後牛郎和織女每年七夕之夜才得相聚一次[100]。

(7)山東柳腔茂腔[101]，牛郎織女鵲橋相會：見華東戲曲劇種介紹著錄[102]。

(8)山東五音戲[103]，天河配：見華東戲曲劇種介紹著錄[104]。

(9)安徽廬劇[105]，天河配：見華東戲曲劇種介紹著錄[106]。

(四)電影類

牛郎織女：民國四十九年，美都影業社出品。編劇不詳，導演李泉溪，主角杜慧玉[107]。

由於這些作品的原本不易得見，除了粵戲牛郎織女全本劇本爲筆者親自謄抄，其餘的小說內容、戲曲本事，都只見於各家題錄，有的甚至只是存目而已。囿於資料的殘缺不全，筆者僅能就個人整理心得，與前面所析論的民間故事作比較。

第一，就內容來看，文人所撰寫的古典小說，其旨趣與民間故事相背甚遠。譬如朱名世的小說，以天上神仙的生活爲內容，但不同於牛郎織女神話故事之述說牛郎和織女之間美麗浪漫的愛情，並且歌詠他們忠貞執著的精神；反而是以道德教訓爲目的，板著道學家的面孔說，因爲牛郎織女婚後耽於淫樂（「牛女交懽」、「鳳城恣樂」），而且織女還拒絕旁人的勸諫（「天孫拒諫」），因此玉皇大帝才下令謫貶。最後因爲有「聖后戒女」，及太上老君的奏本，才獲准鵲橋重逢。因此這部小說的主題可以說是在諷諫天下男女，須遵守禮教及本分；而織女的形象也變成貪歡任性的淫婦人。這和民間故事淳樸而生動的風格比較起來，文人筆下的牛郎織女，已然失去了活潑的生命力，甚至可以說是受到虛僞道德觀念的摧殘。其中轉變的歷史因素，王孝廉從詩歌中分析，認爲唐代詩人重情，所以仍同情織女的寂寞心情；宋人重理，因此看重的是織女「廢織絍」的怠惰，而加以譴責，這個觀點影響甚遠，所以到了明末朱名世的筆下，就編寫出這麼荒誕不經的小說⑩⁸。

又如王萍校閱的「牛郎織女」，其內容主要是以道教信仰下的織女張七姐、牛郎金童兩人的宿緣爲重點，最後兩人被拆散的原因也是「夫婦終朝不離，不去朝見瑤池聖母」，因而被罰分處河東、河西。前文筆者所述的「謫仙式」故事，雖然也滲入了投胎轉世、償還宿緣的仙道思想，但基本上故事仍有獨立的發展；這本「牛郎織女」，很明顯的是把牛郎織女故事套用在道教的神仙世界裡，玉皇大帝、太上老君、瑤池聖母、太白金星……等等，神仙組織與階層，歷歷分明，以致其主題思想也是十分僵化，不如民間故事之活潑多樣。

由這兩本古典小說的內容來看，其對牛郎織女故事的發展，不但沒有助益，反而幾乎是戕害了它的生機。要尋求活潑生動的牛郎織女故事，要探討故事深刻意義，民間故事當爲其菁華所在。

第二，關於戲劇的搬演，古典戲劇也未曾出現精采優秀的作品。忒多的「月令承應」戲、

「皇子大婚承應」戲，內容尤其乏善可陳。爲何古典文學中，有關牛郎織女題材的作品，總是呈現這麼衰貧的成果？戴不凡認爲，宋元明三代是戲曲小說盛行時期，但也是道教吃香的時代。上至皇帝大人，以至知識分子，莫不熱衷此道，在這樣的背景下，要作家寫天孫——張玉皇的七仙姑下凡嫁牛郎，自然是很爲難的，於是好的作品就不可能產生了。到了清代，皇帝王孫雖然也要看織女七夕渡河，但卻不讓牛郎登場——大約是由於「牛郎」之名不雅馴，屬於「違碍」之列，把大家熟悉、喜愛的鵲橋相會的情節抽去了，代之以「黼黻升平」，戲也不成爲戲了[109]。

戴氏此說，或可當做參考。但筆者尚以爲，根本原因還是因爲牛郎織女故事具有樸實、生活化、鄉土的特色，因此它在庶民百姓的口口相傳中，能夠得到允分的發展與豐碩的成果，在古典文學中反而表現平平。

第三，相較之下，地方戲曲的搬演可說相當興盛。筆者所收錄的劇種雖然只有九種，按其起源地則有山東（柳腔茂腔、五音戲）、河北（皮黃、平劇）、浙江（紹興戲）、湖南（花鼓戲）、安徽（盧劇）、河南（梆子）、廣東（粵戲）等七個地區，再加上陶君起引述的陝西（秦腔）、河北（絲弦、評劇）、浙江（越劇）等，則共有十三劇種，七個起源地。若再擴大到各劇種的流行地區，應該已涵蓋了東北、華北、華中、華南地區；實際也應該不只這些劇種有演牛郎織女故事，此尚待日後繼續收集。

地方戲曲的內容，又比古典戲劇多變化。然其中除了粵戲敷演郭子儀遇織女之傳說故事，紹與戲所演與王萍校閱之「牛郎織女」內容相近之外，其他劇種多題劇目爲「天河配」。「天河配」的內容，按陶君起所述，和民間故事的「兩兄弟式」故事大致相合。二者孰先孰後，按地方戲曲形成過程的特色，往往是博採當地民間歌謠、舞樂，以及流傳故事、或時事新聞，而加以編排演出，因此「天河配」極可能就是以民間故事「兩兄弟式」的內容爲主，加以改編演出。

是故，民間故事提供地方戲曲題材，而據地方戲曲的流行地區，又可補證民間故事的流傳區域；例如陝西秦腔有「天河配」劇目，而筆者並未收錄到陝西地區的民間故事，恰可藉此補登。

以上敍錄筆者所見的小說戲曲資料，並和民間故事作比較。我們也因此得知：民間故事實在是牛郎織女故事的最精華部分，也是研究的重鎭。然而由小說之撰寫、戲曲之搬演，乃至於當代電影之拍攝，亦可看出牛郎織女故事在我國人民心中的地位，歷久不衰。故小說與戲曲作品，也是值得深入研究的。

第六節　其他相關文學之分析

牛郎織女故事流傳既久，其本事遂爲各類文學所吸收。不獨小說戲曲以之爲題材，就是古典的詩詞曲也常常以「七夕」爲題詠，或採納它爲典故，以增強作品主題的呈現。此外，俗文學裡的俗曲童謠，也屢見詠唱七夕故事的，亦頗能傳達庶民百姓對這個故事的情感。這類相關的文學作品，雖然和牛郎織女故事內容的發展的關係較遠，但未嘗不是牛郎織女故事的延伸，透過它們，正可看出其故事對我民族文化及各類文學的影響力量。試觀其故事在這些作品裡的藝術功能，大約有對古典文學之滋養，與對俗文學之反哺兩項，以下分別討論其成果。

一、對古典文學之滋養

在本章的第五節，筆者對歷代小說、戲曲以牛郎織女故事爲題材而加以敷衍者，已經有所述評。其中的古典小說、古典戲劇，也可以說已受到牛郎織女故事的滋養。但此處要討論的是，不以敷演其故事爲目的，而又採納了其題材或題旨的古典文學作品。牛郎織女對這些作品的滋養功能，大約有三點：㈠是作爲文人題詠而以之寄託情感與議論；㈡是作爲典故之使用，以彰顯作者之意；㈢是被小說、戲曲吸收，而與其內容融合。

㈠以爲題詠而寄情或議論

七夕觀星題詩，自晉代以下，已成爲文人雅好。就清人編撰的古今圖書集成所收七夕藝文來看，這些七夕詩詞，大多就七夕牽牛織女渡河相會，及穿針乞巧的習俗加以吟詠；基本上，這種應景詩詞，很難有清新卓奇的藝術成就。但有巧思的詩人，卻可推陳出新，對七夕故事賦予新意。例如：

恐是仙家好別離，故教迢遞作佳期。
由來碧落銀河畔，可要金風玉露時。
清漏漸移相望久，微雲未接過來遲。
豈能無意酬烏鵲，惟與蜘蛛乞巧思。

（唐・李商隱・辛未七夕）

李商隱詩喜用神話，以表達撲朔迷離、纏綿幽遠的意境。這首七夕詩，馮浩注說「塡橋之功最多，豈得反厚於蜘蛛耶？時在徐幕必有借慨」[110]，此或可爲一解。但首二句構想的角度則十分新奇，李商隱似乎認爲一年一會，佳期迢遞，爲何不頻繁一些呢？是不是「仙家好別離」，不以久別爲苦，反而苦煞人間相思的男女！故末二句才說，喜鵲搭橋雖有功勞，但還不如向蜘蛛乞巧——他的「巧」應是祈求相見日長，別離時短。則這首詩顯然寄託了李商隱內心的情感，渴望和某個人相見。此爲詠七夕事，而寄情者。又如：

纖雲弄巧，飛星傳恨，銀漢迢迢暗渡。
金風玉露一相逢，便勝卻、人間無數。
柔情似水，佳期如夢，忍顧鵲橋歸路？
兩情若是久長時，又豈在、朝朝暮暮？

（宋・秦觀・鵲橋仙）

秦觀之詞，以淡雅清麗見長[111]，此闋「鵲橋仙」卻別有「幽趣」[112]。上片描寫牛郎織女七夕相會的恩愛「勝卻人間無數」，故爲地上的男男女女所豔羨；下片則就此引申，兩情相悅，重在彼此永恒不渝的情意，不必朝夕相對以強求。此闋詞，立意尖新，表達了秦觀個人對七夕，以及愛情的觀點，不得不說是睿智之言。此即爲以七夕而議論者。

舉此二詩詞爲例，可看出敏慧的文人，擷取牛郎織女故事之題旨，而又能另創新意，則其滋養之功也由此顯現了。

(二) 引爲典故

此類作品頗多，可說是牛郎織女故事最普遍的功用。試舉一二：

月落大堤上，女垣栖烏起。細露濕團紅，寒香解夜醉。女牛渡天河，柳烟滿城曲。上客留斷纓，殘蛾鬥雙綠。春帳依微蟬翼羅，橫茵突金隱體花。帳前輕絮鶵毛起，欲說春心無所似。

（唐・杜牧・石城曉）

此詩吟詠倡家女和所歡相別，故借「女牛渡天河」暗說男女會後分離⑪③。又，將牛郎織女用爲典故，在戲曲中的唱詞也常見，例如：

〔二郎神〕（小生）漫悒怏，歎一雁西飛路渺茫。……（小生）任冷落梅花孤帳。（背介合）空相望，似隔河牛女，對面參商。

（明・張鳳翼・紅拂記第二十齣）

紅拂記中，此齣「楊公完偶」內容係演樂昌公主夫婦經楊素協助而破鏡重圓，此支曲子爲駙馬徐德言所唱，以「隔河牛女」來譬喻夫婦二人的別離景狀⑪④。此外，在梁辰魚的「浣紗記」第二十七齣「別施」，敍范蠡餞別西施之吳國，范蠡唱道：

〔前腔〕卑人一言你聽細剖，這姻緣分定難籌。你暫時拋閃休僝僽，看天河織女牽牛，明年時候，定鵲橋邊相守……⑪⑤。

其詞意乃以明年七夕爲約，屆時兩人必可如牽牛織女之相逢。按戲曲中，以牛郎織女故事爲典故，戴不凡以爲此正是牛郎織女戲曲無所成就的原因之一⑪⑥。但若視爲「引爲典故」之滋養功能，亦不爲過也。

三 與小說或戲曲之內容相融合

此與前項「引爲典故」不同，蓋是創作者將牛郎織女故事，或七夕風俗融入其作品中，成爲重要情節，又能與其人物、舞台氣氛互相照應。例如，前引紅拂記敍述樂昌公主破鏡重圓的齣目，在南戲中，本已有一套「樂昌公主」，其中樂昌公主與駙馬重逢，即安排在七夕節慶時，由外在熱鬧喜慶的節日氣氛，來烘托樂昌夫婦久別重逢的喜悅[117]。然這點滋養之功最顯見的，莫過於由長恨歌以下，敷演楊貴妃故事的諸多戲曲。

楊貴妃故事演唐玄宗與貴妃之愛情故事，而其中爲後人津津樂道的，乃是兩人「七月七日長生殿，夜半無人私語時」的膠密情感。此經白居易長恨歌、陳鴻長恨歌傳之描述，至「開元天寶遺事」所載，已衍爲唐宮特殊的乞巧事例（見第五章第二節）。到了元人白樸的「唐明皇秋夜梧桐雨」雜劇，楔子之後，第一折即搬演唐宮七夕乞巧，貴妃因有感於「牛郎織女，年年相見，天長地久，只是如此，世人怎得似他情長也」，而希望「陛下，請示私約，以堅終始」。於是帝妃二人乃立下海誓山盟，而且是「你道誰爲顯證？有今夜度天河相見牛女星」。這一幕恩愛情景，到第四折，成了唐明皇回憶往事：「長生殿那一宵，轉迴廊，說誓約，不合對梧桐並肩斜靠。……是兀那當時觀會，栽排下今日淒涼，厮輳著暗地量度」，其情不勝唏噓[118]。可見此處吸收牛郎織女故事，不僅爲典故，而是更進一步，和劇情互相融合，成爲推展情節的一個重要因素。

至清人洪昇的「長生殿」傳奇劇，其中第二十二齣「密誓」，即演此段，但特地由貼旦扮織女開場，末又以牛郎（小生扮）、織女收場。可見又較雜劇更進一步，將牛郎織女以具體人物演出，由其貫串首尾。曾師永義評此齣之成就爲：

長生殿關目的主脈是明皇、貴妃的愛情發展，本齣可以說是發展的最高峯，通過七夕對雙星的「密誓」以寫死生不易的恩情⑲。

由此可知牛郎織女故事對古典小說、戲曲的滋養，提供題材與題旨，加強其內容主題之發揮。

二、對俗文學之反哺

牛郎織女故事起源於民間，當其自成體系在發展時，其他的民間俗文學卻偶然擷取之，而加以變化、應用，此可視爲此主題故事對俗民學之反哺。約有四類反哺：㈠民間故事，㈡俗曲，㈢歌謠，㈣婚俗。

㈠ 影響其他民間故事

前面第四章討論的牛郎織女民間故事，雖有編號⑿故事說牛郎名山伯，織女名英台，以下即夾雜梁祝殉情的情節，但由梁山伯寶卷云：「英台非是凡間女，山伯亦非凡間人。牛郎本是梁山伯，英台原是織女星。只為私將銀河渡，上帝罰他下凡塵」之言，則知當係梁祝故事採用了牛郎織女故事的基型，受其感染，而有投胎轉世之說。對其他民間故事的影響，為其反哺功能之一。

(二) 俗曲

第二類反哺，則是成為俗曲之演唱。其一為特定在七夕節日演唱者，例如廣州龍舟歌⑫有「七夕讚花」，海南地區有「七夕歌」。

此「七夕讚花」藏中央研究院史語所，編號L函七冊〇四三，廣州以文堂刊本。其詞摘要如下：

時逢七夕初秋景，爽氣涼風透月明。……七夕人間穿乞巧，家家絃粉立心誠，姊妹齊心齋戒定。無瑕美玉共冰清，各物俱齊來奉敬，……低頭下跪衆同年，好景一年逢一遍，姊妹誠心請家仙。……惟願衆仙齊舉動，臨凡指教我地列位嬌容，……凡女話禮儀都係假，望乞仙姬教習正無差。……斗牛星女降塵凡。……一砌哩奁觀音來去賣飯，二砌哩……七姐仙姬還念孝，……上請天姬下廣寒，忽聽天邊鼓樂重聲響，……同行姊妹皆觀望，有人看見亦有盲娘，……花讚罷送仙姬，……待等明年七夕又至再會佳期。

此曲內容，係以諸同年姊妹共同祈請仙姬下凡開示，仙姬即示以孝道、女紅之理爲主旨。其名「讚花」，乃因下卷開端以牡丹花、金菊、芝蘭等花朵爲讚。按廣東地區，七夕時女子每每有「拜仙」乞巧會，但限定未婚少女參加，一般人只能參加「慕仙」。「拜仙」的儀式相當隆重，少女往往盛裝參加[121]。「七夕讚花」俗曲，可說是七夕風俗下形成的特別曲藝。

海南地區的「七夕歌」，見民俗週刊第二五、二六期合刊本，由放人收集，題爲「瓊崖七夕歌五首」。這五首歌，內容大抵皆敍述牛郎織女好不容易捱到七夕相會，但良宵苦短，尚未敍完離情便須分手，於是唱者乃有「談起悲欣情千古，千古姻緣恨不平」的感慨。茲錄其五：

七夕相逢得吓幾？別了整年屆到加，怒河隔開難千古，愛鵲體量捱終夜，談長話短放寬酒，敍新舊情忘飲茶，梭擲機抛坐巧嘴，牛料草禿睡研牙，得意玉簫相陪伴，瀟灑芙蓉赶浪挈。敍情未終着分手，恨天無土填溪平！

其二者，非特定於七夕演唱，但亦爲尋常小調。例如有一首「大四景秋景」云

七月七夕織女共牛郎，一年一度巧成雙。天河阻隔郎，廻文織錦忙。賞中秋，歌歡娛，喜心狂……[122]。

此曲只是以七月七夕爲秋景之開端，無意演唱牛郎織女事，可譬爲「引用典故」之情形。又如粵謳[123]「唔好熱」：

> 唔好咁熱，熱極會生風，我想天時人事，大抵相同。唔信你睇回南日久，就有涼風送。……我想人也會合都有期，唔到你放縱，年年七夕，都係一日相逢。人地話相逢一日都唔中用，一日十二個時辰，點靈訴得苦衷。我話相逢一日莫話唔中用，年年一日，日久就會成功。點得人學七姊咁情長千載共。真情種，只有生離無死別，分外見情濃[124]。

這首民歌以懷人爲主題，但卻就「七夕相會」的故事內容加以辯駁，唱者不認爲相逢一日時太短，反而認爲「年年一日，就會成功」，欲人人效法織女的眞情。此與秦觀「豈在朝朝暮暮」之語，實有異曲同工之妙。

㈢ 歌謠

第三類反哺，則是成爲歌謠中第「七」句的習見用語。此常是童謠，蓋利用數字的排列，既可學數數兒，又可學日常知識。這一類，有的只是純粹應用「七月七」這個順口的日期，加上一項常識而已，例如江蘇泰縣「正月正」：「正月正，家家人兒門口掛紅燈。……七月七，買箇西瓜橋上切，你一口，他一口，這個西瓜本不醜……⑫⑤」。和牛郎織女故事比較相關的，其一是「七」數字後接上牛郎織女故事，其二是接上乞巧風俗。以下分別述之：

其一，「七」數字後接牛郎織女故事者：

正月乾塘水，……七月仙女聚會過仙橋，……（台山歌謠⑫⑥）

正月裡……七月裡七月七，天上牛郎供織女，牛郎織女見一面兒，年年有個七月七。……（開封歌謠⑫⑦）

張打鐵，李打鐵，……打到正月正，……打到七月七，織女牛郎會此夕。……（雲南騰衝「打鐵歌」⑫⑧）

一把白扇，……七把白扇畫天星，七月七夕就討親。牛女相會同日子，新人也像活觀音。……（福州歌謠⑫⑨）

其二，「七」數字後接乞巧風俗者：

正月正，……七月七，乞巧果子隨你喫。……

一，……七，乞手巧，乞容貌，乞心通，乞容顏，乞我爹娘千百歲，乞我姊妹千萬年。……

（杭州「十二個月」[130]）

（台山歌謠[131]）

正月裡，……七月七，巧果兩頭翹。……

（江蘇「一年食品」[132]）

一學梳妝，……七學拋梭會織絹。……

（湖北「巧姑娘」[133]）

此類歌謠，可以說是牛郎織女對俗文學道道地地的反哺作品，也因此而成為童蒙教育的內容，可說相當深入民間，十分生活化的反哺成果。

㈣ 婚俗之應用

第四類反哺，因牛郎織女在故事中為恩愛夫婦，故其典故也廣泛被應用在婚俗謠諺中。例如結婚時，新人進房後，必以麻米、花果等撒於帳中，此「撒帳」[134]禮俗，往往也有「撒帳歌」配合唱唸，形式是：

一撒……，二撒……，三……，七撒，……

通常都到「十撒」或「十二撒」為止，每句內容都是和婚姻有關的吉祥話。在南京搜錄到的「撒帳歌」即有：

一撒，一元入洞房，……七撒，七子慶團圓，七巧織女會牛郎，……135。

「七」字即與牛郎織女故事有關，故牛郎織女「七夕相會」實已成為夫妻嬿好的暗語。例如泉州民間故事載「董解元與邱小姐」故事，即以「可憐織女河邊詩，早放牛郎渡鵲橋」來譬喻苦候春宵的一對新人136。由此可見民間常把「七夕相會」和婚禮聯想在一起，也以之為吉祥彩頭。

由本節的討論，可看出在古典文學與俗文學兩個不同層次的文學領域中，牛郎織女故事乃是「雅俗共賞」的。而這個故事在其他相關文學的拓展與延伸，也是相當廣濶、深刻。

註解

❶ 陳元靚，歲時廣記，見歲時習俗資料彙編冊六。藝文印書館，頁八七四。

❷ 李白「送孟浩然之廣陵」詩：「故人西辭黃鶴樓，煙花三月下揚州。孤帆遠影碧山（空）盡，惟見長江天際流。又，「將進酒」詩：「君不見黃河之水天上來，奔流到海不復回。君不見高堂悲白髮，朝如青絲暮成雪……。」筆者此處取其字面意義，「惟見長江天際流」可視為古人想像長江向天邊流去，海和天彷彿相

連在一起；「黃河之水天上來」，則可視爲古人想像河的源頭是從天上奔流而出。

❸ 梁玉繩：「河當作何，與荷通。」見王叔岷，史記斠證册四引，民國七一年，中研院史語所專刊七八，頁一一一一。

❹ 見高平子，史記天官書今註，民國五四年，台灣書店，頁廿五。

❺ 參考袁珂、譚達先之說，見譚氏，中國神話研究，民國七一年，里仁書局，中國神話甲編第三種，頁廿九。

❻ 參見張金儀，漢鏡所反映的神話傳說與神仙思想，第四章「畫像鏡中的神仙世界」。民國七十五年，國立故宮博物院。

❼ 參見李豐楙「不死的探求——道教信仰的介紹與分析」，其中談到「神仙世界的構想與完成」。載中國文化新論宗教禮俗篇敬天與親人一書，民國七十一年，聯經出版事業公司。

❽ 見鍾敬文「中國的天鵝處女故事」，文中將「天鵝處女型」故事分爲三組子目故事，卽第一組「牛郎型」第二組「董仲尋母型」，第三組，「求婚型」。其中第二組「董仲尋母型」，筆者已在第三章第三節引述。載民間文學專號，北京大學民俗叢書册十六，東方書局複印。

❾ 鍾敬文對第三組「求婚型」故事所列的情節公式是：(1)一男子有某種美德。他以動物或神仙的幫助，得一有超自然力的女子爲妻。(3)女子生子後，自動或被動地離去。(4)女子的父或母，以異力謀害男子。(5)他以妻子的幫助得免。(6)女子的父或母寬恕了他們或他自己反受禍。這類故事的第(2)(3)項情節，卽是「天鵝處女型」故事的重要情節，第一組「牛郎型」故事也有類似情節。但「求婚型」故事，不以敍述「七夕相會」爲旨意，故事者不在本文討論。

❿ 同註❽。

⓫ 見鍾敬文引，原載婦女雜誌第七卷。

⓬ 見鍾敬文引，原載新民半月刊第五期。

⓭ 見鍾敬文引，原載林蘭編，換心後，頁五三。

⑭ 見山東民間故事，北京大學民俗叢書冊七七，東方書局複印，頁五四—六五。

⑮ 見「民間文學」，民國七四年七月號。流傳地：河北省，講述者：刁春芳。資料由陳麗宇小姐惠贈，謹謝。

⑯ 見「民間文學」，民國七四年七月號。流傳地：安徽阜陽一帶，講述者：張劉氏，八七歲。

⑰ 見中國民間故事選第一集內蒙古故事，民國五一年，人民文學出版社。民國四三年，由孫劍冰錄於內蒙烏拉特前旗傳家地堵村，講述者：秦地女，六五歲。

⑱ 見「民間文學」，民國七四年七月號。流傳地：豫南一帶及南陽桐柏山區，講述者：劉大奶，八三歲；楊子杰，六五歲。

⑲ 見福建故事集，北京大學民俗叢書冊九八，東方書店複印，流傳地：福建南安泉州一帶。

⑳ 見歐陽飛雲「牛郎織女故事的演變」一文引，逸經三十五期，民國二六年。

㉑ 見「潮州的七月」，載民俗週刊七十三期，民國十八年八月十四日。

㉒ 見民俗週刊第八十期，民國十八年十月二日。

㉓ 見「民間文學」，民國七四年七月號。流傳地：湖北廣濟，講述者：居治強。

㉔ 見「民間文學」，民國七四年七月號。流傳地：河北東鹿。

㉕ 見「民間文學」，民國七四年七月號。流傳地：蘇北泗陽南、洪澤湖邊一帶，講述者：吳陳氏。

㉖ 譚達先曾以為，民間文學在流傳過程中，由於沒有用文字形式固定下來，就很容易產生變異的情形，從語言、表現手法、人物形象，甚至包括主題在內，都會發生變化。見譚著，中國民間文學概論。民國七十二年，木鐸出版社，頁三八。

㉗ 見註㉕。

㉘ 參見司馬中原，荒原，民國六十二年，皇冠出版社，頁三八。荒原是一部小說，以洪澤湖一帶的風土民情為背景。

㉙ 見婁子匡、朱介凡編著，五十年來的中國俗文學，民國五十二年，正中書局，頁五。婁氏將這種情形稱為

俗文學的「和合性」，前註㉖譚氏之「變異性」與此相近。

㉚ 見苗族民間故事，載「民間文學」，民國六八年四月號。

㉛ 見註⑨「求婚型」故事之情節公式。

㉜ 見西南民間故事，北京大學民俗叢書冊一五八，東方書店複印。

㉝ 見「民間文學」，民國七四年七月號。講述者：梁郭氏，河北東鹿縣北口營村人。

㉞ 見「民間文學」，民國七四年七月號。流傳地：山東，講述者：臧秀蘭。

㉟ 見「民間文學」，民國七四年七月號。流傳地：河北保定一帶，講述者：常文青。

㊱ 見「民間文學」，民國七四年七月號。流傳地：山東濟寧，講述者：蕭繼明。

㊲ 見婁子匡，中國民俗，民國七二年，廣播月刊社，頁八〇。

㊳ 見林蘭、江介石編著，動物寓言與植物傳說，北京大學民俗叢書冊十二，民國五八年，東方書店複印，頁十二。

㊴ 見「民間文學」，民國七四年七月號。流傳地：四川，講述者：程文華。

㊵ 見「民間文學」，民國七二年七月號：顧杏寶。

㊶ 見「民間文學」，民國七四年七月號。流傳地：湖南長沙，講述者：焦莉珍。

㊷ 見中國地方風物傳說選第一冊，民國七一年，北京中國民間文藝出版社。

㊸ 見中國地方風物傳說選第二冊，民國七二年，北京中國民間文藝出版社。

㊹ 高平子：「匏瓜主體爲西圖海豚座之$\alpha\beta\gamma\delta$四星，成一小斜方形，正射河鼓三星。其形最易認識，故我鄉農人皆識其星，命河鼓三星謂之扁擔，而稱匏瓜爲梭子（卽織布所用之梭）。」同註④。

㊺ 李豐楙認爲，道教謫仙傳說是道教文學的主題之一，對於唐人小說具有特殊的影響，也是宋元以下小說、戲劇中習見的寫作模式。參見李氏「道教謫仙傳說與唐人小說」，民國七五年，第二屆國際漢學會議，手稿影印本。

46 「狗耕田型」的故事情節公式是：(1)兩兄弟分家，弟得一狗（或初只得一小動物，後來才轉輾換得狗）。(2)弟以狗耕田，得到意外的財利。(3)兄羨而借用之。失敗，因斃其狗。(4)狗的墳生長了樹或竹，弟又因以獲財利。(5)兄效法或假用其物，結局仍失敗。參見鍾敬文「中國民間故事型式」，載北大民俗叢書冊十七。民國五八年，東方書店複印。

47 見註9「求婚型」故事之情節公式。

48 見鍾敬文「中國的天鵝處女故事」，頁七五。

49 見鍾敬文「中國的天鵝處女故事」，頁七八。

50 參見林美清，梁祝故事及其文學研究，民國七一年，台大中文所碩士論文，頁一三。

51 「情節結構的演進」之含義，參見本文第二章第四節第1段所述。

52 參見李豐楙，六朝仙道類小說研究，第二章「漢武內傳研究」，其中論及西王母之侍女的形象轉變因素。民國七五年，學生書局，頁一〇三。

53 按濯足二句不見於漢武內傳（文淵閣四庫全書影印本册一〇四二），此據范寧「牛郎織女故事的演變」引。

54 見太平廣記卷六三。民國六七年，文史哲出版社，頁三九三。

55 見太平廣記卷五六。同註54，頁三四七。

56 「搜神廣記」王母五女，見註52李豐楙引，頁一一五。五女之名，則見施芳雅，「西王母故事的衍變」引述，載主題學研究論文集，民國七二年，東大圖書公司，頁二三八。

57 見太平廣記卷五六。同註54，頁三四四。

58 參見姚寶瑄「牛郎織女傳記源於崑崙神話考」，載民間文學論壇，民國七四年三月號。

59 參見鍾敬文「中國的天鵝處女故事」，頁七〇。

60 參見註52李豐楙，頁一〇〇。

61 參見鄭志明，中國社會與宗教，第二章「西王母神話的宗教衍變」。民國七五年，學生書局，頁二四—二五。

62 「智慧老人」原型人物，原爲容格（Jung）所提出。本文此處參考張漢良的譯介：「這位老人，一方面象徵著知識、深思、卓見、睿智、聰明與直覺……」見張著，比較文學理論與實踐，民國七五年，東大圖書公司，頁二〇八。

63 參見鍾敬文「中國的天鵝處女故事」，頁七〇—七一。

64 「烏鴉搭橋」故事，鍾敬文撰，原載北京大學研究國學門周刊第十期。筆者認爲它是屬於「鵲橋傳說」的故事，故未放入民間故事來討論。

65 參見孫續恩「牛郎織女神話故事三題」，載民間文學論壇，民國七四年四月號。

66 同註65。

67 參見鍾敬文「中國的天鵝處女故事」，頁七一—七二。

68 見婁子匡、朱介凡編著，五十年來的中國俗文學，「導論」，民國五十二年，正中書局，頁四、五。

69 見註52，頁一〇四。

70 參見國中地理教科書，第一冊，民國六七年版，國立編譯館，頁六七—六九。

71 同註26。

72 見袁珂，中國古代神話。民國七一年，里仁書局，中國古代神話甲編第二種，頁一二二。

73 見大塚秀高，中國通俗小說書目改訂稿（初稿）錄有此書。東京汲古書院，民國七十三年八月。其卷目則見周越然「牛郎織女」引述，載太白月刊一卷四期，民國三四年。其卷目爲：卷一(1)牽牛出身。(2)織女出身。(3)織女獻錦。(4)織女訓織。(5)天孫論治。(6)牛女相逢。(7)月老僉書。(8)天帝稽功。(9)天帝旌勤。(10)陳錦激內。(11)玉皇閱女。(12)太上議親。(13)牛郎納聘。卷二：(1)成親賜宴。(2)牛交文懽。(3)鳳城恣樂。(4)天孫拒諫。(5)星橋玩景。(6)歌兒導淫。(7)漢渚觀奇。(8)行童進酒。(9)遣使諫淫。(10)玉皇閱表。(11)抱禁牛女。(12)牛女上書。(13)聖后救女。(14)謫貶牛女。(14)牛女泣別。卷三：(1)星宮竊婢。(2)二婢諧緣。(3)七姑結義。(4)

七姑助織。(5)披提星官。(6)牛郎遣使。(7)織女回書。(8)七姑服義。(9)七姑上本。(10)玉皇批本。(11)越河被縶。(12)致書慰友。(13)兄弟上本。(14)老君議本。卷四：(1)聖后戒女。(2)織女回詩。(3)老君議本。(4)准本重會。(5)奏造橋樑。(6)鴉鵲請旨。(7)鴉鵲造橋。(8)天帝觀橋。(9)貴客乞巧。(10)平民乞巧。(11)文人乞巧。(12)七夕宮怨。(13)遺書謝友。(14)鵲橋重會。(14)褒封團圓。

74 見載不凡，小說見聞錄，「舊本『牛郎織女』」引述。民國七二年，木鐸出版社，頁二二—二七。

75 見八木澤元「七夕說話と中國文學」引述，載東洋學論叢，民國六三年（日本昭和四九年），宇野哲人先生白壽祝賀紀念會出版，頁二三—二四。其中牽牛遭貶謫的原因是，牽牛織女原各有其天職，一日，兩人偶然以「皇媧補天」樂曲相和，而彼此心中有所愛慕。後來在七月七日，西王母召開的群仙大會上，織女與其姊妹七人跳「天魔舞」，珠鍊掉落在地，爲牽牛拾去二粒，兩人乃相視而笑。西王母因此貶謫牽牛。

76 曲錄，民國四六年，藝文印書館，頁四八。

77 雍熙樂府，民國六五年，商務印書館，四部叢刊續編，頁二〇五〇三。

78 明雜劇考，民國五十年，世界書局，頁二六〇。

79 曲海總目提要，新興書局，筆記小說大觀廿五編册九，頁五四一八—五四二二。

80 所引劇目，見傅惜華，清代雜劇全目。民國七十年，人民文學出版社，頁五一〇—五一二。

81 同註74，頁三二。

82 同註80，頁六一二—六一三。

83 同註80，頁六五三。

84 晚清戲曲小說目，上海出版，排印本。

85 粵劇，流傳於廣東和廣西的粵語區。清中葉以前，吸收了崑腔、秦腔、徽調、漢調、湘劇、祁劇、桂劇諸腔。道光以後，又逐步揉進廣東民間音樂。光緒後，增加以當地傳說爲題材的劇目，以「白話」（粵語）取代「官話」，將假嗓改爲「平嗓（眞嗓）」，並在基本腔調「梆黃」以外，加入「南音」、「龍舟」、「木魚」等曲藝的腔調。至民國以後，漸趨穩定，以梆子、二黃爲主，統稱「梆黃」。參見中國音樂詞典，民國七五年，丹青圖書公司，頁四一七。

86 紹興戲，卽越劇，因紹興一帶，於春秋時曾爲越國疆土，故而得名。有亂彈與高腔兩種。「亂彈」屬皮黃系統而兼及高腔與吹腔，又分「文亂」與「武亂」，文重唱唸做表，多演家庭兒女戲；武重摔打撲跌。本來文武分班，後來基於觀衆需要，乃有文武並重之亂彈班產生。「高腔」，又名掉腔（演員把腔尾丟掉不唱，以圖省力；丟下的腔調，由後場幫唱，故名掉腔），劇本、脚包、場面、唱做都很嚴格。當高腔和亂彈相繼凋零之後，紹興比鄰的「嵊縣班」乃代之而起，形成新興的小型地方戲。民國二十四、五年間進入上海，乃漸興盛，且改良充實，而成爲今日所見之「越劇」。參見註50林美清，頁八五—八六。

87 的篤班，繼紹興高腔、亂彈而興起的「嵊縣班」，起初只在嵊西一帶農村鄉鎮之草台上演，全班不足十人，無鑼鼓場面，只有一塊敲板，因拍板之聲，故又名「的篤班」。參見註86。

88 見註74，頁二八—三一。

89 河南梆子，卽豫劇。流行於河南全省、長江以西和西北各省。清乾隆時，已相當興盛，被稱爲「土梆腔」或「汴梁腔」。早期常與清戲、羅戲等同台演出。在成長過程中，先後受到青陽腔、羅戲、崑曲、同州梆子和湖北漢劇的影響。在流傳過程中又形成各種流派，如豫北的「高調」，開封的「祥符調」等。參見中國音樂詞典，頁三七一。

90 見註74，頁二八。

91 平劇，卽今之國劇。來源於徽調和漢調。安徽的徽班於清乾隆五十五年進入北平，漢調藝人於清嘉慶、道光年間進入北平；在北平吸收了崑曲、梆子諸腔之長，形成早期平劇。唱腔以西皮、二黃爲主。參見中國音樂詞典，頁三六六。

92 平劇劇目初探，民國七一年，明文書局，頁四一二。

93 湘劇，卽長沙湘劇，以長沙爲中心，流行於湖南中部、東部及江西西部。舊稱「人戲」、「大戲」，清末民初始稱湘劇。初以江西弋陽腔與當地民間音樂結合而形成的高腔和古老的「低牌子」爲主，後加入彈腔（皮黃）及部分民間小調。其中高腔增加流水板「滾唱」，稱爲「放流」，以接近口語的曲調，唱通俗的唱詞，爲其特色。參見中國音樂詞典，頁四一一。

94 秦腔，陝西中路秦腔的簡稱。以西安爲中心，在同州梆子的基礎上逐漸演變而成，經過近百年的發展而成爲秦腔的主流。現流行於西北各省及西藏等地。參見中國音樂詞典，頁四三八。

95 河北絲弦，俗稱絲弦，又有弦索腔、弦子腔、女兒腔、河西調等名稱。流行於河北、山西等地。由宮調與越調兩類腔調組成。宮調唱腔，清新明快，越調則激越悠揚。以眞聲唱字，假聲抱腔，爲其特色。參見中國音樂詞典，頁三七一。

96 越劇，同註86。

97 評劇，初由河北嵊縣、昌黎一帶的「對口蓮花落」發展爲「落子」（地方小戲），清末進入唐山市後，成爲唐山落子，後又傳到東北，形成高亢粗獷的奉天落子。九一八事變後，演員相繼入關，表演藝術又更進一步發展，稱爲小口落子。其唱腔具有流暢自然、明白如話的特點。參見中國音樂詞典，頁三七○。

98 皮黃戲，皮黃原爲聲腔名稱，指西皮腔與二黃腔。以皮黃腔爲主的劇種有平劇、漢劇、粵劇、桂劇、滇劇等，其中以平劇的發展最繁盛。見中國音樂詞典，頁四四九。

99 黃梅戲，安徽地方劇種，源於湖北省黃梅縣的「採茶調」。詳參見第三章註63。

100 見新編大戲考，民國六九年，中國唱片社，頁二○六，有唱詞四段。

101 山東柳腔茂腔，二者同出於百年前流行在山東諸城、高密、膠縣一帶的「本肘鼓」調。本肘鼓流傳到山東即墨、平度。萊陽、掖縣一帶，受到當地方言影響，採用民歌的伴奏樂器四聲胡尋聲伴唱，配以月琴。但演員不習慣這種定調演唱，發音强往上溜，故名溜腔，後諧音定名爲柳腔。茂腔流傳於昌濰地區東南部、青島市和膠南、膠縣一帶，本來只敲鑼鼓，不用弦樂伴奏，唱腔下句尾音帶「哦嗬唵」的幫腔。後來受柳琴戲影響，下句尾音向上翻高八度，通稱打腔，名爲冒肘鼓，後諧音定名爲茂腔。參見中國音樂詞典，頁三九九。

102 華東戲曲劇種介紹，民國四四年，新文藝出版社，冊一，頁廿三。

103 山東五音戲，流行於山東淄博、濟南、章邱一帶，或稱西路肘鼓子。初期有五個人卽可演唱，由一人司打擊樂器，四人演唱，因此也稱爲五人班或五人戲，民國二二年因灌製唱片，才定名爲五音戲。參見中國音樂詞典，頁三九九。

104 同102，冊三，頁五。

105 廬劇，原名例七戲，因皖中爲舊廬卅府轄區，故名。起源於安徽西部大別山區，約有二百年歷史。流行於安徽省一帶江淮之間和沿江一帶。唱腔分「主調」和「花腔」兩類，主調長於敘述和抒情，多用於傳統本戲，花腔是地方小戲所用腔調的總稱，多爲專曲專用，名稱隨劇目而定，如「點大麥」、「打桑」等。參見中國音樂詞典，頁三八八。

106 同註102，冊五，頁三八。

107 見註29婁子匡，頁九五著錄，但劇情不詳。

108 參見王孝廉「牽牛織女傳說研究」，見收於從比較神話到文學，陳慧樺、古添洪編著，民國七二年，東大圖書公司，頁二二八。

109 同註81。

110 馮浩，玉谿生詩詳註，民國六十八年，華正書局，頁四八六。

111 張炎，詞源：「秦少游詞體製淡雅，氣骨不衰，清麗中不斷意脈，咀嚼無滓，久而知味。」見鄭騫先生編注，詞選，民國七三年，中國文化大學出版部，頁二四〇。

112 劉熙載，藝概：「少游詞有小晏之妍，其幽趣則過之。」同註2，頁二四一。

113 參見葉蔥奇校注，李賀詩集，民國七一年，里仁書局，頁二一八。

114 參見紅拂記，六十種曲本，開明書店。

115 參見浣紗記，六十種曲本，開明書店。

116 見戴不凡，小說見聞錄，「舊本『牛郎織女』」，民國七二年，木鐸出版社，頁二〇。

117 見趙景深，小說戲曲新考，民國二八年，世界書局，頁一七二。

118 參見白樸，梧桐雨雜劇。見元人雜劇注，世界書局。

119 曾師永義，中國古典戲劇選注，民國七二年，國家書店，頁六六二。

120 龍舟歌：流行於廣東之彈詞，用廣舟方言演唱，詳見本論文第三章註73。

121 詳見吳玉成，粵南神話研究，北京大學民俗叢書冊六，東方書局，頁三九—五五。

122 大四景，俗曲名，卽玉蛾郎調（見霓裳續譜），合春夏秋冬四景而成曲，內容描寫四季的景致。曲文有起一句用疊的，有落一句用疊的，有起落都不用疊的。今演唱者多以三絃伴奏。參見「雜曲選」，古今文選新四六四期，民國六十八年十二月廿二日。

123 粵謳，曲藝名，用廣州方言演唱，主要流行於廣東省廣州一帶。相傳爲清代嘉慶、道光年間，文人招子庸所創制。行腔婉轉曲折，歌詞相當典雅。初期內容多爲描寫男女愛情或反映對社會的不滿。參見中國音樂詞典，民國七五年，丹青圖書公司，頁三三七。

124 見招子庸，粵謳、再粵謳，北京大學民俗叢書冊五六，東方書局，頁三四。

125 見朱天民，各省童謠集，北京大學民俗叢書冊一三四，東方書局，頁二一。

126 見陳元柱，台山歌謠集，中山大學民俗叢書冊二五，東方書局，頁三九。

127 見白壽彝，開封歌謠集，中山大學民俗叢書冊二四，東方書局，頁一二一。

128 同註125，頁九九。

129 見顧頡剛，福州歌謠甲集，中山大學民俗叢書冊八，東方書局，頁一四六。

130 同註125，頁四一。

131 同註126，頁九。

132 見黎錦輝等編，中國廿省兒歌集下冊第六集，北京大學民俗叢書冊六十，東方書局，頁三二。

133 同註132，上冊第一集，北京大學民俗叢書冊五九，東方書局，頁三九。

134 參見顧頡剛，吳歌甲集，北京大學民俗叢書冊一，東方書局，頁一四一—一四四。

135 同註134，頁一四四。

136 詳見吳藻汀，泉州民間傳說，中山大學民俗叢書冊五，東方書局，頁一—五。

第五章　有關七夕風俗之考述

牛郎織女故事深入民間，因而形成特殊的節日禮俗。本章的討論，意不在詳述歷代，及各地的七夕風俗，而是在於歸納評述前人對七夕風俗起源的研究，作一持平的論斷。此外，專就七夕節慶最興盛的唐宋兩代，研究其習俗之特色，例如唐宮「求恩於牽牛織女星」的乞巧宴會，及宋代兩京的「摩睺羅」泥偶等，考其歷史意義與遺風。最後，深入研究臺閩地區的七夕風俗，論其根源與意義，以及與牛郎織女故事的關係；此可補前人研究之不足，亦可呈現本論文的時空意義。

第一節　七夕風俗起源論

牛郎織女故事發展到晉朝，已有「七夕相會」之說。而歷來學者爭議的是，在此之前，「七月七日」是否已爲一特定日期，有無特別行事？與牛郎織女故事的關係又如何？王孝廉認爲以七月七日爲特別行事的日子，在牛女七夕相會傳說形成之前在道理上推想是「應該有的」。因爲古代曾有「以奇數爲神秘」的曆法思想，譬如一月一日、三月三日、五月五日、九月九日等都是特殊日期；則七月七日也應當含有特別意義，但已不可得知。這種曆法思想再加上古代以七月爲「女功之始」的勞動思想爲背景，配合實際的天文星象觀察，就可能形成牛女七夕相會的傳說內容。他又說：

但是在七夕相會的傳說形成以後，後世的關於七月七日的行事記載應當都是受此傳說的影響而形成的。出石誠彥舉列仙傳的王子喬、陶安公等仙人和西京雜記、漢武故事與漢武帝內傳的記載為例，說明七月七日的特別行事是和牽牛織女的七夕相會是無關的證明，由此而對七夕相會的傳說採取暫且存疑的態度。後來的森三樹三郎又以出石所列的這些資料做為漢代牽牛織女傳說一般化以前，在七夕相會的民間信仰形成以前就有以七月七日為特別行事日子的證明資料。……我認為這些七月七日的故事內容如「乘鶴上天」、「騎龍昇天」和見西王母等故事是在牽牛織女傳說形成以後，受七夕相會的傳說內容影響而形成的❶。

以列仙傳、漢武故事、漢武內傳與西京雜記的成書時代來看，出石誠彥和森三樹三郎的論點是有問題的，因爲這些書都不能肯定是牛郎織女七夕相會的說法形成之前的作品。王孝廉的推論不無可取之處，但猶待補充。

一、最初的七月七日風俗

首先，以奇數（陽數）為神秘的曆法思想是有可能存在的。但七月七日這個日期，至少在漢魏時代，已有特殊意義：

> 四民月令：七月七日，遂作麴及磨，是日也，可合藍丸及蜀漆丸。曝經書及衣裳，習俗然也❷。

四民月令為後漢崔寔所輯，此則記載相當可靠。按後漢時，牛郎織女七夕相會傳說尚未形成，則可知此時「七月七日」已為特定日期，有特殊行事，但並未有像端午、重陽那樣的節日名稱，也不叫做「七夕」。然作麴、合藥丸及曝衣曝書的習俗卻一直流傳下去。

七月七日作麴及磨，應該是節令食物的準備。四民月令前文云：「七月四日命治麴室，具薄梼槌，取淨艾。六日饌治五槃磨具。」可見為了作麴，早早就做了預備工作，到七月七日這特定的日子才真正開始。此日備節令食物，古已有之，至魏代又一變。見晉人周處風土記云：

> 魏時人或問董勛云：「七月七日為良日，飲食不同於古，何也？」勛云：「七月黍熟，七日為陽數，故以麋為珍，今北人唯設湯餅，無復有麋矣」❸。

既曰黍熟，則「麋」當為「糜」之誤，黍熟食糜，即吃應時的食物；「七日為陽數」，就是王孝廉所說的「以奇數爲神秘」的曆法思想，七字在古人的思想中又是天地四時人的開始❹。董勛是綜合了天候和曆法思想來回答這個問題。其中天候的因素，還可再加以發揮。按七月屬孟秋季節，暑熱將盡，黍麥也即將成熟。因此爲了把握天候，就要趕著作麴，或是煮黍食糜。至於合藥丸、曝衣曝書，也無非是把握這「夏日最後的陽光」，因爲仲秋以後，天氣就要逐漸轉涼，太陽也將減低其熱力。因此我們常常看到魏晉人有七月七日曝書、曝衣的習慣：

> 晉書曰：魏武帝辟高祖以漢祚，……辭以風痺不能起居。魏武遣親信令史，微服於高祖門下樹蔭下息，時七月七日，高祖方曝書，令史竊知還具以告，……高祖懼而應命❺。
>
> 世說曰：郝隆七月七日見隣人皆曝曬衣物，隆乃仰出腹臥，云曬書❻。
>
> 竹林七賢論曰：阮咸，字仲容，籍兄子也。……舊俗七月七日法當曝衣，諸阮庭中爛然，莫非絺錦，咸時總角乃豎，長竿標大布犢鼻褌於庭中，曰未能免俗，聊復共爾❼。

由晉高祖、郝隆、阮咸於七月七日曝書或曝衣看，可知此習俗自漢魏而傳至晉，亦與牛郎織女故事無關。

至於合藥丸之習俗，與服食傳說有密切的關係。由宋陳元靚歲時廣記所收錄的「餐松柏」、「餌松實」……等記載看來，七月七日服食的風氣頗盛，這或許是受仙道思想影響，而愈傳愈盛，服食的物品也愈來愈多。然此亦與牛郎織女故事無關。

因此由四民月令的資料得知，七月七日在漢時已是一特殊日期，有作麴、曝衣物、合藥丸的特殊行事；但並沒有特定的節日名稱，也不叫做「七夕」。又由董勛的答話中，可推知選定七月七日的因素，一則是由於「七」這個陽數的神秘信仰，一則是因爲天候的緣故，以太陽爲行事的參考。

二、七夕相會與乞願穿針乞巧風俗

七月七日既是一特殊日期，其因何與牛郎織女故事產生關聯？俞正燮癸巳存稿卷十一云：

> 夏小正云：七月，漢案戶，初昏，織女正東向。詩大東云：跂彼織女，終日七襄。……以此二文言織女者皆言七月。漢人記王子晉七月七日見緱氏山，漢武內傳西王母以七月七日降，神仙多以七日見於世❽。

俞正燮分別解釋取「七月」和「七日」的原因。但「神仙多以七日見於世」之說，則不可靠；因爲這些神仙傳說的記載並不比牛郎織女七夕相會說形成來得早。由於歷來對「七日」一直未能有令人滿意的解釋，因此也只能據王孝廉所說，七月爲「女功之始」，而織女的原始信仰與此有關；而且據夏小正的天文星象觀察，七月時，織女星東向牽牛星；二者皆暗示了七月和織女的相關性。加上七月七日本就是特殊日期，於是被採用進來，因此便產生了牛郎織女「七月七日」相會的故事內容。

晉傅玄擬天問「七月七日，牽牛織女會天河」，是最早的牛郎織女於七月七日相會的記載。但晉人稱此節日，已出現了「七夕」的專門名稱❾。七夕，顧名思義是特別強調七月七日的「夜晚」，可見和牛郎織女故事有關的「七夕」風俗，應是由晉人開始。由七夕詩賦及周處風土記看，其俗有觀星及乞願兩項。

例如晉王鑒有「七夕觀織女」詩、蘇彥有「七月七日詠牛女」詩、至劉宋朝謝莊有「七夕夜詠牛女應制」詩、謝靈運有「七夕詠牛女」詩……等，都是文人於七夕夜觀星後，即興寫下的詩篇❿。而由「應制」一詞看，及宋孝武帝也有「七夕」二首詩作，可知劉宋朝的宮廷中，觀星吟詩，是君臣同樂的活動。這種情形，一直到唐代杜審言等人都還有「奉和七夕侍宴兩儀殿應制」的應制詩作。

文人觀星吟詩，一般庶民百姓則是祀星神，乞福願：

周處風土記曰：七月七日，其夜灑掃庭中，露施几筵設酒脯時菓，散香粉於筵上，以祀河鼓（即牽牛也）織女，言此二星神當會。守夜者咸懷私願，或云見天漢中有奕白氣或光耀五色，以為徵應，便拜得福。（荊楚歲時記引⓫）

此則佚文，首見梁宗懍之荆楚歲時記引。蓋牽牛、織女在民間信仰中，本就是各有職司的星神，牽牛「主關梁」⑫，織女「主瓜果絲帛珍寶」⑬；待七夕相會的故事形成後，就逐漸繁衍出禳星祈福的習俗。但晉人之祈福，並不等於「乞巧」，所乞求的內容似乎相當廣泛。隋杜台卿之玉燭寶典引風土記佚文是：

風土曰……七月俗重，是其夜洒掃於庭，……守夜者咸懷私願，或云見天漢中有奕奕正白氣如地河之波漾而輝輝有光耀五色，以此為徵應，見者拜而願乞富乞壽，無子乞子，唯得乞一，不得兼求。見者三年乃得言之，或云頗有受其祚者⑭。

可見晉人乞願，只是一般性的祈求，富、壽、子嗣皆為所求。按祈求富貴延年，在漢代已是常套用法⑮，晉人只不過沿襲傳統的祭祀心願，值得注意的是 和牛郎織女故事並無直接關係。「不得兼求」的禁制，可能是日後七夕乞願只乞「巧」一願的觸發因素。

七夕風俗沿至南朝，形成了「穿針」與「乞巧」，這些才是和牛郎織女故事相關，而產生的以織女為信仰中心的民間信仰習俗。

宋孝武帝「七夕」詩中，已提到穿針之事：

開庭鏡天路，餘光不可臨。沿風被弱縷，迎輝貫元鍼。斯藝成無取，時物聊可尋。

三、四兩句形容穿針的情形，末句「時物」一詞則說明了穿針爲當時習俗。因此宋孝武帝之詩，實是最早的七夕穿針習俗的記載。傳說齊武帝也曾建有「穿針樓」，七月七日宮人多登之穿針⑯。穿針習俗沿至梁朝，又衍成穿「七孔針」的習俗⑰，梁宗懍荊楚歲時記曾載此俗，而且也提到「乞巧」：

是夕，人家婦女結綵縷穿七孔鍼，或以金銀鍮石為鍼。陳瓜果於庭中，以乞巧，有喜子網於瓜上，則以為符應。

宗懍所述的「乞巧」是：看看是否有蜘蛛在瓜果上結網，若有，便是乞得了「巧」。

穿針和乞巧，都可由人對織女的信仰聯想而得。筆者於第二章論述，織女的原始信仰可能是和原始蠶神信仰有關，但蠶神信仰很快就分化爲蠶形與蠶絲兩種不同的信仰傳說。前者形成了「馬頭娘」傳說，後者則是織女爲「天女孫」，卽爲天帝織神衣的女子，性質近似掌管女紅的神。因此，穿針本就是婦女刺繡縫紉的第一步，自然是和織女所司的女紅有關係；而蜘蛛在瓜上結網，不正像織女「織成雲錦」的現象一樣嗎⑱！一般人又慣稱手藝精熟的，爲「手巧」，因此蜘蛛結網也可稱爲「巧」。總合這些聯想，和祭祀配合起來，就形成了向織女乞願，是乞「巧」的特定信仰心願，和晉人祈福壽大不相同。而「乞巧」的習俗也從此相沿，但對於得「巧」的解釋不一。

如是得知，和牛郎織女故事相關的七夕風俗的演變情形應是：自晉人始將「七月七日」改稱爲「七夕」，其習俗有觀星及乞願兩項。乞願的內容，富、壽、子嗣皆在範圍之內，但不得兼求。沿至南朝宋，始有「穿針」習俗。迄梁，則定「乞巧」之名目與內容。「穿針」與「乞巧」與牛郎織女故事有比較直接的關係。

三、七月七日仙道傳說

前述四民月令「合藥丸」之俗，頗有仙道思想的色彩。在六朝志怪小說裡，頗多七月七日成仙、會仙、降眞的傳說記載。例如漢武帝內傳、漢武故事所敍述的七月七日西王母降眞的情景[19]，列仙傳王子喬「乘白鶴」[20]、陶安公「騎赤龍」[21]傳說故事等，其附會於「七月七日」的原因是什麼？與牛郎織女故事的關係如何？王孝廉認爲係受牛郎織女七夕相會故事內容的影響而形成，但筆者以爲他並沒有提出明顯的證據。根據續齊諧記載有「桂陽成武丁」故事，云武丁於七月七日成仙，並且何人解釋「七月七日織女渡河，諸仙悉還宮[22]」，此處方見牛郎織女故事與「諸仙」相涉。但「七月七日」本就是個特殊的日期，並不因牛郎織女而創始，因此有關七月七日的會仙傳說，究竟與其相關聯的程度如何，必須從旁推敲求證。李豐楙「漢武內傳研究」一文曾謂：

> 此處僅說明七月七日在道教習俗中的特殊意義，因道教形成期常將民俗道教化。……

但由西王母除有七月七日降見說之外，還有另一種一月七日說：荊楚歲時記杜公瞻注：「華勝起於晉代，見賈充李夫人典戒：像瑞圖金勝之形，又取象西王母七月七日戴勝見武帝於承華殿也。」這是傳說異辭：因為一月七日、七月七日與十月五日後來成為道教的三會日，民間傳聞中易於混合為一。類此民間節日在長期衍變的過程中，由於新創神話的形成，賦予新意，而重新獲得肯定與支持。七月七日在道教傳說中，正是類此產生新意境的重要節日㉓。

在此，李豐楙指出一個原則，卽民間節日經長期的衍化，賴新創神話賦予新意，而重新獲得了肯定與支持。以此來解釋「七月七日」與牛郎織女故事的關係，也十分恰當。但「七月七日」也可能被仙道傳說賦予新意，而重新獲得肯定與支持。這兩種情形是很難截然劃分的。如李豐楙所舉例的道教的「三會日」——一月七日、七月七日、十月五日，其中「七月七日」之所以在六朝小說中大量被借用爲降眞、會仙的日期，應該是和當時在七夕已盛行禳星祈福的習俗，七月七日普遍被大家重視的現象有關，因此七月七日降眞傳說才比一月七日、十月五日多見。有了李豐楙這一番話的補充，才能比較肯定的說：牛郎織女故事對七月七日的仙道傳說形成有間接的影響。

以上三點，係針對「七月七日」的特殊日期意義，及「七夕」風俗的起源作討論，也可說是探討了唐代以前的七夕習俗。

第二節　唐宋習俗及其遺風

七夕風俗沿至隋以後，宮庭民間，貴冑百姓，踵其事而增其華，尤以唐宋兩代爲盛，而且影響深遠，茲分別考述於下。

一、唐代七夕——唐宮乞巧的意義

自梁朝以後，以迄隋朝，關於七夕風俗的記載，按隋杜台卿的玉燭寶典看來，並無新增特殊習俗。入唐，唐人節序遊宴之風鼎盛，可由全唐詩所輯各家節令詩而知。其中吟詠七夕題材者，共有四八人，六八首詩，爲唐代十三個節日中，詩歌總數排名第五者，僅次於重陽、中秋，與上巳、寒食相近㉔；故知七夕頗受唐人重視。

唐人七夕，可由應景飲食、官方祭典及乞巧三方面來談。見諸記載的應景飲食有「明星酒」和「同心鱠」㉕，皆爲前代所無。依其名稱推測，「明星」即指牽牛織女二星，「同心」則取牛女愛情故事，以象永結同心之吉祥意義。另內宮又有進貢「斫餅」之例㉖，「斫餅」殆爲餅類食物，或沿魏時北人七月七日製湯餅之俗。又，唐百官志：「織染署，每七月七日祭杼。」考工記注云：「以織女星之祥，因祭機之杼，以求工巧㉗」。此可說秉承織女爲女紅之神的信仰而來，又具有相當嚴肅的意義；蓋在節日歡樂的氣氛下，特別提示生產勞動的社會意義，因此樹立爲政府提倡工藝的令典。

然唐人七夕最爲人熟知的，還是唐玄宗與楊貴妃「七月七日長生殿，夜半無人私語時：在天願作比翼鳥，在地願爲連理枝。」的愛情故事。

按陳鴻長恨歌傳云：

王妃……徐而言曰：「昔天寶十載，侍輦避暑於驪山宮。秋七月，牽牛織女相見之夕，秦人風俗，是夜張錦繡，陳飲食，樹瓜華，焚香於庭，號為乞巧。宮掖閒尤尚之。時夜殆半，……上凭肩而立，因仰感牛女事，密相誓心，願世世為夫婦。言畢，執手各嗚咽㉘。

在此姑不論長生殿密誓的眞假，而是要藉以探討其所反映的意義。就唐玄宗與楊貴妃的密誓來看，其係以牛郎織女的愛情故事爲誓願對象，又恰好在七夕行之。歷來七夕乞巧，著重在對織女的信仰，也就是女紅之「巧」的祈求。有關於牛郎織女故事的愛情意義，反而相對地被遮掩了。因此這則密誓故事，可說是首先將七夕風俗與牛郎織女的愛情聯結在一起的記載，如同開元天寶遺事所說的「求恩於牽牛織女星也」；此應爲後世「乞巧」有乞姻緣者的先河。

此外，開元天寶遺事所載唐宮乞巧情形，也有超出前人之處：

明皇與貴妃七夕宴清華宮，列酒果於庭，求恩於牛女星，各提蜘蛛閉小盒中，至曉以絲網稀密為巧候。至今士女效之。宮中以錦結成樓殿，高百尺，上可以勝數十人。陳以瓜果酒炙，設坐具，以祀牛女二星。嬪妃各以九孔針、五色線，向月穿之。過者為得巧之候。動清商之曲，宴樂達旦，士民之家皆效之㉙。

此處記「蜘蛛結網」與「結綵樓，穿九孔針」兩事。以蛛網稀密爲得巧之候，在梁朝已有，但彼時是置瓜果伺蜘蛛結網，此則云「提蜘蛛閉小盒中」，有所不同。又「結綵樓，穿九孔針」之習，在梁朝只是婦女用綵縷，即綵線穿針㉚，唐宮卻是以綵錦紮樓台，然後大家上樓台飲酒作樂，又以五彩線對月穿九孔針。「宴樂達旦」的盛況，可說空前未有。更重要的是「至今士女效之」、「士民之家皆效之」的注語，這說明了唐朝宮廷，自民間學習乞巧的習俗（陳鴻長恨歌傳言「秦人風俗」），又加以擴大變化，成爲宮庭慶典，然後反過來又影響民間的七夕習俗。唐宮又有以黃蠟製成嬰孩形，七夕浮在水中，取婦人宜子之祥，此名「化生㉛」，至宋代猶存，稱「水上浮」㉜。這種七夕玩偶，其構想應也啟發了宋代的「摩睺羅」泥偶。同時，它含有祈子之意，在後代的習俗也常加以應用。

由此看來，談論唐代七夕，實不得不論傳說中宮廷習俗的意義及其影響。

二、宋代七夕——「摩睺羅」與「巧果」等

相對於唐宮七夕習俗，而有市井文化特色的，莫過於宋代兩京市民的七夕習俗。由宋孟元老東京夢華錄、吳自牧夢粱錄、金盈之醉翁談錄、周密武林舊事，及陳元靚歲時廣記來看，宋代七夕風俗的內容眞是多采多姿。以下按玩偶、飲食及乞巧三方面來探其源流與意義。

(一) 玩偶

宋代七夕玩偶有二類，一類是「水上浮」，即等同於唐代的蠟嬰孩「化生」；另一類是最能代表宋代七夕的泥塑玩偶「摩睺羅」，東京夢華錄作「磨喝樂」：

> 七月七夕：潘樓街東宋門外瓦子、州西梁門外瓦子，北門外、南朱雀門外街，及馬行街內，皆賣磨喝樂。乃小塑土偶耳。悉以雕木彩裝欄座。或用紅紗碧籠，或飾以金珠牙翠，有一對值數千者，禁中及貴家與士庶為時物追陪33。

南渡以後，臨安街上，七夕賣此「磨喝樂」的也很多。陳元靚歲時廣記云：

> 今行在中瓦子後市街衆安橋，賣磨喝樂最為旺盛。惟蘇州極巧，為天下第一34。

這風俗傳到元代仍有，例如元孟漢卿就有「張孔目智勘魔合羅」雜劇，「魔合羅」乃劇中重要的關鍵物35。可見宋元間，「摩睺羅」是七夕最流行的一種物品。

按泥製人物玩具，東漢以前就有，但無專稱㊱。此泥塑玩偶之名，夢粱錄和武林舊事皆作「摩睺羅」。鄧之誠考其名目原委，以爲「摩睺羅」卽佛經阿彌陀經中「羅睺羅」的對音㊲。但「羅睺羅」乃覆障之意，因佛弟子羅睺羅在母胎中六年乃生，故取名「羅睺羅」，謂被胎膜久所覆障的意思。如果宋代「摩睺羅」玩偶爲其對音，則其意義並非祥瑞，安能成爲七夕時物？

另有傅芸子考證：「摩睺羅」卽華嚴經中「摩睺羅迦王（Mahoraga）」的略語，其同名異譯甚多，曾有摩睺勒、摩休勒、莫呼洛等譯法。東京夢華錄的「磨喝樂」，蓋與「莫呼洛」相近，或爲其音轉。摩睺羅迦王，唐僧慧琳的「一切經音義」說它是人身蛇首的大蟒神，屬音樂神之類。傅芸子又引大方廣佛華嚴經說，摩睺羅迦王有無量數的面目，所謂善慧摩睺羅迦王、清淨威音摩睺羅迦王、衆妙莊嚴音摩睺羅迦王、可愛樂光明摩睺羅迦王……等，其中清淨威音的和衆妙莊嚴音的兩個，當掌音樂，爲樂神。摩睺羅迦王之能蛻變爲「摩睺羅」玩偶，可由現存的塑像，推知其因。傅芸子說：

> 按日本智證大師圓珍自唐請來之胎藏圖像中的「摩睺羅迦」有作人身蛇首的，此外胎藏曼荼羅中的「摩睺羅迦」也有作莊嚴妙相的。奈良興福寺金堂裡，有一乾漆像，童顏、頂冠卷蛇形、面目表情，天真爛漫可愛。這也是「摩睺羅迦」像之一（參見書影五）。看了這個像，令人可想像宋代七夕所供的那「磨喝樂」的美妙。……興福寺

這「摩睺羅迦」的形像，或者是自唐傳來的；但它已由人身蛇首變成人身蛇冠的「摩睺羅迦」了。本來佛典中的形像儀軌，雖有一定的傳統形式，可是移於他處，也常有被他處的特殊情勢所支配而變化的。「摩睺羅迦」的蛇首人形像，當不適於中土，所以逐漸變化失去固有可怖的形像而形成一個美妙可愛的兒童了㊳。

傅芸子的考證，較鄧之誠可信。將「摩睺羅迦」略稱爲「摩睺羅」，甚爲簡明。又，日本興福寺的「摩睺羅迦」像，係日本天平（西元七二九—七六九）時代的作品，其時約當唐代開元大曆間，爲唐代文化輸入日本的極盛時期（此按傅氏言），故極可能是由我國傳入的「摩睺羅迦」像的造型。「摩睺羅迦」像既由蛇首人身，轉變爲人形頂蛇冠的童子像，本來又有「慧力無邊」的宗教信仰，於是到了宋代，就極可能徵用其名於泥塑偶人，稱之「摩睺羅」或「磨喝樂」，而民間供奉膜拜，又是兼取其信仰意義。故「摩睺羅」實由「摩睺羅迦」衍化而來，於其名稱、形像、信仰都有所關聯。

七夕供「摩睺羅」，始於北宋汴京，內宮尤其奢華。例如周密武林舊事載曰：

七夕前例進摩睺羅十桌，每桌卅枚。大者至高三尺，或用象牙雕鏤，或用龍涎佛手香製造，悉用鏤金珠翠衣帽，金錢釵促，佩環真珠；頭鬚及手中所執戲具，皆七寶為之，各護以五色鏤金紗厨㊴。

按孟元老所記載，乃泥塑土偶，當係民間所用；而此處則顯示出內宮的奢華氣派，有用象牙或龍涎佛手香製造，材料本身已極珍貴，其衣飾裝扮，也極盡華麗。到了南宋，蘇杭兩市於七夕賣「摩睺羅」，場面亦十分熱鬧。可見自汴京到杭州，宮廷與民間，皆喜愛此節物，泥塑與牙雕，因材制宜，量力而爲，眞是到達了上下風靡的境況㊵。更有趣的，七夕晚間，尙有兒童手執新荷葉仿「摩睺羅」的風俗㊶，可見此節物受歡迎的程度。若論宋代七夕，當以「摩睺羅」爲最大特色。

(二) 飲食

「果食」亦爲宋代七夕的一大特色，此卽後人所謂的「巧果」。孟元老東京夢華錄云：

> 又以油麵糖蜜造爲笑靨兒，謂之果食。花樣乞巧百端。如捺香方勝一類，若買一斤，數內有一對被介冑者如門神之像，蓋自來風流，不知其從，謂之果實將軍㊷。

陳元靚歲時廣記引歲時雜記亦曰：

> 京師人以糖麵爲果食，如僧食。但至七夕有爲人物之形者，以相餉遺㊸。

「果食」的作法，後人係以麪和糖，油煎使脆，在江蘇地區尤爲盛行，稱爲「巧果」，以吃巧果，叶乞巧之音義。

㈢ 乞巧

宋人乞巧的方式，有很多種。富貴人家的「乞巧樓」，及婦女望月穿針，或以小蜘蛛安入盒內以乞巧的方式，都是踵繼唐俗。另外有「穀板」、「種生」之名，則頗有新意。孟元老東京夢華錄云：

又以小板上傳土旋種粟令生苗。置小茅屋、花木，作田舍家小人物，皆村落之態，謂之穀板。……又以菉豆、小豆、小麥於磁器內，以水浸之，生芽數寸，以紅藍綵縷束之，謂之種生44。

由此看來，「穀板」類似今日之「小盆景」，但模造的是農家村落。「種生」則是播種生芽之意，此又名「生花盆」，見陳元靚歲時廣記引歲時雜記云：

京師每前七夕十日，以水漬菉豆或豌豆，日一二回易水，芽漸長，至五六寸許，其苗能自立，則置小盆中，至乞巧可長尺許，謂之生花盆兒45。

「穀板」模擬農家景致，「種生」仿效播種育苗的農事，則其創意義就此顯現：蓋七夕習俗，例如穿針結蛛網等，皆是以織女爲信仰中心，宋代新興的此二習俗，卻是和「農業」有關，也就是牛郎織女故事的另一個主角——牛郎的身份背景，開始受到重視，才有這些模仿的乞巧活動。此可與唐代織染署於七夕祭機杼合併以觀，乃是在歡樂浪漫的生活情調之外，別示生產事業之重要意義，其立意樸實，也和牛郎織女故事淳樸平實的風格相近。

宋人乞願的內容也較前人繁多。按東京夢華錄所載，「鋪陳磨喝樂、花、瓜、酒、炙、筆、硯、針、線，或兒童裁詩，女郎呈巧，焚香列拜，謂之乞巧」，乞巧而供奉筆、硯，可見其乞願內容又包括了「能詩善文」的心願；此按歲時雜記所載，乃是「乞聰明」：

> 七夕京師諸小兒各置筆硯紙墨于牽牛位前，書曰某乞聰明，諸女子致針線箱笥於織女位前，書曰某乞巧[46]。

可見宋人乞巧，已納入對牛郎的信仰，並且乞願的內容也隨之擴充。

綜合這三方面的考述可知，宋代七夕習俗的歷史意義乃在於將原本是屬於女性的閨閣活動，擴展爲全民的節日活動。

三、唐宋之遺風

七夕節慶，至宋代可說鼎盛空前，元明以後，遜色不少，惟因地區不同，而有奇俗者。現僅就唐宋習俗之影響，追述其遺風。

首論七夕應景食物。宋代的「果食」，後人稱之「巧果」。例如清人顧祿的清嘉錄云：

> 七夕前，市上已賣巧果　有以麵白和糖，綰作苧結之形，油氽令脆者，俗呼為苧結㊼。

清嘉錄係專門記載江蘇蘇州一帶的風俗，由此可見「巧果」乃宋人遺風。近人周振鶴的蘇州風俗，亦載此俗㊽。而張江裁編著的北平歲時志，也有「市上賣巧果」的記載㊾。或許明清以後，「巧果」已普見全國南北。

其次，穿針習俗已有所沿革。據胡樸安的中華全國風俗志㊿所輯，福建、湖南、陝西、安徽等省份，猶是月下穿針，但北平、蘇州等地，卻是以綉針浮水而乞巧。例如張江裁北平歲時志載「丟巧針」：

> 七月七日之午，丟巧針；婦女盎水日中，頃之，水膜生面，繡鍼投之則浮，則看水底針影，有成雲物花頭鳥獸影者，有成鞋及剪刀水茄影者，謂乞得巧；其影粗如槌，細如絲，直如軸蠟，此拙徵矣。婦或歎，女有泣者。（出帝京景物略）[51]

又，顧祿清嘉錄亦載蘇州此俗，稱「督巧」：

七日前夕，以杯盛鴛鴦水，掬和露中庭。天明日出曬之，徐俟水膜生面，各拈小鍼，投之便浮。因視水底針影之所似，以驗智魯，謂之𢷋巧[52]。

「𢷋巧」，顧祿注云「𢷋，廣韻冬毒切，集韻都毒切，並音篤，落石也。吳語謂棄擲曰𢷋」，因此他認爲「𢷋巧」和北平的「丟巧針」意義相通，皆是古穿針遺俗。

穿針爲何演變成「丟巧針」，且移至日間行之，其因已不可考。但由此卻可看到民俗活動活潑變化的一面。

末論七夕玩偶。唐代有蠟嬰孩「化生」，但到了宋代，泥偶「摩睺羅」幾乎完全取代之，兩宋七夕街市上，都是賣這種節物。「摩睺羅」至元代仍盛，此由元雜劇「張孔目智勘魔合羅」可知；而據其劇由唱詞看來，應是一個女性的「摩睺羅」[53]，可見「摩睺羅」有男身，也有女身。又，相傳元人趙孟頫之妻管夫人，因聞趙有娶妾之意，乃寄「我儂詞」云：「將一塊泥兒，捏一個你，塑一個我，忽然歡喜呵，將他來打破，重新下水，再團再鍊再調和；再捏一個你，再捏一個我……」厥使其夫重拾舊歡。由詞中所述，應就是「摩睺羅」之類的泥偶。

明代僅南方杭州尚存舊俗片影，但已呈衰勢。而「摩睺羅」這個名詞卻已成當時狀美貌兒童的形容詞，例如明抱甕老人編撰的，今古奇觀裡的「十三郎五歲朝天」一篇，就有「魔合羅般一個孩子」的話[54]。

至清代，據前清時住過北平的人還記得，每至七夕，市上還有「摩訶羅」巧神可買，但市場不廣，還要靠中秋節賣泥塑「兔兒爺」來貼補55，可見其風已衰。倒是山西省大同地方，尚有遺響。清張爾岐蒿菴閒話云：

邑令杜公乃云：大同於七夕以蠟若綵為女人形，塗朱施粉，衣祝奇錦，佩金珠，肩輿鼓吹，道送婚姻家，酒殽果餌繼至。至則衰媪童娃，焚香密祝，繼以笑弄，名之曰「摩侯羅」。旣云生子之祥，又不當止為女人形，要是兒女嬉戲之事，設之原廟何居56。

此言大同地方，七夕時以女身「摩睺羅」饋送出嫁女兒，蓋象生子之祥。這就是把「乞子」的心願和「摩睺羅」結合在一起了。按朔州（今山西朔州）也有七夕泥人，高尺許，名「暮和樂」，母家送於新嫁女，以取小夫婦入暮和樂，早生健兒之意，無此則女兒不喜57。觀「暮和樂」之名，音近「磨喝樂」，而其義則頗有「魚水之歡」的暗喻，供此物以乞子，孰謂不妥？但山西地區這種風俗，至民國以後，殆已絕迹58。

七夕供「摩睺羅」的影響，尚遠至日本，形成其「傀儡節」的特色。徐鰲潤說：

日本之傀儡節，漢和三才圖曾說：「三月三日女兒有雛遊，作衣冠束帶小木偶夫婦或紙人形。」亦頗有暮和樂泥美人之意呢！近來手工藝中心展出錦飾人物……此種手工藝在日本推行已久，自唐宋吸收我國乞巧塑像之風俗後，七夕卽分為「傀儡節」與

「巧節」。傀儡節，凡家有女孩者必飾傀儡為「雛祭」。……59

此俗現在日本國內尚存，可見「摩睺羅」的影響。

以上擇要敍述唐代七夕遺風。至於各地異俗，清人編輯的古今圖書集成歲功部七夕，已搜錄十四省三十六處的習俗資料，鍾敬文亦曾就此整理出幾個共通的現象：乞巧、曝書物、洗濯衣物或身體、祭祀、製食節物、饋送、牛生辰、蓄取節水、占驗、飲宴、禁穰，及七夕雨等十二項，且已分別討論，撰成「七夕風俗考略」，載中山大學語言歷史研究所期刊第一集第一一、一二期合刊（民國十七年一月）。筆者不再贅述。

第三節　臺閩地區習俗及其意義

華南地區由於開發較晚，故有關人文社會的研究也比較遲。清代古今圖書集成歲功典雖已搜錄閩、粵等省的七夕習俗，但迄今只有吳玉成做過粵省七夕風俗的研究60，閩省及臺灣地區，往往只見零星談片，未有深入探討。筆者此處特別加以討論，除了地緣因素之外，乃有鑑於臺閩七夕風俗相當有特色，富有深厚的社會、民族文化的意義，對牛郎織女故事也有「主題變異」的關係，因此值得研究。

臺閩兩地，血緣關係深厚。臺灣的經營，始於鄭成功時代，其社會禮俗的諸般行事，也就隨同當時閩粵兩省的移民，承襲大陸傳統，而展開在此新天地之中。移民人口，又以閩人居多，其中泉州人居首，漳州次之。因此探討台灣地區的七夕習俗，首先必須了解福建漳泉二地的習俗，藉之方可窺見台閩地區習俗的沿革。

福建地區，農曆七月初七，有多項節慶活動，包括拜織女、拜魁星、聽口語等習俗，後二項與七夕牛女故事無關。但「拜魁星」之俗，爲閩東一帶士子從事的活動，若是大戶人家「七夕」這天晚上，天井裡往往擺上「拜織女」和「拜魁星」二席香案，士子、士女聚會一堂，又被分成相對的二個不同性別的小天地，非常熱鬧、有趣61。

但七夕乞巧習俗，泉州府志、漳州府志有不同的記載：

> 七夕乞巧，陳瓜豆及粿，小兒拜天孫，去續命縷。（泉州府志）
>
> 七夕，女兒乞巧，持熟豆相遺，謂之結緣。（漳州府志）62

「結緣」之俗，尚不足爲異；「小兒拜天孫，去續命縷」之俗，則十分特殊，黃石「端午禮俗史」一書，曾引江西富陽縣志，謂當地於端午日，以五色絲作長命縷，繫小兒臂，至七夕始剪去，稱爲「換巧」63。可見用「長命縷」或「續命縷」當作保護兒童的吉祥物，是常見的習俗，蘇同炳認爲：

> 所謂續命縷，乃是端午時使小兒佩帶辟邪的五色絲帶。泉州風俗，於七夕拜畢天孫後

除去此物，頗含有拜過天孫之後，卽可獲得天孫的保佑，倂續命縷也可棄置不用的意味[64]。

宋時乞巧，小兒乞聰明，女子乞手巧。到了淸代泉州人，卻是祈天孫佑兒，實大有轉變。而隨著泉州人渡海到台灣，七夕乞巧的風俗又有一變。淸乾隆時，黃叔璥的台海使槎錄云：

> 七夕呼為巧節，家供織女，稱為七星孃。紙糊彩亭，晚備花粉、香果、酒醴、三牲、鴨蛋七枚、飯七盂，命道七祭獻畢，則將端午男女所結絲縷剪斷，同花粉擲於屋上[65]。

可見台灣習俗已更進一步，不但將天孫尊爲「七星孃」，並須供應花粉酒果牲醴等，織女的神格已十分凸出，成爲可以保佑平安的神祇，尤其是保佑十六歲以下的幼童；此由淸末所修的安平縣雜記[66]、日人鈴木淸一郎所撰的「台灣舊慣冠婚葬祭と年中行事」[67]，及今人婁子匡編著的「台灣民俗源流」[68]等書中有關七夕節日的記載卽可得知。綜合這些書籍的記載，台灣地區七夕拜織女的習俗內容是：

一、供絲線、油飯、胭脂、香粉、紅花（包括「圓仔花」，卽千日紅、雞冠花等）。油飯是用黑蔴油、酒合雞肉、糯米等煮成，原是婦女生子後饋贈親友之物。胭脂、香粉及紅花，在祭祀後，投向屋頂，表贈給織女。此外，一般亦奉以瓜果。

二、織女被稱爲「七娘媽」，意謂是七個仙女中的第七個。除供奉前項物品外，還要焚燒「七娘媽亭」、「七娘轎」，和「七娘神燈」（以「七娘媽亭」較普遍），還要燒「金紙」和「經衣」。「金紙」是一般祭祀後焚燒的「冥紙」，「經衣」則又稱「七娘媽衣」，係一張印有衣服、刀剪、針線的紙[69]。

三、幼童有「揹絭」（「加鎖」）者，若當年滿十六歲，便要向「七娘媽」神前「脫鎖」，同時祭品要加上麪線和粽子。此俗台南尤盛，稱爲「做十六歲」，由雙親主祭，嗣後由成年子女向「七娘媽」拜謝，俗稱「出姐母間」；意謂以往承受「七娘媽」部屬姐母的愛護，今已成年，足以自立，特向之申謝[70]。「七娘媽」與其部屬的「姐母」，有說是織女和她的姊妹；有說是臨水夫人之女婢，又稱「婆姐」[71]。

從這些習俗看來，七夕牛郎織女相會的浪漫愛情意味，幾乎蕩然無存。織女本爲女紅之神，至唐宮乞巧而頗似司愛之神，但一般仍以女紅神的信仰爲普遍。流傳至台灣地區而變爲護兒之神，其間因素，筆者以爲有四：

第一，民俗心理的反映：此婁子匡已論及，其言曰：

> 織女的何以轉變成七娘媽，是有民間婦女心理做背景的。閩南一帶，自古以來稱為僑鄉，丈夫到海外（有到早期台灣的），一去十年八年，乃至終身不歸，是很平常的事。

所以牛郎織女的一年一度相見，反而不覺得稀罕。而女人一生，孩子最要緊，有了孩子，卽使丈夫不歸，她也「廿年媳婦廿年婆，四十六歲做太婆」，有了無窮希望。此所以由纏綿悱惻的故事變成多子多孫的祈禱了⑫。

婁子匡的推論，甚爲合理。但「所以牛郎織女的一年一度相見，反而不覺得稀罕」此言或許太過，筆者認爲，正因爲丈夫遠離，婦女心中望歸殷切，但不便露骨表達，於是把一切希望都寄託在兒孫身上，因而向織女祈求保佑幼童。

第二，社會狀況使然：大陸居民自內地渡海來台，往往會有海上風浪的驚險，以及上岸後水土不服的情形產生，因此而傷亡的，必然不少。況早期漳泉二府人氏，往往兄弟鬩牆，經常發生械鬥，因此而死傷累累。凡此天災、人禍，都十分不利於生存發展。蓋開拓墾殖，首賴充足的人力資源，因此培育人才、繁衍子嗣，乃爲衆所祈求。在這種社會背景下，民間對神祇的信仰，很容易就轉變爲適合自己需求的。織女神格之轉變，或許正有此因。而前述台南的「做十六歲」典禮，尤其有此社會因素。據朱鋒說：

「做十六歲」典禮，已有百年左右的歷史了，最初發源於本市西區一帶，現在已經普遍到全省。本來因為西區方面有五條小港，而居住各港的五大姓的勞動者，各佔一港，為沿港岸的各進出口的行郊，以搬運貨物為生活。他們本來生活清寒，又加以獨厚子福，所以平時不得不耐勞克苦的勞動者，儉腸攝肚地過活，細心地撫育子弟。子弟既長成十六歲時，若在富裕的家庭，尚雇人豢養，但在勞動者的家庭，已跟了爸爸到埠頭當小苦力了，這已成了家庭經濟的幫手，多少賺些錢，減輕父親的負擔，所以他們認為十六歲為成丁，於此日舉行隆重的典禮㉝。

第三，習俗的歷史因素之推進：七夕乞願，在晉代本也有「無子祈子」的情況，但後來被乞「巧」所掩蓋。至唐人「化生」蠟嬰兒，及宋人「摩睺羅」泥偶，又隱含了「生子之祥」的象徵意義。山西大同與朔州等地的「暮和樂」習俗，特別能夠彰顯七夕乞子嗣的乞願內容。故七夕習俗發展的過程中，本就有「乞子」之俗，或隱或顯。則流傳至台灣地區，轉而向織女祈求佑子，不無可能；甚至和也有保護嬰幼兒，既是胎神也是註生娘娘的「臨水夫人」陳靖姑混淆，也都是由於「乞子」這個歷史因素的推進。

第四，文學故事的影響：在第三章最後，筆者已經論及董永故事與牛郎織女故事的關係，並由「仙姬送子」之情節，申論其與台灣七夕拜織女風俗的因果關係。為加强印象，再次引婁子匡之言，以為輔證：

後來，織女又有一個她化成七個她，成為她們。這樣，下嫁孝子董永的那個就有了著落，她祇是七中之一，與苦等牛郎的那個，不相衝突。閩南如泉州府屬各縣，就是認為織女有七個的，……「七娘神燈」是一個紗燈，它上面除了寫「七娘神燈」字樣，還要畫一個在雲端抱著孩子的仙女，據說這就是替董永生子，使孝子有後的[74]。

此爲董永故事對七夕風俗的影響。但由牛郎織女的民間故事，也可發現一些端倪。民間故事的主題意義，已經由早期神話故事的愛情主題，逐漸演化爲追求幸福婚姻與家庭的意義。這轉變，原本就是出自庶民百姓淳樸的心靈，他們不像文人重視浪漫的愛情，而是强調美滿的婚姻家庭，因此才叫織女下凡來和牛郎成親，男耕女織，生兒育女；完全是一幅人間安康家庭的圖畫。故台閩七夕習俗，不重牛女相會之故事內容，反而和子女的福壽聯結在一起，這和民間故事的主題之演化是相合的；而且民間故事源源流長，習俗或許有受到影響的地方。

以上由四方面推測台閩地區七夕習俗形成的原因，而欲賦予它的意義，則有兩點，一個是民俗學上的，另一個是文學上的。

民俗學上，有所謂「通過儀式」或「生命禮儀」（Rites of Passage），它是「要幫助人順利通過人生的『關口』，例如出生、週歲、成年、結婚、死亡等等。每經過一個關口，卽進入一個新的社會階段，獲得一新的社會地位，而儀式的擧行，就是要幫助人們適應新的地位，最少在心理有一個準備或過渡的階段，使之能脫離舊的範疇，完滿扮演新的角色」[75]。台南的「做十六歲」典禮，卽具有這種「生命禮儀」的意義，是一種「成年禮」，頗有古代男子二十而冠，女子十五而笄的古風。

在文學上，同系統故事的主題演變，是相當值得研究的課題。就牛郎織女故事而言，它的主題演變，除了從神話、傳說及民間故事去追查之外，七夕風俗的衍化，也是可著手之處。台閩地區的七夕風俗，正可以作爲探索的目標，其將織女神格轉爲護兒之神，儼然是一副慈母像，和民間故事裡多情賢淑的織女形象十分吻合；而其所象徵的意義——子孫福壽，也可和民間故事重視婚姻家庭的主題互相佐證。

這兩點意義，前者爲七夕風俗史開創新境界，後者使牛郎織女故事的研究增添補充的方法，可說意義非凡，也自有其存在價值與學術價值。

綜上所述，七月七日原爲民間特定日期，後牛郎織女故事附會於此，而有牛女七月七日渡河相會之說；此節日亦賴之而重賦新意，乃有「七夕」之節日名稱與活動。縱觀歷朝七夕習俗，牛郎織女的神格有所變化：晉人七夕乞願，只是一般的祈祝，入梁朝而有「乞巧」之名，此乃以織女爲司女紅之神。沿至唐代，則又以牛女爲司愛之神，開後世乞姻緣巧配之先河。迄宋人，又別開生面，提升牛郎的地位，而有「乞聰明」，此則視牛郎爲司智慧文章之神。以至於清代山西大同、朔州等地，有七夕供偶人以乞子之俗，此或承唐宋七夕玩偶而變之。而閩臺地區，以織女爲「七娘媽」之信仰，則又較「乞子」更推進一步，織女乃成爲護兒之神。此俗今臺灣地區猶盛，富有多方面的意義。由此可知，隨時代之遞移，故事之演進，民間對牛郎織女的信仰亦有所衍變，較最初的「穀物神」「原始蠶神」信仰爲繁複。

註解

❶ 參見王孝廉「牽牛織女傳說的研究」，收於從比較神話到文學，陳慧樺、古添洪編著，民國七二年，東大圖書公司，頁二一五—二一八。

❷ 見四民月令，歲時習俗研究資料彙編冊一，藝文印書館，頁二三。

❸ 見太平御覽卷三一，民國四八年，新興書局，頁二七〇。

❹ 同註❶，王孝廉引證：漢書律志「七者，天地四時人之始也」，說文「七，陽之正也」，易繫辭「天七地八」，白虎通嫁娶「陽數七」等。頁二一八。

❺ 同註❸，頁二六九。

❻ 同註❸，頁二七〇。

❼ 同註❸，頁二七〇。

❽ 俞正燮，癸巳存稿，民國五二年，世界書局，頁三二〇。

❾ 晉人詩或曰「七月七日……」，或曰「七夕……」，晉以前未見「七夕」之稱。

❿ 參見古今圖書集成卷六五歲功典七夕部藝文二，民國五十三年，文星書店，頁六七二—六七四。

⓫ 荊楚歲時記，歲時習俗資料彙編冊三〇，藝文印書館，頁四六。

⓬ 史記天官書，正義：「牽牛爲犧牲，亦爲關梁。」

⓭ 史記天官書，正義：「織女三星，……主果蓏絲帛珍寶。」

⓮ 見玉燭寶典，歲時習俗研究資料彙編冊二，藝文印書館，頁四四八。

⓯ 漢代鏡銘常見吉祥語有，「大樂貴富」、「延年益壽」、「宜子孫」等。參見中村喬「牽牛織女私論わよび乞巧について」，載立命館文學第四三九、四四〇、四四一號，民國七十年（昭和五七年），立命館大學人文學會，頁二九五。

⑯ 輿地志：「齊武帝起層城觀，七月七日，宮人多登之穿針，世謂之穿針樓」見歲時廣記引，宋陳元靚撰，歲時習俗研究資料彙編冊六，藝文印書館，頁八五四。

⑰ 「七孔針」，又見於西京雜記。

⑱ 王孝廉亦有此解，同註❹，頁二二〇。

⑲ 見宋陳元靚歲時廣記輯錄，同註⑯，頁九〇九。

⑳ 同註⑲，頁九一〇。

㉑ 同註⑲，頁九一三。

㉒ 見續齊諧記，顧氏文房小說本，民國四七年，新興書局，頁二三八。

㉓ 見李豐楙「漢武內傳研究」，六朝隋唐仙道類小說研究，民國七十五年，學生書局，頁八八。

㉔ 據王基倫「從唐詩看唐代的民俗活動」之統計，重陽詩二二四首，中秋詩八一首，上巳詩七五首，寒食詩七一首，七夕詩六八首。承借未發表手稿，謹此誌謝。

㉕ 同註⑲，頁八六五。

㉖ 同註⑲，頁八六六。

㉗ 同註⑲，頁八六八。

㉘ 見汪辟疆，唐人傳奇小說，民國七十年，文史哲出版社，頁一一八。

㉙ 同註❿，頁六八六。

㉚ 按荆楚歲時記云「結綵縷穿七孔針」，「縷」又有作「樓」者，故鍾敬文以爲：「到這時（指天寶遺事所載）卻變爲『以錦結成樓殿，上可以勝數十人』了，也夠驚人了呢！」見「七夕風俗考略」，載中山大學語言歷史研究所週刊第一集第十一、十二期合刊。

㉛ 傅芸子引清張爾岐，蒿菴閒話卷一六：「當疑『摩侯羅』名物，……唐人詩云『七月七日長生殿，水拍銀盤弄化生』，或曰『生化』，『摩侯羅』之異名，宮中設此，以爲生子之祥。」但「化生」乃蠟作嬰兒形，

非泥塑之「摩侯羅」，張爾岐誤也，傅氏已辨之。見「宋元時代的『磨喝樂』之一考察」，載支那佛教史學二卷四號。

㉜ 見孟元老，東京夢華錄：「又以黃蠟鑄為鳧、雁、鴛鴦、鸂鶒、龜、魚之類，彩畫金縷，謂之水上浮。」民國七三年，漢京文化公司，鄧之誠校本，頁二〇八。

㉝ 同註㉜。

㉞ 同註⑲，頁八六三。

㉟ 見元人雜劇注。楊家駱主編，中國學術名著第二輯、曲學叢書第一集第四冊，世界書局，頁二三五—二七四。

㊱ 徐鰲潤「乞巧與玩偶」：「我國的泥製人物玩具，東漢以前就很流行了。例如王符『潛夫論』云：『以埴土入人形及狗獅猿等模型作之，以為小兒玩。』又說：『泥車瓦狗馬騎偶排諸戲弄小兒之具』。漢書亦載『作泥車瓦狗諸戲弄之具，以巧詐小兒。』由於泥偶的普遍，所以後來的七夕，以泥美人為乞巧的點綴」。載民國五三年八月十四日，聯合報副刊。

㊲ 同註㉜，頁二一〇。

㊳ 傅芸子「宋元時代的『磨喝樂』之一考察」，載支那佛教史學二卷四號，頁五—六。

㊴ 周密，武林舊事，知不足齋叢書本，民國七四年，新文豐公司，頁六四九。

㊵ 歲時廣記，「磨喝樂」謔詞云：天上佳期，九衢燈月交輝，「摩睺孩兒」鬥巧爭奇。戴短簷珠子帽、披小縷金衣。嗔眉笑眼，百般的斂手相宣，轉睛底工夫不少，引得人愛後如痴。快輸錢須要撲，不問歸遲。歸來猛醒，爭如我活底孩兒。同註㊳，傅芸子引，頁二。由「引得人愛後如癡」語，可想見其風靡情況。

㊶ 東京夢華錄：「又小兒須買新荷葉執之，蓋效顰磨喝樂。」，同註㉜。

㊷ 同註㉜。

㊸ 同註⑲，頁八六七。

㊹ 同註㉜。
㊺ 同註⑲，頁八六四。
㊻ 同註⑰，頁八五七。
㊼ 顧祿，清嘉錄卷七，北京大學民俗叢書冊一二八。
㊽ 周振鶴，蘇州風俗，中山大學民俗叢書冊一四，頁四四。
㊾ 張江裁，北平歲時志卷八，北京大學民俗叢書冊八七。
㊿ 胡樸安，中華全國風俗志，民國二五年，大達圖書公司。
51 同註㊾。
52 同註㊼。
53 同註㊳，傳芸子考，頁六。
54 從傳芸子之說，同註㊳，頁七。
55 詳見徐鰲潤之說，同註㊱。
56 轉引自傳芸子，同註㊳，頁六。
57 同註⑩，頁六六七。
58 從傳芸子之說，同註㊳，頁六。
59 同註㊱。
60 詳見吳玉成，粵南神話研究，北京大學民俗叢書冊一一六，頁三八—九一。
61 參見謝永平「七夕閩俗雜談」，載民國五四年，臺灣風物十六卷四期。
62 轉引自蘇同炳，臺灣今古談，民國五十八年，商務印書館，頁一九二。
63 見黃石，端午禮俗史，北京大學民俗叢書冊一〇二，頁七六四。
64 同註62。

65 同註62。

66 同註62，安平縣雜記：「七月七日，名曰七夕，人間多備瓜菓糕餅以供織女，稱爲七娘媽。有子年十六者，必於是年買紙糊彩亭一座，名曰七娘亭。……俗傳男女幼時，均有婆姐保護；婆姐，臨水宮夫人之女婢也。」

67 參見中譯本，馮作民譯，臺灣舊慣習俗信仰，民國七三年，衆文圖書公司，頁四五八。

68 參見婁子匡，臺灣民俗源流，北京大學民俗叢書冊六八，頁一七—一九。

69 經衣之狀，筆者幼年七夕時常見家中焚燒。

70 參見朱鋒，南臺灣民俗，北京大學民俗叢書冊三三，頁一〇二。

71 同註66。按陳靖姑，福州人，父陳昌，母葛氏，唐大曆二年生，嫁劉杞，孕數月，會大旱，因祈雨脫胎，尋卒，年二十四，訣謂死後必爲神，救人產難。曾有靈驗，宋淳佑間，封爲崇福昭惠慈濟夫人。民間因傳說其成神於福建省古田縣之臨水鄉，故稱臨水夫人。參見仇德哉，臺灣廟神傳，民國六八年，信通書局，頁四八四。

72 同註68，頁一八。

73 同註70。

74 同註72。

75 此說原由法國早期人類學家范瑾尼（Arnold Van Gennep）提出，此處參考李亦園「傳統民間信仰與現代生活」，載民國七十一年，民俗曲藝十九期，頁一九。

第六章 結 論

經由前面幾章的討論，我們對牛郎織女故事的演變脈絡，已有清晰的印象。以筆者在緒論中所區分的神話、傳說及民間故事三個階段來看，牛郎織女故事在神話階段可說是此文學主題的基型期，傳說階段則爲其發展期，至民間故事階段，乃蓬勃興旺，是爲其成熟期。

在這三個時期當中，自然天象（包括星象觀察與星辰崇拜），及社會人文二者恒爲其重要的背景：自然天象方面的星象觀察，始則見於詩經大東篇的吟詠，將牽牛、銀河、織女三項故事要素結合，啓發神話故事之創造；其後則見於民間故事中，對牽牛星、織女星、梭子星等星座排列形狀，重新予以有趣的解釋。星辰崇拜始見於史記天官書之記載，其後七夕禳星祈福，莫不沿此而來，然因各朝代乞巧內容之不同，牽牛、織女二星之神格，亦有所變異。社會人文方面，東漢時牽牛之「人形化」，以及古詩十九首之詠歎兩星乖隔，即是當代社會狀況之反映。以至於民間故事之內容，有所異有所同，實亦爲某些社會現實之寫照。

職是之故，筆者乃以時代先後，即三個演進時期之順序爲經，以自然天象與社會人文爲緯，試列出本文的研究間架，加注必要的人名、書名及參考年代，並標示其重要的發展過程。以下即參照前面各章的討論，配合這張圖表，扼要說明研究成果，作爲本文之結論：

一、就其故事內容的演進而言，在基型期內，乃是確立了神話故事的具體內容。此內容係經過先秦胚胎期、漢魏雛形期、魏晉形成期的孕育與發展，牛郎織女才由詩經大東篇裡的兩顆明星，逐漸變成古詩十九首裡相思而離別的情人；魏晉之際，乃得於七月七日相會；最後，在梁人宗懍的荊楚歲時記才寫定「牽牛織女爲夫婦，七夕相會」的神話故事。這個故事充分反映了農業民族男耕女織的社會文化。進入隋唐，各類相關傳說故事也因應而生，大抵皆以牛郎織女神話故事爲基型而有所演變，其中「鵲橋」傳說乃源於神話形成之後，人們對「如何渡河相會」所產生的想像。但鵲橋傳說的完成，也是經過「車駕渡河」、「烏鵲銜石塡河」的發展，才形成「役鵲爲橋」的情節，和原來的神話故事結合，成爲我們熟知的「牽牛織女七夕相會，喜鵲搭橋」的故事，也是元明以後，小說、戲曲之所本。從隋唐到宋代，可說是牛郎織女故事的傳說發展期。元明以後，小說、戲曲有取材於牛郎織女故事的，而各地方也有相關的故事在流傳。這些民間故事彼此大同小異，卻給牛郎織女故事的內容添枝加葉，使之蔚然可觀。按今所得之民間故事，約可分爲地方風物型、語源解釋型及牛郎型。其中以牛郎型爲最常見，它又可細分爲兩兄弟式、謫仙式與夫妻反目式；其中又以兩兄弟式最爲人熟知。民間故事可說是牛郎織女故事的成熟期，它的故事類型多，而且內容也十分豐富。此可由圖表之「社會人文」線路觀其演進。

二、就其相關文學而言，董永故事可說是其傳說故事的主流。魏晉之際，因孝行感動織女下凡的董永故事，迭經唐宋以後，變文、話本等說唱文學的誇飾，對於牛郎織女故事的人物形象、故事的「天鵝處女型」情節編理，都有所啓迪：它塑造了多情織女、淳厚牛郎；也促使牛郎織女故事和「天鵝處女型」故事的「窺浴、竊衣」之情節，互相感染、合流，對民間故事內容之成熟，有頗爲顯著的推動功勞。至於其他取材於牛郎織女故事的小說、戲曲，大抵以地方戲曲的內容較爲樸實可喜。而牛郎織女故事對古典文學的滋養，及對俗文學的反哺功能，也不容忽視。

三、就七夕習俗的沿革而言，人們對牛郎織女星，最初只是由於「星辰崇拜」的原始心理，而後和社會人文融合，轉爲社會屬性之崇拜，此可由史記天官書見其端倪。於是，當晉人有「七夕會於天河」的想像之後，便也在七夕當晚有觀星乞願的活動，但此時牽牛織女兩星的神格並無特別之處。到了梁人的荆楚歲時記所載，則特別凸顯織女爲司女紅之神的神格，而以穿針乞巧爲七夕主要的活動。入隋唐，有關唐玄宗與楊貴妃七夕密誓的傳說，則將牽牛織女並舉爲司愛之神；此雖屬傳說，卻影響了後人於七夕乞姻緣巧配的習俗。宋人的七夕尤爲盛大，但特別值得注意的是，標舉牽牛爲司智慧文章之神，此爲前代所無。元明清三朝，以迄民國，各地七夕風俗大抵承襲古人而小有變化，其中以臺閩地區拜七娘媽的習俗爲殊，織女已搖見一變爲護兒之神。由圖表「自然天象」之線路，亦可詳其發展過程。

總之，牛郎織女故事源遠流長，深入我整個民族社會，是我民族文化之結晶；而且鄰近的東亞異國，以及南洋華僑社會，都有類似的故事流傳。故本文實是當下時空的研究成果，其意義乃在於彰顯牛郎織女故事在學術研究上的價值。也誠懇期盼，由此而揣摩出一套研究民間故事的方法，以就正於學者方家。

附圖如後——符號說明：

符號說明：

○表可能再觸發孳乳之基因線索

▲表傳說類型

□格內表重要發展過程

（ ）為補充說明或參考年代

後　記

民國七十六年五月，在曾師永義悉心指導下，個人完成了碩士論文《牛郎織女研究》。很感謝曾師的指點，經此磨鍊，個人才得以一窺俗文學研究的堂奧，進而以之為治學範圍，繼續在臺大博士班研究。同時，更感謝學生書局獎掖後學，概允出版《牛郎織女研究》，列為民俗研究叢刊。編輯委員李豐楙先生、王國良先生在百忙中撥冗審查，分別就本書的研究方法與觀念、資料訊息等，提供寶貴的意見，使個人獲益良多，在此一併申謝。

當初寫論文，囿於時限，尚有許多問題不及顧全。現在參酌論文口試委員諸位師長，及民俗研究叢刊編輯委員的意見，修正後出版本書。這是個人研究俗文學的初步嘗試，倘有疏漏，尚祈各界先進不吝賜教。

最後，謹將本書獻給家父母大人，感謝他們的愛護與支持。

中華民國七十七年六月廿四日　洪淑苓誌於臺大中文系

參考書目舉要

一 經史概論專著之部

詩經		藝文印書館十三經注疏本	民國六十八年七版
周禮		藝文印書館十三經注疏本	民國六十八年七版
禮記		藝文印書館十三經注疏本	民國六十八年七版
史記	司馬遷	藝文印書館	
漢書	班固	藝文印書館	
後漢書	范曄	藝文印書館	
宋書	沈約	藝文印書館	
南史	李延壽	藝文印書館	
北史	李延壽	藝文印書館	
隋書	魏徵等	藝文印書館	

舊唐書	劉昫	藝文印書館	
新唐書	歐陽修	藝文印書館	
二			
淮南子	劉安	世界書局	民國七十三年十一版
文選	蕭統	華正書局	民國七十一年初版
玉台新詠	徐陵	漢京文化事業公司	
通志	鄭樵	中華書局	
太平廣記	李昉等	文史哲出版社	民國六十七年初版
太平御覽	李昉等	新興書局	民國四十八年初版
楚辭注六種	洪興祖等	世界書局	民國六十七年三版
尚友錄	廖用賢	明萬曆刊本	
古今萬姓統譜	凌迪知	新興書局	
曲品	呂天成	鼎文書局	
雍熙樂府		商務印書館	民國六十五年臺二版
佩文齋詠物詩選	陳敬廷	廣文書局	民國五十九年初版
山海經箋注	郝懿行	中華書局	民國七十一年臺五版

玉谿生詩詳注	馮　浩	華正書局	民國六十八年初版
香祖筆記	王士禎	新興書局	民國四十七年初版
陔餘叢考	趙　翼	世界書局	民國四十九年初版
癸巳存稿	俞正燮	世界書局	民國五十二年初版
曲錄	王國維	藝文印書館	民國四十六年初版
曲海總目提要	黃文暘	新興書局	民國六十二年初版

三

太平寰宇記	樂　史	商務印書館影印文淵閣四庫全書	民國七十二年初版
輿地紀勝	王象之	文海書局	
乾道四明圖經	張　津	大化書局	
寶慶四明志	羅　濬	大化書局	
明一統志	李　賢	商務印書館影印文淵閣四庫全書	民國七十二年初版
清一統志	和坤等	同右	同右
青州府志	毛永柏	學生書局影印清咸豐刊本	民國五十七年初版

濟南府志　徐宗幹　學生書局影印清咸豐刊本　民國五十七年初版
東台縣志　周　右　學生書局影印清嘉慶刊本　民國五十七年初版
孝感縣志　朱希白　成文書局影印清光緒刊本　民國六十四年初版

四

風俗通義　應　劭　漢京文化事業公司　民國七十二年初版
開元天寶遺事　王仁裕　新文豐出版公司　民國七十四年初版
東京夢華錄　孟元老　漢京文化事業公司　民國七十三年初版
夢粱錄　吳自牧　新文豐出版公司　民國七十四年初版
武林舊事　周　密　同右
歲時習俗資料彙編　藝文印書館　民國五十九年初版
四民月令　崔　寔
荊楚歲時記　宗　懍
玉燭寶典　杜台卿
歲華紀麗　韓　愕
歲時廣記　陳元靚
古今圖書集成卷六五歲功典七

夕部	蔣廷錫等	文星書店	民國五十三年初版
中華全國風俗志	胡樸安	大達圖書公司	民國二十五年初版

五

史記斠證	王叔岷先生	史語所專刊七八	民國七十五年初版
史記天官書今註	高平子	臺灣書店	民國五十四年初版
東洋天文學史	新城新藏著 沈璿譯	商務印書館	民國十八年初版
中國天文學史星象編	陳遵嬀	明文書局	民國七十四年初版
中國文化地理	陳正祥	木鐸出版社	民國七十二年再版
甲骨學商史論叢	胡厚宣	大通書局	民國六十二年初版
增訂殷墟書契考釋	羅振玉	藝文印書館	民國七十年四版
中國農業史論集	沈宗翰等	商務印書館	民國六十八年三版
中國農業發展史——古代之部	黃乃隆	正中書局	民國五十二年臺初版
中國經濟史	周金聲	自印本	民國四十八年初版
中國經濟制度史論	趙岡 陳鍾毅	聯經出版事業公司	民國七十五年初版
中國地方行政制度史上編	嚴耕望	史語所專刊四五	民國五十年初版
唐律上家族主義之研究	潘維和	華岡出版部	民國五十四年初版

中國學術思想史論叢　錢　穆　學生書局　民國六十六年初版
中國通史論文選輯　韓復智　南天書局　民國七十三年增訂新版
中國文化新論宗教禮俗篇敬天與親人　李豐楙等　聯經出版事業公司　民國七十二年二版
史諱譜例三種　陳援庵等　世界書局　民國五十二年初版

六

中國文學史　葉師慶炳　弘道文化事業公司　民國六十九年新一版
中國俗文學史　鄭　篤　商務印書館　民國五十六年臺二版
中國小說史略　周　氏　崇文堂排印本
中國戲曲通史　張　庚　丹青圖書公司　民國七十四年臺一版
中國俗文學概論　楊蔭深　世界書局　民國五十四年再版
五十年來的中國俗文學　婁子匡　朱介凡　正中書局　民國五十六年臺三版
The Folktale　Stith Thompson　The University of California　一九七七年再版
說俗文學　曾師永義　聯經出版事業公司　民國六十九年初版
說戲曲　曾師永義　同右　民國七十二年三版

中國古典戲劇論集	曾師永義	同右	民國七十五年五版
中國民間文學概論	譚達先	木鐸出版社	民國七十二年初版
中國民間童話研究	譚達先	木鐸出版社	民國七十二年初版
中國民間文學概要	段寶林	北京大學出版社	民國七十年初版
中國民間傳說論集	王秋桂編	聯經出版事業公司	民國七十三年二版
民俗學論叢	羅香林	文星書店	民國五十五年初版
中國俗文學論文彙編	葉德均等	西南書局	民國六十七年初版
李家瑞先生通俗文學論集	王秋桂編	學生書局	民國七十一年初版
敦煌論集	蘇瑩輝	學生書局	民國七十二年三版
敦煌變文論文錄	周紹良 白化文 編	明文書局	民國七十四年初版
小說見聞錄	戴不凡	木鐸書局	民國七十二年初版
小說戲曲新論	趙景深	世界書局	民國二十五年初版
主題學論文研究集	陳鵬翔編	東大圖書公司	民國七十二年初版
從比較神話到文學	古添洪 陳慧樺 編	東大圖書公司	民國七十二年再版
比較文學理論與實踐	張漢良	東大圖書公司	民國七十五年初版
文化人類學	林惠祥	商務印書館	民國七十年臺七版
民俗學	林惠祥	商務印書館	民國七十五年臺四版

神話論　林惠祥　商務印書館　民國六十八年臺三版
漢鏡中所反映的神話傳說與神仙思想　張金儀　故宮博物院　民國七十年初版
文化人類學選讀　李亦園編　食貨出版社　民國六十六年初版
中國古代神話甲編三種　里仁書局　民國七十一年初版
　中國神話研究　玄珠
　中國古代神話　袁珂
　中國神話研究　譚達先
臺灣今古談　蘇同炳　民國七十五年五版
臺灣舊慣習俗信仰　鈴木清一郎著　馮作民譯　衆文圖書公司　民國七十三年初版
六朝隋唐仙道類小說研究　李豐楙　學生書局　民國七十五年初版
中國社會與宗教　鄭志明　學生書局　民國七十五年初版
刨根兒集　方師鐸　文星書店　民國五十四年初版
談民族文學　顏元叔　學生書局　民國六十二年初版

七

李賀詩集注　葉葱奇　里仁書局　民國七十一年初版

敦煌變文集新書	潘重規編	文化中文所	民國七十三年初版
董永沈香合集	杜穎陶編	明文書局	民國七十年初版
元雜劇注		世界書局	民國七十年七版
明代傳奇全目	傅惜華	人民文學出版社	民國七十一年初版
六十種曲	毛　晉編	開明書店	民國五十九年臺一版
善本戲曲叢刊	王秋桂編	學生書局影印本	民國七十一年初版
大明春	程萬里選	明萬曆刊本	
樂府菁華	劉君錫選	明萬曆刊本	
堯天樂	殷啓聖編	明萬曆刊本	
八能奏錦	黃文華編	明萬曆刊本	
明雜劇考	傅大興	世界書局	民國五十年初版
清代雜劇全目	傅惜華	人民文學出版社	民國七十一年初版
中國俗曲總目稿	劉　復 李家瑞	中研院印本	
北平俗曲略	李家瑞	文史哲出版社	民國六十三年再版
中研院史語所俗文學目錄提要	曾師永義等	中研院稿本	
華東戲曲劇種介紹		新文藝出版社	民國四十四年初版

鹿港所見的南管手抄本	陳秀芳	臺灣文獻委員會	民國六十七年初版
新編大戲考		中國唱片社	民國六十九年初版
平戲劇目初探	陶君起	明文書局	民國七十一年初版
廣東地方戲曲選集	黎惠珍	香港藝文圖書公司	民國七十二年初版
中國古典戲劇選注	曾師永義	國家出版社	民國七十二年初版
中國音樂詞典		丹青圖書公司	民國七十五年初版

八

北京大學民俗叢書　東方文化書局複印本

第一冊	吳歌甲集	顧頡剛	民國五十八年
第十一冊	臺灣民間故事	婁子匡	民國五十八年
第十二冊	動物寓言與植物傳說	林蘭　江介石	民國五十八年
第十五冊	神話叢話	婁子匡	民國五十八年
第十六冊	民間文學專號	鍾敬文等	民國五十八年
第十七冊	民俗學集鐫	顧頡剛等	民國五十八年
第三三冊	南臺灣民俗	朱鋒	民國五十九年

第三八冊	定縣秧歌選	李景漢	民國五十九年
第四八冊	中國神話研究	玄 珠	民國六十年
第五六冊	粵謳·再粵謳	招子庸 香迷子	民國六十年
第五八冊	婦女與兒童	柳飛燕	民國六十年
第五九冊	中國廿省兒歌集	黎錦輝等	民國六十一年
第六〇冊	中國廿省兒歌集		
第六四冊	臺灣民俗源流	婁子匡	民國六十一年
第七七冊	山東民間故事	王統照	民國六十一年
第八六冊	北平歲時志	張江裁	民國六十二年
第八七冊	北平歲時志		
第九二冊	中國的水神	黃芝崗	民國六十二年
第九三冊	婚姻歌謠與婚俗	董作賓等	民國六十二年
第九八冊	福建故事	謝雲聲	民國六十二年
第一〇九冊	寧波習俗叢談	張行周	民國六十二年
第一〇二冊	端午禮俗史	黃 石	民國六十二年
第一〇三冊	歲時叢話	婁子匡	民國六十二年
第一一六冊	粵南神話研究	吳玉成	民國二十一年初版

第一三四册　各省童謠集　朱天民　民國十二年初版

第一二六册　臺灣電影戲劇史呂訴上　民國五十年

第一二八册　清嘉錄　顧　祿　民國五十九年

中山大學民俗叢書　東方文化書局複印本　民國五十八年

第三册　民間文藝叢話　趙景深

第五册　泉州民間傳說　吳　門

第八册　福州歌謠甲集　顧頡剛

第九册　湖南唱本提要　姚逸之

第十二册　民間故事叢話・印歐民間故事型式表　鍾敬文

第二四册　開封歌謠集　白壽彝

第二五册　台山歌謠集　陳元柱

論文之部

關於桑樹的神話與傳說　鄭清茂先生　民國四十八年台大碩士論文

殷禮考實　黃然偉　民國五十六年台大文史叢刊

講史性變文之研究　謝海平　民國五十九年政大碩士論文

殷禮叢考　蔡哲茂　民國六十七年臺大碩士論文

白蛇故事研究　潘江東　民國六十七年文化碩士論文

從甲骨卜辭來研討殷商的祭祀　孫叡徹　民國六十九年台大碩士論文

二十四孝研究　許端容　民國七十年文化碩士論文

孟姜女故事研究　楊振良　民國七十年師大碩士論文

王昭君故事研究　鄔錫芬　民國七十年東海碩士論文

梁祝故事及其文學研究　林美清　民國七十一年台大碩士論文

敦煌孝道文學研究　鄭阿財　民國七十一年文化博士論文

目蓮救母故事之演進及其有關文學之研究　陳芳英　民國七十二年台大文史叢刊

敦煌變文主題及其相關問題之研究　小野純子　民國七十三年政大碩士論文

南管音樂體製及歷史初探　沈　冬　民國七十五年台大文史叢刊

中國古代神話中人神關係之研究　林景蘇　民國七十五年高師碩士論文

報紙期刊之部

七夕風俗考略　鍾敬文　中山大學語言歷史研究所週刊第一集十一、二期

七月七日一件故事　黃廷英　民俗週刊十一、二期

瓊崖七夕歌五首	放　人	民俗週刊廿五、六期
潮州的七月	程雲祥	民俗週刊七三期
牛郎織女的故事	王茀橋	民俗週刊八十期
七夕漫談	清　水	民俗週刊八一期
牽牛織女	周越然	太白一卷四期
牛郎織女故事之演變	歐陽飛雲	逸經三五期
宋元時代的「磨喝樂」之一考察	傅芸子	支那佛教史學二卷四號
七夕と摩睺羅	小林市太郎	支那佛教史學四卷四號
董永傳說についへ	西野貞治	人文研究六卷六期
西安附近所見的西漢石雕藝術	顧鐵符	文物參考資料十一期
牛郎織女故事的演變	范　寧	文學遺產增刊一輯
試論牛郎織女	羅永麟	民間文學集刊二
七夕犬祭與羊祭	陳漢光	臺灣風物八卷四期
七夕傳說考源	鄺利安	文學世界五卷三期
一個藝術家的反抗	徐復觀	徵信新聞53.1.1.
乞巧與玩偶	徐鰲潤	聯合報53.8.14.
中國古代社之起源	凌純聲	民族學研究所集刊十七

七夕閨俗雜談	謝永平	臺灣風物十六卷四期
祭祀卜辭中的犧牲	張秉權	史語所集刊三八
敦煌本舜子變文・董永變文と我ガ國說話文學	川口久雄	東方學七
牛郎織女神話的形成	皮述民	南洋大學學報五
殷代的蠶桑和絲織	胡厚宜	文物十一期
七夕說話と中國文學	八木澤元	東洋學論叢
牛郎織女神話傳說	朱介凡	幼獅文藝66. 8.
牽牛織女私論および乞巧についへ	中村喬	立命館文學第439 440 441號
試論神話與傳說的區別	李子賢	山茶73 3.
牛郎織女和七弦琴	吳　超	民間文學73 8.
「牛郎織女」傳說源于崑崙神話考	姚寶瑄	民間文學論壇74 4.
牛郎織女神話故事三題	孫續恩	民間文學論壇74 5.
牛郎織女故事集	張品卿	民間文學74 7.
牛郎織女神話故事敍論	易重廉	楚風十一期
道教謫仙傳說與唐人小說	李豐楙	國際漢學會議75 12.

中文摘要

牛郎織女是我國著名的民間故事，所關涉的層面相當廣泛，是重要的文學論題，值得深入研究。本書擬對牛郎織女故事進行較全面而整體的研究，希望藉此揣摩研究民間故事的方法，以就正於學者方家。

本書所使用的資料，包括經史典籍中有關牛郎織女星宿的記載，以及古典文學、俗文學裡與牛郎織女故事相關的作品；此外，於方志、類書，也廣加檢閱利用；今人所搜錄的各地牛郎織女民間故事，亦爲論析之重心。至於研究方法，在探討故事形成過程時，多借重曾師永義所提出的「基因觸發」之原則；在分析故事內容時，則以西方學者湯姆森（Stith Thompson）的「類型」與「母題」（type and motifs）的觀念爲主，再綜合各家方法，而採取這樣的步驟：先探討故事情節單元的演進情形，再透過情節結構之衍變，凸顯出人物形象與主題意義，而其相關事物的來龍去脈，也可因之融會貫通。經由這兩種方法的交替使用，不僅可以得知牛郎織女故事的源流脈絡，對於各個時期橫剖面的相關問題，也可以有所了解。

本文章節的安排，第一章首先釐清神話、傳說與民間故事的範疇，據此而展開第二章以下的討論。由第二章論牛郎織女之神話與傳說，可得知自西周末到南北朝，爲牽牛織女神話的形成期，在梁朝宗懍的荆楚歲時記中，寫定了「牽牛織女七夕相會」的內容，而七夕乞巧風俗，亦已興盛。然在神話形成期間，相關的傳說也紛紛蔚起，可分爲鵲橋傳說型、地方風物傳說型與遇仙傳說型。其中尤以遇仙傳說型裡的董永故事最值得探討，因其以牽牛織女神話爲基型，而又孳乳展延，最後和牛郎織女故事互相感染合流，二者關係密切，故第三章即接著討論牛郎織女傳說主流——董永故事。董永故事在情節增添與人物塑造兩方面都推動了牛郎織女民間故事的成熟，再加上其他相關基因線索的啓發，衆流滙聚，乃促使牛郎織女民間故事綻放異采，內容豐富而多變化；此即第四章所論。其民間故事約可區分爲三個類型：牛郎型、語源解釋型與地方風物型，其中牛郎型的「兩兄弟式」最爲人熟知。第五章則論述歷代七夕風俗的沿革與其特殊意義，第六章爲結論。

除了文字論述之外，本書亦嘗試列出研究成果間架表。由此表可清楚看出牛郎織女故事及其相關問題的演進與結果，而本書的研究，也因此有了具體的呈現。

involving 'encounters with immortals'. Among these, the story of Tung Yung (董永), which falls into the encounters with immortals category, is particularly noteworthy. This story took the cow herd and weaving girl legend as its basis, and proceeded to further elaborate it. Ultimately the story of Tung Yung also heavily influenced the cow herd and weaving girl myth. These two stories are thus intimately related. The third chapter is therefore devoted to a discussion of the major legend of the weaving girl and cow herd, the story of Tung Yung. The story of Tung Yung contributed heavily to the maturation of the folktale of the cow herd and the weaving girl, both in terms of plot and characterization. Combined with stimulation from other 'genetic strands', the folktale of the cow herd and weaving girl evolved as a colorful story, rich in content and variations. This is the topic of the fourth chapter. Folktales of the cow herd and weaving girl can also be placed in three categories: The cow herd variations, the folk etymology variations, and regional variations. Among these, the 'two brothers' version, which I place among the cow heard variations, is the form familiar to most readers. The fifth chapter discusses the evolution and significance of the various 'Seventh Eve' (七夕) customs over the ages. The sixth chapter states my conclusions.

In addition to a description of my research, I have also included an outline of my work and conclusions in table form. From this table the evolution and effects of the cow herd and weaving girl story and related literature can be clearly seen, as well as the paths which my research has followed.

evolution of various elements of these stories; it then focuses on characterization and themes by means of an analysis of the evolution established in the first section; through this approach we can also achieve a fuller understanding of the various changes which are related to the evolution of this folktale. These two complementary approaches, not only make it possible to understand the origins and development of the cow herd and weaving girl story, but also help to form a picture of related problems which intersect with the development of this folktale in various periods.

The chapters of this study are as follows: the first chapter examines the scope and distinction of the terms ' 'myth', 'legend', and 'folktale'. This then serves as the basis for the second and following chapters. The second chapter discusses the evolution of the cow herd and weaving girl story as a myth and legend. It is concluded that the formation of the myth of the cow herd and weaving girl stretched over a period lasting from the Eastern Chou dynasty to the Northern and Southern Dynasties period. The establishment of the seventh day of the seventh lunar month as the date for the reunion of the cow herd and the weaving girl is first recorded in the work *Ching Ch'u Suei Shin Chi* (荆楚歲時記), written by Tsung Lin (?) (宗懍) in the Liang Cynasty. By this time, the custom of chi-chiou(乞巧) was also already widespread. During the formation of this myth, however, many other legends clustered around and influenced the central story. The major variations among these legends include the 'magpie bridge' variation, regional variations, and variations

A Study o: the Folktale of 'The Cow Herd and the Weaving Girl

Horng Shwu-ling

The Story of the cow herd and the weaving girl is one of the best known of all Chinese folktales. It has appeared in a broad range of literary works and is thus an important topic for scholars of Chinese literature, worthy of in-depth study. This study, is a thorough investigation of all aspects of this story. It is hoped that such a study will be of use to all scholars of the folktale.

Materials made use of include references in the classics to the cow herd and weaving girl constellations, and works related to this story in classical and vernacular literature. Extensive use has also been made of regional histories and lei-shu (類書) compilations. Particular emphasis is given to analysis of stories relating to the cow herd and weaving girl collected by modern ethnologists.

There are also several methodological problems which I have encountered, and dealt with in various ways. In discussing the evolution of the folktale, I have made frequent use of the 'genetic xx' (基因觸發) principle which my teacher Professor Tseng Yong-Yih has proposed. In analyzing the content of these stories, I have principally use the Western scholar Stith Thompson's concepts of 'type and motifs'.

Methodologically then, this study attempts to synthesize the approaches of various scholars. It first discusses the

國家圖書館出版品預行編目資料

牛郎織女研究

洪淑苓著. – 初版. – 臺北市：臺灣學生，2023.04 印刷
面；公分

ISBN 978-957-15-1910-4(平裝)

1. 民俗學 2. 民間文學 3. 研究考訂

858.23 112004150

牛郎織女研究

著 作 者 洪淑苓
出 版 者 臺灣學生書局有限公司
發 行 人 楊雲龍
發 行 所 臺灣學生書局有限公司
地 址 臺北市和平東路一段 75 巷 11 號
劃撥帳號 00024668
電 話 (02)23928185
傳 真 (02)23928105
E-mail student.book@msa.hinet.net
網 址 www.studentbook.com.tw
登記證字號 行政院新聞局局版北市業字第玖捌壹號
定 價 新臺幣四五〇元

一九八八年十月初版
二〇二三年四月初版二刷

85804

ISBN 978-957-15-1910-4 (平裝)